圖書在版編目(CIP)數據

皮子文藪/(唐)皮日休著;蕭滌非,鄭慶篤整理.
—上海:上海古籍出版社,2017.7(2023.12重印)
(中國古典文學叢書)
ISBN 978-7-5325-8506-9

Ⅰ.①皮… Ⅱ.①皮… ②蕭… ③鄭… Ⅲ.①唐詩—詩集②古典散文—散文集—中國—晚唐 Ⅳ.①I214.242

中國版本圖書館CIP數據核字(2017)第152510號

中國古典文學叢書
皮子文藪
[唐]皮日休 著
蕭滌非 鄭慶篤 整理
上海古籍出版社出版发行
(上海市閔行區號景路159弄1-5號A座5F 郵政編碼201101)
(1)網址:www.guji.com.cn
(2)E-mail:guji1@guji.com.cn
(3)易文網網址:www.ewen.co
常熟市人民印刷有限公司印刷
開本850×1168 1/32 印張10.125 插頁6 字數170,000
1982年2月第1版
2017年7月第2版 2023年12月第3次印刷
印數:2,001—2,500
ISBN 978-7-5325-8506-9

I·3182 (精)定價:58.00元
如有質量問題,請與承印公司聯繫

皮日休文集卷第一

文藪

賦

霍山賦
憂賦
河橋賦
桃花賦

霍山賦　并序

臣日休以文爲命士所至州縣山川未嘗不求其風謠以頌以文夲上發輶軒使得採以聞六年至壽之騎邑曰霍山山故岳也邑贊于趾至之二日離邑一舍望乎嶽將頌之文也及見之則目乎聽手乎攣心乎聳神乎脅始欲狂其文寫其狀如丹青之不差也頌其風文其謠如金石之永播也既而其精怯然搏敵躁然械囚紛然棼絲悅然墮空浩然涉溟幽然久瘵則知才智之劣如耄而加疾將杖而奔者於戲霍山之靈哉霍山之靈哉將鬭其神而愚之邪抑有所達而託之邪其辰既決其精忽渝恬然而勝躁然而適紛然而靜悅然而安浩然而濟幽然而愈如壯而能決將陣而敵者於是狂其文寫其狀其詞曰

太始之氣有清有濁結濁爲山峻清爲岳其山厥臣其岳惟君惟南之鎮曰霍爲尊岳之大與地角壯與天勍勢剕稼華嵩青沂兗岱如垤而秀如塊而銳岳之高千仞萬仞蒼蒼茫茫日月相避其光望之數百里外爲天棟梁岳之尊端然御極聳然正位靜然而聽凝然而視其體當中如君之毅其屬者如騈其拇如枝其指若卑其儀若肅其從岳之氣其秀如春其清若秋其翠如雲雲不能麗其色如煙煙不能鮮若雨收氣爽丹青滿天岳之靈其神不朕其報如響若雨用滛岳能霽之若歲用旱岳能澤之岳之德生之育之煦之和之開藹染冉冪冪迷迷藻繪數百里岳之形有雲騖騖其勃如怒有泉烈烈其來如決吼豐隆奔列缺轟轟然霹靂天地俱裂岳之異狀其勢如危或不可支若不可維或仰而呀有如吮空或俯而拔有如攫地其

《四部叢刊》縮印明刊本《皮子文藪》

全書本（簡稱四庫本）、明公文紙本、明許自昌校刊本（簡稱許本）和合肥李氏重刊宋本（光緒二十一年刻）的複製本或過録本。我們更從山東大學圖書館查得國内罕見的日本享和二年（公元一八〇二年）刊本（簡稱享和本）。這樣，見於著録的皮子文藪版本，可説幾無遺漏了。這些本子與前次所用版本，字句頗多異同。特别是享和二年本和四庫全書本有多處優於他本者，使原先的一些存疑或阻梗，得以迎刃而解，誠屬快事。這次重校，擇善而從，逕改正文，並作出校語，仍附於每篇之末。

關於標點：原中華書局上海編輯所一九五九年版校本只作了斷句，用了頓號、句號兩種。這次改用新式標點，並加用專名綫，以便讀者。

關於附録：文藪是皮日休的自編集，其中文九卷，詩僅一卷，並不是作者的全部作品。爲方便研究者知人論世，全面了解皮日休，這次把文藪以外的詩文，也作了標點，作爲附録，附於文藪之後。全唐詩載其詩九卷，全唐文載其文四卷，除文藪已收録者外，仍依全唐詩、全唐文原次編排。詩據全唐詩康熙四十六年刻本，並以明毛晉刻本松陵集作了一些校勘。文據全唐文嘉慶十九年刻本，參照了唐文粹中的有關篇目。必要的地方也作出了校語。附録中還有各種版本的序跋。

最後，爲便於讀者對皮日休及其作品有個大致的了解，這次把原中華書局上海編輯所一九五九年版皮子文藪的前言，也附於書後。

皮日休的思想比較複雜，文筆亦時有晦澀。由於我們水平所限，校勘標點難免有誤，希望讀者予以指正。

蕭滌非　鄭慶篤

一九八〇年七月於山東大學

編按：今重新排印皮子文藪，稍作修訂，并將原一九五九年版前言移至此新版說明後。謹此紀念本書始作者蕭滌非先生一百一十周年誕辰。二〇一六年十一月二十七日。

中華書局上海編輯所一九五九年版皮子文藪前言

一

皮子文藪十卷，是晚唐現實主義詩人皮日休自編的一部詩文集。一至九卷是各種散文，第十卷是詩歌。

關於書的命名和編輯經過，作者在文藪序中曾作如下說明：「咸通丙戌中，日休射策不上第，退歸州（壽州）東別墅，編次其文，復將貢於有司。發篋叢萃，繁如藪澤，因名其書曰文藪焉。」咸通丙戌，是唐懿宗咸通七年（公元八六六年），也就是黃巢大起義的前十年。

我們知道，唐代最重進士之科，但當時考試還沒有糊名的辦法（試卷糊名始於宋真宗），一個人及第與否，在很大程度上取決於他的平素文名。爲了取得公卿們的吹噓，當時舉子們通常是在考試之先將平日所作詩文編成卷子分頭投獻，叫作「行卷」。假如落第，那麽第二年就再獻，叫作「温卷」。自序說「編次其文，復將貢於有司」，可見就是「行卷」、「温卷」一類的東西。

「行卷」，一般的説，是不會有多高價值的。但對皮子文藪我們却不能不另眼看待。這是因爲作者並不曾爲了博取大人先生們的喝彩，故意寫些春風滿面的文章，而是堅持着自詩經以來便已形成的現實主義的創作原則。他的創作動機，正如他在自序中説的，是要「上剥遠非，下補近失」。他認爲：「詩之美也，聞之足以觀乎功；詩之刺也，聞之足以戒乎政。」（正樂府序）所以他力求做到「句句考事實，篇篇窮玄虚」（奉酬崔璐見寄），而「非有所諷，輒抑而不發」（桃花賦序）。這種文藝觀點，和白居易的「文章合爲時而著，詩歌合爲事而作」正是一脈相傳。因此，儘管這是一種「行卷」，但作者仍能相當全面而深刻地反映了那個即將到來的農民大起義前夕的社會現實。

魯迅先生在小品文的危機一文中曾説：「唐末詩風衰落，而小品文放了光輝。但羅隱的讒書，幾乎全部是抗争和憤激之談；皮日休和陸龜蒙自以爲隱士，别人也稱之爲隱士，而看他們在皮子文藪和笠澤叢書中的小品文，並没有忘記天下，正是一塌糊塗的泥塘裏的光彩和鋒鋩。」從這段極其概括的話中，也就可看出皮子文藪的價值和它在文學史上的地位了。

的確，在皮子文藪中是有着不少的鋒鋩畢露的尖鋭諷刺的。比如他説：「古之置吏也，將以逐盜；今之置吏也，將以爲盜。」「古之殺人也，怒；今之殺人也，笑。」「古之隱也，志在其中；今之隱也，爵在其中。」「古之官人也，以天下爲己累，故己憂之；今之官人也，以己爲天下累，故人憂之。」「古之儉也，性；今之儉也，名。」（均見鹿門隱書）所有這些託古諷今的話，都可以説是一鞭一條痕，一抓一掌血的。他還說：「吏不與奸罔期，而奸罔自至。賈豎不與不仁期，而不仁自至。嗚呼！吏非被重刑，不知奸罔之喪己。賈豎非遭極禍，不知不仁之害躬也。夫易化而善者，齊民也。唯吏與賈豎，難哉！」這番話也很深刻，能發人深省，具有唯物主義的觀點。

不僅如此，對整個封建時代一貫推崇的所謂開國之君的本來面目，他也作了大膽的揭露。他說：「古之取天下也以民心。今之取天下也以民命。唐、虞尚仁，天下之民從而帝之。不曰取天下以民心者乎？漢、魏尚權，驅赤子於白刃之下，爭寸土於百戰之內，由士爲諸侯，由諸侯爲天子，非兵不能威，非戰不能服，不曰取天下以民命者乎？」（讀司馬法）原來所謂創業垂統的聖帝明王，從皮日休看來，都不過是屠殺人民的最大的劊子手而已。正因爲如此，所以他沒有把皇帝當作神聖不可侵犯的偶像來崇拜，而是認爲：如果皇帝不好，老百姓即使把他掐死甚至滅族，也不算過分。原謗篇說：「嗚呼！堯、舜，大聖也，民且謗之。後之王天下，有不爲堯、舜之行者，則民扼其吭，捽其首，辱而逐之，折而族之，不爲甚矣。」這種民主思想，雖受到孟子「聞誅一夫紂矣，未聞弑君也」的啓發，但更爲大胆而徹底。孟子還是多少爲周武王辯解，而皮日休則是完全替人民講話的。這正是後來作者參加黃巢起義軍的思想基礎；而黃巢起義的徵兆，也於此可見，因爲這種思想乃是當時階級鬥爭尖鋭化、表面化的反映。

據北夢瑣言卷二，皮日休是咸通八年，即編定文藪的第二年「榜末及第」的。這不能不令人奇怪：讒書的作者羅隱「十上不第」，所以羅衮贈詩說「讒書雖勝一名休」，徐夤贈詩也說「讒書編就薄徒憎」，可見羅隱正吃了讒書的虧。那麼爲什麼皮日休却能憑文藪而一舉成名呢？我最初頗不解，後見南部新書卷丙載：「大中（宣宗年號，公元八四七至八五九）以來，禮部放榜，歲取三二人姓氏稀僻者，謂之色目人，亦謂曰榜花。」這才恍然大悟，皮日休之得以榜末掛名，在很大程度上叨光了他的尊姓。不成問題，作爲統治階級用來僞裝公道以平衆憤的一個點綴品，所謂「榜花」，姓皮的要算是最有資格的了。皮日休及第後，並不得意，過了幾年才弄到一個太常博士，所以他曾憤慨的説：「季氏唯謀逐，臧倉只擬讒。」（江南書情二十韻）這才是權貴和宦官們對他的真正的態度和對文藪真正的「評價」。

像這樣一部光輝的創作，我們花點工夫加以校勘和必要的斷句，是完全應該的。

二

皮子文藪十卷，從最初編定時起，在文壇上便享有很高的聲譽。陸龜蒙和皮日休詩説：「近者韓文公，首爲開闢鋤。夫子又繼起，陰霾終廓如。搜得萬古遺，裁成十編書。」所謂十編書，即指文藪十卷。龜蒙此詩作於咸通十年或十一年，距編定時不過三四年。由此可以推知，文藪一書，當時傳抄，必很普遍，所以北宋初姚鉉編唐文粹得以大量採録，後來新唐書的藝文志、晁公武郡齋讀書志、陳振孫直齋書録解題，也一直有著録。這當然不是偶然的。

文藪的刻本，個人所見有以下幾種：四部叢刊影印袁氏明刊本、盧氏據明仿宋本（見湖北先正遺書）、明刊殘本（缺首頁柳開序及次頁文藪序之半）、于氏影宋本（光緒八年刻）、全唐文本。這裏，是以四部叢刊影印本爲底本，而以其他各本互校，並參考一些載有皮文的選本，如唐文粹、涵芬樓古今文鈔等；詩的部分則主要是用全唐詩，並校以最近影印的宋刊樂府詩集。共計校出脱文、誤文、衍文、倒文等五百餘條，雖不敢云盡善，基本上是可讀了。

在校勘中，也會碰到這種情況：明知某字必誤，但各本都無異文，如通玄子栖賓亭記，篇末明載「五年（咸通）五月朔日記」，但篇首却有「五年冬」的話，這個「五」字顯然是錯誤的，但各本都作「五」。在這種情況下，我有時只是指出某字有誤，有時也提出意見，如某疑當作某之類，不徑改原文。只有當文中所引與原書不符時，則即使各本均同，也予以校改。例如無項託篇：「嗚呼！項氏之有無，亦如乎莊周稱盗跖、漁父也，墨子之稱墨尿、娟嬋也。」按列子力命篇云：「墨𡰴、單至、嘽咺、憋懯四人，相與遊於世，胥如志也。」𡰴音膩。方言：『小兒多詐而獪，謂之嚜𡰴。』把列子錯成墨子，這很可能是由於皮日休的一時誤憶，只要指出就行，不必去改；但「尿」當作「𡰴」、「娟嬋」當作「嘽咺」，則是可據原書而予以改定的。又如憂賦篇：「西漢則中令扇迹，東京則鄛卿構基。」這兩句是説宦官專權的。「中令」指石顯，顯在西漢元帝時爲中書令（見漢書卷九十三佞幸傳）。「鄛卿」應作「鄛鄉」，指鄭衆。東漢時和帝封鄭衆爲鄛鄉侯，食邑千五百户（見後漢書卷一百八宦者傳）。但各本「鄉」都作「卿」，顯由二字形近而誤，也是可據原書改正的。

關於「點」的方面，這裏只用了逗號和句號兩種，但點起來也頗不簡單。唐語林卷二説：

「元和（憲宗）已後文章：學奇於韓愈，學澀於樊宗師。」皮日休最推崇韓愈的散文，如請韓文公配饗太學書說「文公之文，蹴楊墨於不毛之地，蹂釋老於無人之境」，並推爲「吾唐以來，一人而已」。所以他的文章也是學韓愈的（陸龜蒙說他是韓的繼承人，並非瞎捧）。不僅有韓愈的「奇」，還帶點樊宗師的「澀」，因而不大好點。

文藪所收文章，據自序，應該都是咸通七年以前寫的。但河橋賦序却有「咸通癸巳歲，日休游河橋」，「著河橋賦」的話。癸巳是咸通十四年，顯與自序矛盾。繆鉞先生疑「癸巳」爲「癸未」之訛（四川大學學報二期：皮日休的事迹思想及其作品）。按癸未是咸通四年，這年春，日休已由襄陽南下郢州（湖北鍾祥），一路往東南走去，這年秋，他到了南京（見白門表），而咎繇碑又有「五年春，日休自淝陵（安徽壽縣）之江左」的話，可見，在咸通四年他不可能又北上洛陽。

按全唐詩有皮日休洛中寒食七律兩首，第一首末云：「唯有路傍無意者，獻書未納問淮肥。」肥即淝陵，亦即書序所謂「州東別墅」的「壽州」。可見，皮日休咸通七年落第後，曾由長安取道洛陽到安徽去。又第二首云：「遠近垂楊映鈿車，天津橋影壓神霞。」可見他在洛陽曾游河橋（河橋賦所賦的橋即天津橋）。因此，我認爲河橋賦和洛中寒食二詩當是同時之作，都作於咸通丙戌（七年），「癸巳」可能是「丙戌」之誤。「丙」字壞其兩邊，更易誤猜作「癸」字。這個錯誤，大概在最初的傳抄階段便已有了，因爲現在各本都作「癸巳」。總之這篇賦決不會是咸通十四年作的，因爲早在咸通七年所作的書序，已有「慮民道艱難，作河橋賦」的話。

還有一種情況可以作爲旁證，那就是唐人雖愛詩如命，對於賦却不感興趣，只是爲了考進士不得不學這一手。一旦成名，他們便把它丢到九霄雲外，再不爲它絞腦汁，連大詩人杜甫、白居易都不例外。皮日休也是這樣。他一共寫了四篇賦，河橋賦外，霍山賦、憂賦、桃花賦都是及第前寫的，及第後，他便專意寫詩了。所以即從當時寫作風氣來看，河橋賦作於咸通十四年（即及第後六年）的可能性也是很小的。

三

現在，要談一談有關文藪的作者皮日休的一些問題。

日休先字逸少，後改襲美，湖北襄陽人，居鹿門山。他曾給自己起了一連串的外號，什麽「閒氣布衣」、「醉吟先生」、「鹿門子」、「醉民」、「醉士」等等。

他的主要活動時期是咸通至廣明的二十年間。這是怎樣的一個時代呢？我們且看韋莊的咸通詩：「咸通時代物情奢，歡殺金張許史家。破產競留天上樂，鑄山爭買洞中花。諸郎宴罷銀燈合，仙子遊回壁月斜。人意似知今日事，急催弦管送年華。」陸龜蒙的村夜詩更概括：「萬户膏血窮，一筵歌舞價。」貫休的東陽罹亂後懷王慥使君詩也説：「無人與奏吾皇道：致亂唯因酷吏來。剞剥生靈爲事業，巧通豪僭作梯媒。」原來當時統治階級的生活是那樣的糜爛腐朽，而他們的壓迫和剥削也竟然到了以「剞剥生靈爲事業」的地步。這就是皮日休生活於其中的時代環境，也就是文藪創作的社會基礎。（應該指出：這個「剞剥生靈」的「事業」，乃是最高統治者和他的爪牙們所幹的共同事業，貫休把酷吏和皇帝分開，好像和皇帝無關，則是不對的。）

皮日休的出身是個道地的「寒門」，够得上說是個「農家子」。他自言：「至於吾唐，汩汩於民間，無能以文取位……自有唐以來，或農竟陵，或隱鹿門，皆不拘（一作抱）冠冕，以至皮子。」（皮子世録）而據答陸龜蒙詩：「老牛瞪不行，力弱誰能鞭！」可見他少年時還確實有過一段勞動生活。

文藝是社會現實的反映，但不接觸現實也就不可能反映現實。皮日休所以能够成爲一個現實主義作家，和他的勞動生活以及那種「對燈任髻爇，憑案從肘研」的苦學精神固然有關，但廣泛的深入社會生活更是一個重要條件。他在太湖詩序中曾說到自己的行踪：「南浮至二別，涉洞庭，迴觀敷淺源，登廬阜，濟九江，由天柱抵霍嶽，又自箕、潁轉樊、鄧，陟商顏，入藍關。凡自江漢至於京，干者十數侯，繞者二萬里。」（全唐詩皮日休詩卷三）這種廣泛的閱歷，無疑對他的創作和後來終於參加農民起義都有很大關係。文藪中有不少好作品便是在「繞者二萬里」的過程中寫成的。

但是，作爲曾經參加農民起義這樣一個在文學史上絕無僅有的作家，皮日休也給我們帶來了一些問題。這裏我想簡要的談談以下三點：

第一是生年問題。聞一多先生的唐詩大系（聞一多全集第四册），定皮日休的生年爲公元八三三年，現在一般文學史也都定在這一年，但可惜他没有提出證據。按唐文粹卷五十一所載皮日休的文中子碑有這樣一句：「後先生二百五十歲生曰皮子。」文中子是王通，生於隋文帝開皇四年（公元五八四年），從公元五八四到八三三年，恰是二百五十年，這可能就是聞先生的根據。但是，這句話是有問題的，因爲各本皮子文藪都作「二百五十餘年」。而且，即使照二百五十年算，但既是「後」，那也應該是公元八三四年。我以爲皮日休當生於公元八三四至八三八年的幾年間。好在這問題關係不大，可不贅。

第二是爲黃巢翰林學士問題。這是一個重大的問題，因爲關涉到皮日休的政治立場、政治態度。首先要指出的是，皮日休並不是自動投効黃巢的。唐詩紀事卷六十四説日休「遭亂歸吴中（蘇州），黃巢寇浙江，劫以從軍」。郡齋讀書志卷四也説日休「爲毗陵（江蘇武進）副使，陷巢賊中」。地點雖不同，但都説是被劫，這大概是可信的。黃巢曾兩度入江浙，一在公元八七八年（見新唐書僖宗紀），一在公元八七九年（見通鑑卷二五三），被劫從軍，究在何年，則尚難斷定。

皮日休雖是被劫從軍，但從黃巢一入長安便用他做翰林學士而他並没有拒絶這件事看來，顯然他是傾向於革命的。假如他也像詩人周朴那樣封建頑固，把黃巢看成「賊」，説什麽「我尚不仕天子，安能從賊？」（唐詩紀事卷七十一）那他就不可能接受黃巢的任命。由於當時大部分失意文人對唐政府的怨恨，在社會上形成一股有可能和革命結合的力量，黃巢當時採取了優待儒者的所謂「下士」的政策來爭取他們，保護他們的生命財産，甚至有的被俘的人，只要冒充一聲「儒者」，便能得到釋放，因之當時義軍中曾流行這樣一句政治口號：「逢儒則肉師必覆。」（新唐書黄巢傳）這也就是説，一個書生要從起義軍中逃出來是並不難的。事實也是這樣，像詩人司空圖、韋莊和王徽等人便都是從長安逃出來的。但是皮日休没有逃跑，這也足以説明他的立場相當堅定。

關於皮日休爲黄巢翰林學士的記載，最早見於舊唐書僖宗紀：

廣明元年（公元八八〇年）十二月，甲申（初五），賊入京城。壬辰（十三日），黄巢據大内，僭號大齊，稱年號金統……以太常博士皮日休、進士沈雲翔爲學士，爲僞赦書云：「揖讓之儀，廢已久矣；竄遁之迹，良用憮然！」

舊唐書作者劉昫的年代相當早，生於公元八八二年，所記必有充分根據。舊唐書外，歐陽修的新唐書黄巢傳和司馬光的資治通鑑（卷二五四）也都有記載。根據這些最早的和比較早的記載，皮日休爲黄巢翰林學士這件事，原可肯定，不成問題。但是，也有人不相信。大詩人陸游就曾一再爲皮日休辯護。他在跋松陵倡和集一文中説：

皮襲美，當唐末遯於吴越，死焉。有子光業，爲吴越相。子孫業文，不墜家聲。至襲美四世孫公弼，以進士起家，仕慶曆、嘉祐（宋仁宗）間，爲韓魏公（韓琦）所知，雖不甚貴顯，亦當世名士也。方吴越時，中原隔絶，乃有妄人造謗，以謂襲美隳節於巢賊，爲其翰林學士，新唐書喜取小説，亦載之。豈有是哉！比唐書成時，公弼已死，莫與辨者，可嘆也。開禧元年九月十四日。（渭南集卷三十）陸游把皮日休從黄巢看成「隳節」，這種立場，就決定他的態度不可能是客觀的。他攻擊新唐書「喜取小説」，不知已早見於舊唐書。新唐書成書，比舊唐書要晚一百一十五年（新唐書成於公元一〇六〇年，舊唐書成於公元九四五年），那麽，要駁也得先駁舊唐書，才是正理。所以他這番辯護是不能成立的。後來，陸游在他的老學庵筆記中（卷十），又根據尹洙寫的皮子良墓誌（河南集卷十五）作了第二次的辯護。他説：

> 該聞録（此書已佚）言「皮日休陷黄巢，爲翰林學士，巢敗被誅」。今唐書取其事（按新舊兩唐書都没有日休被誅事）。按尹師魯作大理寺丞皮子良墓誌，稱「曾祖日休，避廣明之難，徙籍會稽，依錢氏，官太常博士，贈禮部尚書；祖光業，爲吴越相；父燦，爲元帥府判官，三世皆以文雄江東」。據此，則日休未嘗陷賊爲其翰林學士被誅也。孫仲容，在仁廟（宋仁宗）時，仕亦通顯。乃知小説謬妄，無所不有。師魯文章傳世，且剛直有守，非欺後世者，可信不疑也。予故表而出之，爲襲美雪謗於泉下。

陸游這番話也很主觀。他也不想一想，墓誌是一種什麽性質的文章，在他那個封建時代，像「從賊」這種「大逆不道」的事怎麽能寫進一篇「亦欲掩疵揚善以安孝子之心」（韓琦與范仲淹論尹師魯行狀書語）的墓誌銘裏去？墓誌是要根據死者子孫所提供的行狀的，能不能設想：皮日休的子孫會把這種事老老實實寫在行狀上？如説「師魯文章傳世，剛直有守，非欺後世者」，故「可信不疑」。難道歐陽修、司馬光就不是這樣而是要欺後世的嗎？恐怕陸游自己也不能同意這結論吧。值得注意的是，歐陽修還是尹洙的好友，而新唐書成書又在墓誌之後，要不是確鑿有據，他又何必和老朋友立異。

由於陸游是位大詩人，而一般文人又都是封建頭腦，這就使得他的辯護很發生一些影響。胡三省就曾把筆記那段話引入通鑑注中而不加可否，後人也都採取「未知孰是」的態度。所以我們不能不提出來加以澄清。

最後第三，是死的問題。皮日休的死，有三種傳説：一病死，二遇害，三被誅。

病死一説，見尹洙所作墓誌。墓誌説：「日休避廣明之難，徙籍會稽，及錢氏（錢鏐）王其地，遂依之，官太常博士，贈禮部尚書。」照這樣説來，那皮日休自然是壽終正寢在杭州的了。但這是不足信的。理由：如果日休真的在錢鏐手下作太常博士，那他就不可能不和同在錢氏王朝的詩人羅隱打文字交道。在唐朝，兩位詩人碰在一起而不你倡我和的，簡直是不能設想的事情，何況又是在美麗的杭州。但羅隱詩中無一字涉及日休，日休詩中也無一字涉及羅隱，足證他們根本没有在錢氏王朝碰過頭。又按皮光業所作吴越國武肅王（即錢鏐）廟碑（十國春秋卷七八），末尾有一段感恩戴德的話，但只説到他自己是一個「二紀幕客，十載廷臣」。（錢鏐正式建國始於公元九二三年，死於九三二年，相距十年；又建國後，將吏才稱臣，故碑云「十載廷臣」）。不難知道：假如日休真曾依錢鏐並作他的官，那碑文便應有「臣父子感恩」一類話頭，現在却一字未提。這也足證日休根本就没有避難到杭州，更不會病死在杭州了。所以這一説是不足信的。

遇害一説，最早見於北夢瑣言卷二：「日休寓蘇州，與陸龜蒙爲文友，黄寇中遇害。」所謂遇害，照封建時代的習慣用法，是指爲「賊」所殺害，在這裏則是説爲黄巢所殺害。但何時、何地、因何遇害，該書都未作交代。北宋時錢易的南部新書才説是因作讖被殺。該書卷丁：

黄巢令皮日休作讖詞，云：「欲知聖人姓，田八二十一。欲知聖人名，果頭三屈律。」巢大怒。蓋巢頭醜，掠鬢不盡，疑「三屈律」之言是其譏也，遂及禍。

人們是都有些「唯怪之欲聞」的。此説一出，便取得不少人的相信，並大事宣傳，幾乎牢不可破。其實大有問題。

南部新書成書於宋仁宗初，去黄巢起義失敗已百四十餘年，其説晚出，一可疑。南部新書説「三屈律」是譏「巢頭醜」，而陳振孫的直齋書録解題却又説成「賊疑譏已髮拳」，那麽到底是譏頭醜還是譏髮拳呢？足見讖詞原是信口瞎編，而所謂頭醜、髮拳，則又是利用瞎編的讖詞來對起義領袖進行卑鄙的人身攻擊的。其説無稽，自相矛盾，二可疑。巢頭醜，别無記載，皮日休本人的「其貌不揚」，倒是見於北夢瑣言（卷二）。他自己也説：「子之道有以邁千人，子之貌固不足加於衆。」（鹿門隱書）可見確是事實。自己長得醜，却去嘲笑人，皮日休似不至這樣自醜不覺，三可疑。皮日休對迷信相法的人曾給以辛辣的諷刺，如相解篇：「今之相工，言人相者，必曰：『某相類龍，某相類鳳，某相類牛馬，某至公侯，某至卿相。』是其相類禽獸則富貴也。……今之人言其貌類禽獸則喜，真人形則怒；言其行類禽獸則怒，真人心則喜。夫以鳳爲禽耶？鳳則仁義之禽也。以騶虞爲獸耶？則騶虞仁義之獸也。今之人也，仁義能符是哉？是行又不若於禽獸也。』我們很難設想，一個反對相法的人會從相貌上來挖苦人，四可疑。皮日休的思想本很激進，雖被劫從軍，但畢竟做了黄巢的翰林學士，在這種情形下，似不至又回過頭來譏諷對方以自取滅亡，五可疑。黄巢是廣明元年（公元八八〇年）十二月入長安的，照常理説，如要作讖，當在入長安作皇帝以後不久，這也就是説，如果皮日休真因作讖被殺，應不出中和元年（公元八八一年）。但全唐文卷七九九所載皮日休的題同官縣壁却是中和三年寫的。其全文如下：

余行邑過此，偶無令長，遂寄榻縣宇。步履後圃，荒蕪不治，獨有四小柏鬱然於草莽間，與菅茅並處，良可嘆者！後之來者，當有瘦馬長官，定能爲四柏主人，幸無忽此語也。

中和三年三月望日，日休書。

話雖不多，却語重心長，風格也和文藪極相似，是可信爲皮日休的作品的。但也不是没有問題，繆鉞先生就表示懷疑。理由是，皮日休既在黄巢政權下作翰林學士，作文時應用黄巢年號「金統」，不應用唐僖宗年號「中和」。這裏確有矛盾，但這一矛盾的形成是可以解釋的，我們不能貿然的就據此認爲非皮作。我疑心題壁一文原作「金統」，後來封建文人覺得不好用「賊」的年號，因而改爲「中和」。但改的人没有注意到這兩個年號之間實相差一年（金統始於公元八八〇年，中和始於八八一年），因而沒有同時把「三年」也改成「二年」。這樣，就又構成了第二個矛盾，即文的內容和當時起義軍的實際情況不相符合。比如文中有「余行邑至此（銅官縣）」一語，「行邑」是上官巡視安撫屬縣的意思，但中和三年三月間，起義軍已一蹶不振，四月，李克用入長安，連黃巢本人也由藍田關退走，在這種緊急關頭，那裏還談得到什麽「行邑」？所以繆先生也說「此時黃巢政府似乎不會再派官吏去巡察屬縣」。這推論原是對的。但是，如果我們知道「中和三年」是後人竄改的，原作「金統三年」實際上是中和二年的話，那這矛盾也迎刃而解了。因爲，據通鑑（卷二五四）：「中和二年正月，黃巢以朱溫爲同州刺史，令溫自取之。二月，同州刺史米誠奔河中，溫遂據之。」可見起義軍是中和二年二月佔領同州的（這是起義軍的全盛時期），那麽，皮日休被派遣由長安出發於三月十五日到達銅官縣（屬同州）視察安撫，乃是極自然而合理的事。這也就是說，中和二年，亦即金統三年，皮日休還活着，黃巢要作讖，也不會遲至這一年。這是六可疑。

由以上分析看來，作讖被殺的說法，很可能是南部新書作者的揑造。其目的，除了從相貌上醜化黃巢外，還有兩點用意：一是嫁禍於人。把唐統治者殺害皮日休的罪行寫在黃巢的賬上，從而挑撥並激起人們對起義軍的憎恨。這和通鑑（卷二五四）說黃巢在長安曾「大索城中能爲詩者盡殺之，凡殺三千餘人」，同樣是一種中傷和誣衊。（夏承燾先生韋端己年譜曾據韋莊此時在長安而未死一事證明通鑑的誣衊。）另一是企圖改妝皮日休。把他的立場，從對抗封建皇帝轉到對抗起義軍領袖。這種改妝，愈到後來愈完備，也愈露馬脚。且看元辛文房的唐才子傳（卷八）：

日休性沖泊無營，臨難不懼。乾符喪亂，東出關，爲毗陵副使，陷巢賊中。巢惜其才，授以翰林學士，日休惶恐，跼蹐欲死，未能動〔一〕。令作讖文以惑衆，曰：「欲知聖人姓，田八二十一。欲知聖人名，果頭三屈律。」賊疑其裹恨，必譏己，遂殺之。臨刑神色自若，無知不知，皆痛惋也。

試把這段文跟南部新書所載對照，就可以清楚的看出改妝的演進過程。這裏，辛文房已把皮日休一個「從賊」的「亂臣賊子」巧妙地想當然地渲染成一個「罵賊」的「忠臣烈士」了。這種改妝，也是階級意識、階級鬬爭的反映，統治者和封建文人都想把皮日休拉到他們這邊來，爲他們服務，免得留下「壞榜樣」。

至於那讖詞，是怎樣編成的呢？按太平廣記卷二百九十董昌條引會稽録：「董昌未僭前，有山陰縣老人僞上言於昌曰：『今大王善政及人，願萬歲帝於越，以福兆庶。三十年前，已聞謡言，正合今日，故來獻。其言曰：欲識聖人姓，千里草青青。欲知聖人名，日從日上生。』昌得之，大喜。……乃贈老人百縑，仍免其征賦。乾寧二年（公元八九五年）二月二日，僭衮冕儀衛，自稱聖人，及令官屬將校等皆呼聖人萬歲。」我疑心南部新書那首讖詞，乃作僞者從這兒套來的。

最後，被誅一説，則只見於老學庵筆記所引該聞録。「誅」雖然也是殺，但是由封建統治者來殺並表示被殺者是罪有應得的，所以和「遇害」有本質上的區別。被誅一説，雖不見他書，但從陸游不駁作讖被殺而獨駁被誅看來，則這一説在宋時一定很流行。

我以爲這一説是可信的、合理的。首先，皮日休既然作了黄巢的翰林學士，這就構成了他的「殺無赦」的條件。當公元八八三年五月，黄巢退出長安不久，唐僖宗就下了一道詔，説「崔璆家貴身顯，爲黄巢相首尾三載，不逃不隱，於所在斬之！」翰林學士表面上雖比不上宰相，但其實地位很重要，中唐以後，曾有「内相」之稱。（新唐書陸贄傳：「贄入翰林，以材幸天子，雖外宰相主大議，而贄居參裁可否，時號内相。」）外相要斬頭，内相也必難倖免。其次，黄巢起義是一個大規模的殘酷的階級鬭争，所以唐統治者對凡是與起義軍有關的人都斬盡殺絶，雖婦女不饒。通鑑卷二五六：「中和四年七月，時溥遣使獻黄巢及家人首并姬妾，上（僖宗）御大玄樓受之，宣問姬妾：『汝曹皆勳貴子女，世受國恩，何爲從賊？』其居首者對曰：『狂賊凶逆，國家以百萬之衆，失守宗祧，播遷巴蜀，今陛下以不能拒賊責一女子，置公卿將帥於何地乎！』上不復問，皆戮之於市。」姬妾尚不肯饒，何況翰林學士？

該聞録説日休「巢敗被誅」，按黄巢之死雖在公元八八四年六月，但他的失敗實始於八八三年四月的撤退長安。這時，一般參加革命政權的士大夫們大概不會再跟着走，日休之「被誅」，最大的可能也當在這年〔二〕。他死時大約四十七八歲。

皮日休爲黄巢翰林學士和巢敗被誅事，北夢瑣言的作者孫光憲可能是知道的，但當他寫這部書時，日休的兒子光業已做吴越國王的宰相，所以不免「筆下留情」，只含混地説「黄寇中遇害」。「人情遮蓋兩三分」，這情形在舊社會是常不免的。

關於日休的死，目前個人還只能作這樣的論定。

皮日休的著作，文藪十卷外，我們現在還能看到的，尚有散文七篇，見全唐文卷七九六、七九七、七九九；詩三百多首，見全唐詩，但都没有多大價值。及第後，他曾在蘇州作刺史崔璞的軍事判官，和陸龜蒙倡和，編有松陵集十卷，數量雖多，質量却不高，其中如「四聲」、「雙聲」、「疊韻」、「藥名離合」、「縣名離合」等一類「雜體詩」，更是一種文字遊戲。這也充分説明生活對一個作家的巨大影響。使我們感到遺憾的，是他參加革命政權以後没有留下什麽作品，前引題同官縣壁一文要算是唯一的一篇。總之，皮日休的代表作便是這文藪十卷了。

蕭滌非於濟南山東大學

一九五八年十二月二十五日

〔一〕動，一作劫。

〔二〕夏承燾先生韋端己年譜引北夢瑣言卷六陸龜蒙追贈條：「光化三年，贈右補闕。吳侍郎融傳貽史，右補闕韋莊撰誄文，相國陸希聲撰碑文，給事中顏蕘書，皮日休博士爲詩。」（唐宋詞人年譜二二頁）按光化三年，爲公元九〇〇年，照此看來，豈不是黃巢死後六年皮日休還活着嗎？但北夢瑣言卷二明言皮日休「黃寇中遇害」，這又將作何解釋？豈不自相矛盾嗎？後經檢對原書及唐語林的引文，才知道夏先生在引用此條時似有誤節、誤讀之處。北夢瑣言（稗海刻本）卷六的原文如下：「陸龜蒙……光化三年，贈右補闕。韋莊撰誄文，相陸希聲撰碑文，給事中顏蕘書，皮日休博士爲詩友，客死。」宋王讜唐語林卷四引此條作：「陸龜蒙……光化三年，贈右補闕。吳侍郎融立傳貽史官，右補闕韋莊撰誄文，相國陸希聲撰碑文，給事中顏蕘書，皮日休博士爲詩友，寇死。」夏先生所引，似即本唐語林。值得注意的是末一句，唐語林的引文雖與現所見北夢瑣言略有出入，但在「皮日休博士爲詩」下都有一「友」字，却是相同的。而這個「友」字，從上下文看來，是只能屬上成句，而不能屬下的。現在夏先生把它節去，于「詩」讀斷，這就不免給讀者一個錯覺，以爲這時皮日休還在寫詩了。其實這一句是追敍的話。至于原書「客死」，我以爲應從唐語林作「寇死」，蓋由形近而誤。所謂「寇死」，是說死于寇，也就是「黃寇中遇害」的省文。因恐引起誤解，故附及。

附　記

已是兩三年前的事：文學古籍刊行社委托我校點皮子文藪一書。我因工作關係，時斷時續的一直到去年夏才算校點完，並順便寫了上面那篇小文。現在中華書局打算採用我這個校本，並建議就用這篇文章作爲「前言」，我覺得可以，也合乎我的原意。

這篇文章曾在今年一月號文史哲上發表，這次已作了一定的修改補充，希望讀者連同校點中存在的錯誤一併予以指正！

儘管這只是一種校點工作，而且是舊貨色，但爲了表達我的心情，在這最後結束這一工作的頃刻，我還是願意拿來作爲迎接即將到來的對我們偉大的祖國來說特別值得紀念的一年——一九五九年的獻禮！

蕭滌非於濟南山東大學

一九五八年十二月二十五日

總目

新版説明……一
中華書局上海編輯所一九五九年版皮子文藪前言……一
皮日休文集序……一
文藪序……一
第一卷　賦……一
第二卷　諷悼……一三
第三卷　文……二五
第四卷　碑銘讚……四一
第五卷　文論頌序……五三
第六卷　箴……六五
第七卷　雜著……七三
第八卷　雜著……八七
第九卷　書……一〇一
第十卷　詩……一一九
皮子世録……一三七
附録一　皮日休集外詩文……一三九
附録二　皮子文藪的有關序跋……二七五

皮日休文集序

如京使金紫光禄大夫檢校司空兼御史大夫
上柱國河東縣開國伯食邑九伯户柳開撰

讀皮子文，其目曰「藪」。凡藪者，澤也，又曰「淵藪」也，以其事物萃集之也。古國之大，各有藪焉。魯大野、晉大陸、秦楊陓、宋孟諸、楚雲夢、吴越具區、齊海隅、燕昭余祁、鄭圃田、周焦護，皆爲藪也。謂是地之廣，故以名之也。魯、晉、秦、宋、楚、吴、越、齊、燕、鄭、周，分里之不同，各名以異之焉。然一天地矣。予謂皮子之名「藪」也，疑爲以其文之衆，作之藪也。又疑爲若魯、晉、秦、宋、楚、吴、越、齊、燕、鄭、周，以其文類不同，各爲藪也。是文之類雖不同，而曰「藪」，亦若魯、秦、宋、楚、吴、越、齊、燕、鄭、周之藪雖異，而總一天地也，都以文而統之，是曰「文藪」也。疑而愛之，觀其首，又無所序説，遂盡而讀之，見其藪之爲意也。霍山，爲賦之藪；首陽，爲碑之藪；隋鼎，爲銘之藪；易商君傳，爲讚之藪；周昌相趙，爲論之藪；陵母，爲頌之藪；心，爲箴之藪；移成均博士，爲書之藪；三羞，爲詩之藪。藪之于文，不可盡舉，若九諷、十原、決疑、雜著之類也。、約其名幾尤者，例而取之也。謂賦下題名也。大野之下，國之藪焉；霍山之下，文之藪也。孰謂皮子文藪之義，不曰是乎？將不曰是，即不在此而在於彼也。傳者得以取義焉。

文藪序

皮日休〔一〕撰

咸通丙戌中，日休射策不上第，退歸州東别墅，編次其文，復將貢于有司。發篋叢萃，繁如藪澤，因名其書曰文藪焉。比見元次山納文編于有司，侍郎楊公浚見文編，歎曰：「上第，污元子耳！」斯文也，不敢希楊公之歎，希當時作者一知耳。賦者，古詩之流也。傷前王太佚，作憂賦；慮民道難濟，作河橋賦；念下情不達，作霍山賦；憫寒士道壅，作桃花賦。離騷者，文之菁英〔二〕傷於宏奥，今也不顯離騷，作九諷。文貴窮理，理貴原情，作十原。太樂既亡，至音不嗣，作補周禮九夏歌。兩漢庸儒，賤我左氏，作春秋決疑。其餘碑、銘、讚、頌、論、議、書、序，皆上剥遠非，下補近失，非空言也。較其道，可在古人之後矣。古風詩，編之文末，俾視之，粗俊於口也。亦由食魚遇鯖，持肉偶臇。皮子世録著之于後，亦太史公自序之意也。凡二百篇，爲十卷，覽者無誚矣。

【校】

〔一〕「皮」上于本、盧本均有「唐」字。

〔二〕「英」字下各本有「者」字，從四庫本删。

皮日休文集卷目

第一卷　賦
霍山賦　并序……一
憂賦　并序……三
河橋賦　并序……七
桃花賦　并序……一〇
第二卷　諷悼
九諷系述　并序……一三
正俗……一四
遇謗……一五
見逐……一五
悲遊……一六
憫邪……一七
端憂……一八
紀祀……一八
捨慕……一九
潔死……二〇
悼賈　并序……二〇
反招魂　并序……二三
第三卷　文
十原系述……二五
原化……二五
原寶……二六

原親……二七
原己……二八
原弈……二九
原用……三〇
原謗……三一
原刑……三一
原兵……三二
原祭……三二
補周禮九夏系文并序……三三
九夏歌九篇……三三
春秋決疑十篇……三七

第四卷　碑銘讚

文中子碑……四一
咎繇碑……四二
首陽山碑……四三
春申君碑……四四
劉棗強碑……四五
汴河銘……四八
藍田關銘并序……四九
隋鼎銘……四九
新城三老董公讚并序……五〇
易商君列傳讚并序……五〇

第五卷　文論頌序

補大戴禮祭法文……五三
祝瘧癘文……五四
晉文公不合取陽樊論……五五
秦穆謚繆論……五七
漢斬丁公論……五八
周昌相趙論……五九
陵母頌……六〇
非沈約齊紀論……六一
正沈約評詩論……六二
補泓戰語……六二
獨行……六三

法言後序……六四

第六卷　箴

六箴序……六五
心箴……六五
口箴……六六
耳箴……六六
目箴……六七
手箴……六七
足箴……六八
動箴……六八
静箴……六八
酒箴　并序……六九
食箴　并序……七一

第七卷　雜著

讀司馬法……七三
請行周典……七四
相解……七四
惑雷刑……七六
悲摯獸……七七
誚莊生……七八
旌王宇……七九
斥胡建……八〇
白門表……八〇
無項託……八二
郢州孟亭記……八三
通玄子栖賓亭記……八四

第八卷　雜著

正尸祭……八七
讀韓詩外傳……八八
題叔孫通傳……八九
題後魏釋老志……九〇
題安昌侯傳……九一
趙女傳……九二
何武傳……九三

鄙孝議上篇……九五
鄙孝議下篇……九六
内辯……九八

第九卷 書

移元徵君書……一〇一
請韓文公配饗太學書……一〇四
請孟子爲學科書……一〇六
移成均博士書……一〇七
鹿門隱書六十篇 并序……一〇八

第十卷 詩

三羞詩三首……一一九
七愛詩 并序……一二二
房杜二相國玄齡、如晦……一二三
李太尉晟……一二三
盧徵君鴻……一二四
元魯山德秀……一二四
李翰林白……一二五
白太傅居易……一二五
正樂府十篇 并序……一二六
卒妻怨……一二七
橡媪歎……一二七
貪官怨……一二八
農父謡……一二八
路臣恨……一二九
賤貢士……一二九
頌夷臣……一二九
惜義鳥……一三〇
誚虚器……一三〇
哀隴民……一三〇
雜古詩十六首……一三一
奉獻致政裴秘監……一三一
秋夜有懷……一三二
喜鵲……一三二
蚊子……一三二

鹿門夏日……………………………………一三三
偶書……………………………………一三三
讀書……………………………………一三三
貧居秋日……………………………………一三三
閒夜酒醒……………………………………一三四
秋江曉望……………………………………一三四
旅舍除夜……………………………………一三四
過雲居院玄福上人舊居……………………一三四
陪江西裴公遊襄州延慶寺…………………一三五
西塞山泊漁家……………………………一三五
襄州春遊……………………………………一三五
送從弟歸復州……………………………一三五

皮子世録……………………………………一三七

皮日休文集卷第一

賦

霍山賦 并序

臣日休以文爲命士，所至州縣山川，未嘗不求其風謡，以頌以文，幸上發輶軒，使得採以聞。六年，至壽之駢邑曰霍山。山，故岳也。邑贅于趾。至之二日，離邑一舍，望乎嶽，將頌之文也。及見之，則目乎戆，手乎彈，心乎聳，神乎瞀，始欲狂其文，寫其狀，如丹青之不差也。頌其風，文其謡，如金石之永播也。既而其精怯然搏敵，躁然械囚，紛然棼絲，怳然墮空，浩然涉溟，幽然久疹。則知才智之劣，如耄而加疾，將杖而奔者。於戲！霍山之靈哉！霍山之靈哉！將闕其神而愚之邪？抑有所達而託之邪？其辰既浹，其精忽渝，怯然而勝，躁然而適，紛然而静，怳然而安，浩然而濟，幽然而愈，如壯而能決，將陣而敵者。於是狂其文，寫其狀。其詞曰：

太始之氣，有清有濁。結濁爲山，峻清爲岳。其山厥臣，其岳惟君。惟南之鎮，曰霍爲尊。岳之大，與地角壯，與天勍勢。荆豫華嵩、青沂兖岱，如垤而秀，如塊而鋭。岳之高，千仞萬仞，蒼蒼茫茫，日月相避其光。望之數百里外，爲天棟梁。岳之尊，端然御極，聳然正位。静然而聽，凝然而視，其體當中，如君之毅。其屬者如駢其拇，如枝其指，若卑其儀，若肅其位。岳之氣，其秀如春，其清若秋。其翠如雲，雲不能麗；其色如煙，煙不能鮮。若雨收氣爽，丹青滿天。岳之靈，其神不朕，其報如響。若雨用淫，岳能霽之；若歲用旱，岳能澤之。岳之德，生之育之，煦之和之。開蘤染卉，萋萋迷迷，藻繪數百里。岳之形，有雲鶩鶩，其勃如怒；有泉烈烈，其來如決。叱豐隆，奔列缺，轟然霹靂，天地俱裂。岳之異狀，其勢如危，或不可支，若不可維。或仰而呀，有如吮空；或俯而拔，有如攫地。其曉而東，有如冠日；其暮而西，有如孕月。有水而脈，有石而骨，有洞而腹，有崿而節。或鋭而勵，或斷而截，或迴而馳，或低而折。其經之怪之，祥之詭之，千種萬類，緊不可得而詳記。因神狂不能自主，殆而寐，夢一人絳衣朱冕，怪貌魁形，曰：「余，祝融之相也。霍山，余君之故治也。爾賦之，誠形矣勝矣，怪矣典矣，然義有弗備，帝俾余蒞。夫古有五岳，霍居其一。所以五岳相邇者，唐虞之帝五載一巡狩，一載而徧。上以覲侯，下以存民。侯有治者陟，不治者黜；民有冤者平，窮者濟。洎唐、虞以降，皆燔柴于霍，我帝用饗其禮。至周旦，策而命我，與諸岳星列中國。自漢之後，乃易我號，而歸于衡，故祝融遷都，命余守霍。今聖天子，越唐邁虞，而廢巡罷狩，余之封内，有可陟可黜，可平可濟者，是聖天子無由知之。爾能以文請於職事之達者，易衡之號以歸於我，請天子復唐虞陟黜之義，故爾之將賦，余閟爾懷而不爾文。帝曰：『有衡既遠，有巡必勞，惟霍之邇，斯號可復。賦者能言，胡不俾傳？帝俾余命爾，錫爾文，爾無忘也。』臣曰：『請惟神貺。』」既覺而書。嗚呼異哉！

憂賦 并序

草茅臣日休，見南蠻不賓，天下徵發，民力將弊，乃爲賦以見其志。詞曰：

上自太古，粤有民族，顓若混命，愚如視肉。當斯時也，雖三王之道不能化，五帝之澤不能沐。乎混沌欻起，晛視䮬分，其形也有精有神，其心也有僞有真。既凋其質，又秀其純。有智有機，有義有仁。有怨有懟，有悲有辛。居人靈府者，總屬于神。神之生也，攝爽孕精，胎意嬰情。不迹不朕，無臭無聲。不居于愚，不侵于嬰。先物而動，先人而行。不注而溢，不絲而縈。神之居也，填胸塞臆，冥冥默默。静如寐魘〔一〕，將語不得。其遇如噎，其飲如食。其輕者膌，其重者殛。神之行也，其居幽幽，其行悠悠。來不可抑，去不可留。其情如剌，其緒如抽。其剛爲憤，其弱爲羞。其子爲恨，其孫爲愁。入人之心也，如毒如螫，如虔如劉。不綸而漁，不兵而蒐。其堅也龍泉不能割，其痛也萆荔不能瘳。入人之懷也，倘倘佯佯，隱隱遑遑。宰然不勝，悒若有亡。威能制佚，力可摧剛。乖人之性，反天之常。不喪而戚，不役而忙。不觸〔二〕而醉，不馳而狂。是知食鯈魚者不能已，樹萱草者不可忘。儻懷如嚄（烏百反）唶（音則）者，其人立傷。入人之神也，昧人之精，爍人之英。癡然而作，如病宿酲。雖有王澄之色必俛，樂廣之神不清。入人之首也，欻從内熱，鬱而上結。不勞膏沐，自清其髮。有久而釋者，則其人也，冠絲簪雪。入人之眉也，於悒摧頹，思不自裁。動如葭灰，飛上眉來。顰然無力，自落金盃。有積而未已者，雙眉之翠，如一月不開。入人之目也，端坐日晏，凝然忘倦。注睫直視，外象不遍。雖有斧藻之繡，毛嬙、驪姬列於前，昏如有事。入人之耳也，希希夷夷，俯而不思。殷然滿耳，其身如尸。雖師曠之善聽，苟入之也，迅雷烈風，亦不聞之。入人之齒也，噤其齒牙，淡其含咀。悲嗟既已，哆如餓虎。雖有膹炙餫餕堆其前，糲不可茹。入人四肢也，如縶如維，如勞如疲。其力如柳，弱不可支。苟甚者，消骨枯髓，奪色削肌，其人也立不勝衣。噫嘻嗚戲！憂之甚也如斯。向其入之也，臣皆有之。然猶未憂，何寔〔三〕爲師。既憂其身，須憂其時。苟肉食者謀失，而藿食者殃罹，可不憂歟！可不憂歟！夫於政而疲，於祿而尸。王道不宣，皇綱不維。元惡作矣，大盜乘之。是臣憂也。后妃之際，陰教規矩。夏德塗山，周贊文母。牝鷄無晨，中饋有主。苟奇袞而不黜，乃神器之可取。宮掖紊亂，姦邪麀聚。文信爲相而私后，董偃作庸而尚主。其甚也，漢成母以國循性，周宣后將權授父。是臣憂也。儲后之選，實賢與良。少海增潤，重離益光。輔導不至，乃爲猖狂。歎戾園之思子，嗟臨江之憫王。斯愛是即，惡乃易彰。其甚者，愍懷死而晉亂，房陵易而隋亡。是臣憂也。封宗王嫡，所以貴親。茅土足以繼其後，印綬足以飾其身。至乃割域中之土宇，半天下之黎民。王猶未足，亂以遄臻。其甚者，篡則王倫、孫秀，殺則清河萬人。是臣憂也。輔之而王，在忠與良。致叔父於折木，取太公於釣璜。寵之極也，其化爲權。權之極也，其化爲強。其甚者，曹操以兵而上殿，高澄抑帝而勸觴。是臣憂也。內豎之臣，乃寵乃綏。豎刁亂齊之日，伊戾禍宋之時。

西漢則中令扇迹，東京則鄭鄉〔四〕構基。舉手天轉，切齒國危。其甚者，陳蕃以賢而陷矣，何進用忠而僇之。是臣憂也。賈誼愛時，仕止於國傅，桓譚非讖，官止於郡丞。是臣憂也。將在於軍，君命不復。知魏絳之法行，見條侯之令肅。郭開受諫，李牧就誅。范睢一言，武安被僇。是臣憂也。王臣蹇蹇，言須逆耳。治亂終書，善惡必紀。趙盾終屈於董狐，崔杼竟書於太史。至有陳象極言以族滅，李雲上書而身死。是臣憂也。懸官待賄，命相取資。崔烈作司徒之日，曹嵩爲太尉之時。未搜巖穴，莫訪茅茨。秦繆既誅於五羖，桓魋將退於仲尼。是臣憂也。法令如網，隨而補之。肺石之上，落人涕洟。公孫鞅恢令之法，嚴延年掃墓之期。是臣憂也。命將興師，夸力四夷。既侵嶺徼，又定邊陲。以無用之沙漠，竭有限之民資。是以先王謂之荒服，後嗣謂之羈縻。豈可使親帥武旅，躬揮戰麾。故漢高有白登之辱，隋煬有鴈門之圍。是臣憂也。出警入蹕，以示嚴肅。非有事於名山，即展義於羣牧。故昭王遊漢水以無歸，宣帝幸中山而不復。是臣憂也。功作非宜，奪民農時。我簠不粢，我黍阻饑。傾宮既作，阿房又施。人既怨矣，鬼其泣之。是臣憂也。頭會箕斂，關征市賦。民之胥怨，無所赴愬。人厭進修，家爲積聚。卜式出於富人，弘羊拔於賈豎。是臣憂也。外戚之貴，上公是列。西漢則王根爲玉山，東京則郭況制金穴。國步將移，天澤未歇。

不師殷鑑，尚遵覆轍。是臣憂也。大樂既没，淫聲是起。宋都已改，行人貪賄。如斯陳國一時雄，玉樹後庭花至死。是臣憂也。先之而昌，後之而亡。先之者，堯興唐，舜興虞。後之者，癸喪夏，辛喪商。故王之憂國者日旰不食，士之憂位者載贄出疆。鶉居鷇食者何汲汲，孔席墨突者何遑遑。故臣之憂也，盡此而已矣。願陛下憂之，治可致樂康，道可躋羲皇，則天下幸甚。

【校】

〔一〕「魘」，全本作「魔」。

〔二〕各本均作「觸」，殊不通。疑當作「觴」，形似而訛，皮詩有句「獨對壺觴又不能」，可證。

〔三〕「寔」，四庫本作「實」。

〔四〕各本作「鄭卿」，「卿」乃「鄉」之誤。後漢書卷一百八，宦者傳載：東漢宦者鄭衆封鄭鄉侯。可證。

河橋賦 并序

咸通癸巳歲，日休遊河橋，觀橋之利，不檝而濟。美其事，著河橋賦。其辭曰：

西荒之外，有崑崙山。帝都之下，豐隆在焉。其表無際，其高破天。河漢極北，昭回相連。分其坎德，遂有河源。其出綿綿，其流涓涓。如帶是也，濫觴信然。始礐石以作注，終裂地以成川。迨乎放勛之世，重華之年，其水懷山，其波浸天。鼇怒則蹴翻五嶽，鯨激則掉破百川。迅澓欻而似曝，湧湍潰而若煎。潰地軸以摧矣，爛天輪而缺然。草木則尾閭之外，日月則沃焦之巔。人民死而爲介，倮蟲化而爲蠙。有桑不績，有麻不田。此則乘塏，望萬里之淵。且夫天地之前，有河生焉。則盤石之神不能導而使歸海；朴父之力不能疏而使爲川。豈非元命未降，抑自上玄。大聖未出，大功未宣。天之作矣，抑有由焉。於是堯之心，惻然惘然。咨其四嶽，舉爾所賢。天之元命，不自於鯀，鯀雖作矣，其功不全。果殛于山，其罪昭然。天之元命，降而自禹，禹既作矣，其功如天。於是禹之心，憂然勞然，股既無胈，過不入門。以己爲下，以物爲先。既乘橇以即檋，又隨山而濬川。導自積石，至于龍門。裂峇崒以風響，斬嶄巖而晝昏。破靈怪窟，斷天地根。分其注使不可潰，修其流使不可吞。然後千巖萬壑，雷吼電奔。抉逆流而並瀉，入渤海以猶渾。天下安流，昏墊無憂。禹功既大，舜禪克修。其功也與天優優，其績也與河悠悠。兆庶既安，九河如箭。濁不可鑒，嶮不可見。渦若驚風，浪如狂雹。若此帝嬀之世，則其流也，如絲如綫。在昔典午之世也，其君實良，其臣孔臧。念濟者之太勞，乃致功而去航。子産之濟也不足比，充國之奏也胡可方？於是督斤斧於梓匠，下材幹於豫章，造其舟也。乃緪乃杠，乃輿乃梁，功既奪於利涉，力可侔於巨防。如禦黿鼉者以妖爲德，聚魚鱉者以怪爲祥。觀其步高於空，履險於深。其形也若劍倚天外，其狀也若龍横水心。其高也若大虹之貫天，風吹不動；其壯也若巨鼇之壓海，浪泛不沉。曙色霍開，濟者相排。如川失水，一物時來。蹄響如雨，車音若雷。有賢有俊，有隸有臺。有貧有窶，有貨有財。噫！前王之道，深有旨哉！在水則河橋曉濟，在陸則四關晝開。水之與陸，一貫而來。所以大同其軌，廣納其材，豈梁之防乎？抑聞三代之橋也，不斤不斧，不徒不杠。以道爲水，以賢爲梁。濟民者民不病溺；濟世者世不頹綱。開之也通仁流義；閉之也關淫限荒。夏之梁也曰湯；殷之梁也曰昌；周之梁也曰旦；漢之梁也曰光。自漢之季，國竊主折，爲水者以浲以強。及隋之世，爲梁者唐。故能濟民於萬方，同軌於八荒。是知河橋之義也，可以獻於天王。

桃花賦 并序

余嘗慕宋廣平之爲相，貞姿勁質，剛態毅狀。疑其鐵腸石心，不解吐婉媚辭。然睹其文而有梅花賦，清便富豔，得南朝徐、庾體，殊不類其爲人也。後蘇相公味道得而稱之，廣平之名遂振。嗚呼！以廣平之才，未爲是賦，則蘇公果暇知其人哉？將廣平困於窮，厄〔一〕於躓，然強爲是文邪？日休於文，尚矣。狀花卉，體風物，非有所諷，輒抑而不發。因感廣平之所作，復爲桃花賦。其辭曰：

伊祁氏之作春也，有豔外之豔，華中之華，衆木不得，融爲桃花。厥花伊何，其美實多。儓隸衆芳，緣飾陽和。開破嫩萼，壓低柔柯。其色則不淡不深，若素練輕茜，玉顏半酡。若夫美景妍時，春含曉滋，密如不幹，繁若無枝。妦妦婉婉，夭夭怡怡。或俛者若想，或閑者如癡。或向者若步，或倚者如疲。或温馨而可薰，或婑媠而莫持。或幽柔而旁午，或撦冶而倒披。或翹矣如望，或凝然若思。或奕偞而作態，或窈窕而騁姿。日將明兮似喜，天將慘兮若悲。近榆錢兮粧翠靨，映楊柳兮顰愁眉。輕紅拖裳，動則裊香，宛若鄭姬，初見吳王。夜景皎潔，闃胡弄反然秀發，又若常娥，欲奔明月。蝶散蜂寂，當閨脈脈，又若妲己，未聞裂帛。或開故楚，豔豔春曙，又若息嬀，含情不語。或臨金塘，或交綺井，又若西子，浣紗見影。玉露厭浥，妖紅墜濕，又若驪姬，將譖而泣。或在水濱，或臨江浦，又若神女，見鄭交甫。或臨廣筵，或當高會，又若韓娥，將歌斂態。微動輕風，婆娑暖紅，又若飛燕，舞于掌中。半雲斜吹，或動或止，又若文姬，將賦而思。丰茸旖旎，互交遞倚，又若麗華，侍宴初醉。狂風猛雨，一陣紅去，又若褒姒，初隨戎虜。滿地春色，堦前砌側，又若戚姬，死於鞠域。花品之中，此花最異。以衆爲繁，以多見鄙。自是物情，非關春意。若氏族之斥素流，品秩之卑寒士。他目則目，他耳則耳。或以怪而稱珍；或以疎而見貴。或有實而花乖；或有花而實悴。其花可以暢君之心目；其實可以充君之口腹。匪乎兹花，他則碌碌。我將修花品，以此花爲第一，懼俗情之横議。我曰不然，爲之則已〔二〕。我目吾目，我耳吾耳。妍蚩決於心，取捨斷於志。豈於草木之品獨然？信爲國兮如此！

【校】

〔一〕「厄」，許本、四庫本作「阨」。

〔二〕「已」，四庫本作「是」。

皮日休文集卷第二

諷悼

九諷系述 并序

在昔屈平既放，作離騷經，正詭俗而爲九歌，辨窮愁而爲九章。是後詞人，摭而爲之。皆所以嗜其麗詞，撢其逸藻者也。至若宋玉之九辯、王褒之九懷、劉向之九歎、王逸之九思，其爲清怨素豔，幽抉古秀，皆得芝蘭之芬芳，鸞鳳之毛羽也。然自屈原以降，繼而作者，皆相去數百祀。足知其文難述，其詞罕繼者矣。大凡有文人，不擇難易，皆出於毫端者，乃大作者也。揚雄之文，丘、軻乎？而有廣騷也；梁竦之詞，班、馬乎？而有悼騷也。又不知王逸奚罪其文，不以二家之述，爲離騷之兩派也？昔者聖賢不偶命，必著書以見志，況斯文之怨抑歟？噫！吾之道不爲不明；吾之命未爲未偶。而見志於斯文者，懼來世任臣之君因謗而去賢；持禄之士以猜而遠德，故復嗣數賢之作，以九爲數，命之曰九諷焉。嗚呼！百世之下，復有修離騷章句者乎？則吾之文未過不爲乎廣騷、悼騷也。

正俗

粤句亶之薄俗兮，其風狡而且苦。吾欲以直道揠其邪心兮，皆逞容而莫顧。前誨行兮後止，高諭仰兮下俯。咸爲吾之儇爲愚兮，並以吾之狷爲傴。羌靈修之乃吾知兮，先職我而爲輔。柰其臣之狺狺兮，不知吾之所撫。吾欲以明哲之性辨君臣之分兮，定文物之數。吾欲以正訏之道兮，進忠賢而退奸豎。吾欲以醇醲之化兮，反當今而爲往古。吾欲以忖度之志兮，定觚圜而反規矩。念臺冣〔一〕之在位兮，若梟羊之當路。内灼怛以如傳兮，復何知其所愬。乃指天而鬱悠兮，將天奪乎國之祜。永愬愬以何言兮，將求知於吾祖。

【校】

〔一〕「臺冣」，亨和本作「儓冣」。

遇謗

有肪兮，黠而謂之不潔。有泉兮，壅而謂之不決。有茝兮，轥而謂之不芳。有軸兮，鍥而謂之不轍。聲咺唏以無音兮，氣鬱悒而空噎。既慸慸以憎懼兮，又謾謾而不訣。誣彭祖以爲孺兮，譎殤子以爲耋。夥衆人之難信兮，撏夸者之不悦。佞爲贅〔一〕兮何去，姦爲龐兮莫劀。讟爲譽兮莫御，謗爲玉兮何切。彘既臁而必烹兮，木方蔆兮必折。心轆轆以似車兮，思綿綿而如颭。手欲動兮似拳，足將行兮如絏。既不辨於顏、跖，遂一貫於堯、桀。吾哀生之不逢兮，奚至死而惙惙。念帝座之不爣〔二〕兮，胡交光於卷舌。既何路以自辨兮，遂没齒而痨刺。

【校】

〔一〕「贅」，明本、于本作「痝」，全本作「贅」。

〔二〕「爣」，于本、叢刊本作「爣」，全本作「曭」。亨和本作「爣」，於義爲長。

見逐

靳尚之言兮美如孋，子蘭之氣兮醲於酲。既怒聯以相向兮，遂褰足而南征。面慪慪以奚色兮，心憡憡而何情。耳方聰兮忽睽，目方視兮忽盲。日當午兮便昃，天方晝兮不明。欲泣兮有血，將啼兮失聲。望靈修兮似失，出國門兮若驚。軔識怨兮亦緩，駟知愁兮復鳴。既倘佯〔一〕兮夏水，復眷戀兮南荆。嗟予夙秉於大訓兮，涵漬骨之忠貞。既貿者之莫余容兮，向重蒼而自盟。既惏仁以憑義兮，遂鈲信而摫誠。將真宰之不仁兮，胡爲役余以此生。彼鸒斯之蟊賊兮，固不能容乎鶬鶊。彼茨菉之叢穢兮，固不能讓乎杜衡。已矣乎！國無人兮莫我留，將訴帝于玉京。

【校】

〔一〕「倘佯」，許本、享和本作「徜徉」。

悲遊

荷爲裯兮芰爲襬，荃爲裾兮薜爲褘。弭吾棹兮澧之浦，駐吾檝兮湘之湄。悲莫悲兮新去國，怨莫怨兮新相思。幽篁蕭兮靜晚，清漪澮兮去遲。湘君欲出兮風水急，帝子不來兮煙雨微。芷既老兮白葯，日將暮兮紅萎。朝浮乎鶻蹏，夕叫乎羈嶋。

欚〔一〕漾漾兮不止，瀇悠悠兮何之。日出没兮北渚，雲依稀兮九疑。既無人以辨余兮，又何心而怨咨。退不解其恔㥄兮，進不知其忸怩。寒蜩怨而無聲兮，古木淒其寡枝。嗟吾魄之不返兮，千秋萬歲湘中馳。

【校】

〔一〕「欚」，全本作「灑」，而于本、許本、四庫本作「攭」，并誤。亨和本則作「欚」，亦不通，當係「欚」字之誤筆。「欚」（音禮），按説文：欚，江中大船也。又方言：東南丹陽會稽之間謂艖爲欚。今逕改。

憫邪

慨天之道不明兮，何獨生此大佞。若猰貐之能冠兮，當一國而持柄。見亂臣之反詐兮，信其主以不競。轍已覆而又遵兮，仡將翻而不整。不思心腹之疾兮，又玩膏肓之病。竟客死於咸陽兮，終不作毒王之幸。既養虎以遺患兮，遂倒釬而授柄。將諛臣之肆禍兮，豈上天之付命。粤吾大以爲不可兮，彼以災而爲慶。儻靈修之魄有知兮，刷吾耻於下暝。

端憂

有一美人兮端憂，千嗒萬愁兮曾不得以少休。腸結多以莫迴兮，淚啼劇〔一〕而不流。王孫何處兮，碧草極目。公子不來兮，清湘滿眸。汀邊月色兮曉將曉，浦上蘆花兮秋復秋。天泬寥以似淬兮，峯巉岹以如抽。篔簹颯兮雨岸，杜若死兮霜洲。遺余程兮澧之側，整余陌兮湘之幽。望女嬃兮秭歸夢，懷宋玉兮荆門愁。欲向天以號咷兮，寸晷不可以少留。不知吾魂之所處兮，永寂寞以悠悠。

【校】

〔一〕「劇」，享和本作「極」。

紀祀

山之巔兮水之涘，桂爲祠兮蘭爲位〔一〕。執玉桴兮扣雷鼓，奠金盬兮滴浮蟻。薦瓊芳兮望暮雲，獻椒醑兮拜寒水。祝肸蠁以怪談兮，巫妖冶而魅醉。波閃倏兮湘君，竹蕭疎兮帝子。日將暮兮河伯，秋正深兮山鬼。神之化兮何方？人之艱兮至此。胡不化其邪而爲正兮，胡不返其戾而爲義。胡不轉其亡而爲興兮，胡不易其亂而爲治。但血食於下國兮，曾不少裨於有位。吾將乘青螭而駕白虬兮，將謁帝而訴神之累。請天弧發鏃兮，天棓行箠。神速悔尤兮，俾吾靈修而易志。

【校】

〔一〕「位」，享和本作「祀」。

捨慕

粤吾秉志兮，潔於瑾瑜。芬其德而芳其道兮，榮於蘼〔一〕蕪。將興國以見罪兮，擬佐王而蒙辜。彼羣小之茸茸兮，如慕臭之蟞蜉。以大鵬爲爵兮，以康瓠爲甂。以衮衣爲褋兮，以黎丘爲墟。以鄭姬爲醜兮，以子産爲愚。以鮑焦爲貪兮，以孔聖爲誣。吾將奮鱗於大空兮，奚獨慕此江湖。吾將發榮於蟠桃兮，奚獨守此蒿蔞。吾將蕩其魄兮，驂風軔與軋車。謁帝於冥冥之天兮，秉其生殺之樞。將飄飄以高逝兮，亦何必懷此姦邪之故都。

【校】

〔一〕「靡」，别本作「蘼」，今據四庫本改。

潔死

堯死兮舜滅，禹殄兮湯絶。似玉兮將沉，如金兮永没。行以仁兮止以義，生以貞兮死以潔。念余曾不足以蹈聖閫兮，亦慕兹而自悦。湘浦兮煙深，沅江兮風切。顧影兮自憐，撫躬兮永訣。鬼慘兮天愁，雨泣兮泉咽。竟汩没以龥淪兮，永幽憂而怫鬱。湘之山兮未盡，湘之流兮不竭。千秋兮愁雲，萬古兮明月。靈均之冤兮孰能銷其氣，靈均之愁兮孰能釋其結。來者之自鑒兮，無致位於牙孽。

悼賈 并序

余嘗讀賈誼新書，見其經濟之道〔一〕，真命世王佐之才也。自漢氏革嬴，高祖得於矢石，不暇延儒生，及爲天子，制缺度弛，處華而夷。是時獨有叔孫生能定朝儀，其制未悉。唯生草其書，欲以制屈諸侯，推定正朔，調革輿服，通流貨幣。天不祐漢，絳、灌興謗，竟枉其道，出傅湘、沅。生自以不得志，哀屈平之放逐，及渡沅、湘，沉文以弔之。故其辭曰：「瞝〔二〕九州而相君兮，何必懷此故都。」噫！余釋生之意矣。當戰國時，屈平不用於荆，則有齊、趙、秦、魏矣，何不捨荆而相他國乎？余謂平雖遭靳尚、子蘭之讒，不忍捨同姓之邦，爲他國之相，宜矣。然則生之見棄，又甚於平。當漢時，捨文帝，則諸侯矣。如適諸侯，則新書之文，抑諸侯而尊天子也。捨諸侯，則胡越矣。則新書之文，滅胡、越而崇中夏也。是以其心切，其憤深，其詞隱而麗，其藻傷而雅。余悲生哀平之見棄，又生不能自用其道。嗚呼！聖人〔三〕之文與道也，求知與用，苟不在於一時，而在於百世之後者乎？其生之哀平歟？余之悲生歟？吾之道也，廢與用，幸未可知，但不知百世之後，得其文而存之者，復何人也。咸通癸未中，南浮至沅、湘，復沈文以悼之。其辭曰：

粵炎緒之嫣綿兮，其國度之未彰。天錫生以命理兮，冀其道之益光。偉吳公之知賢兮，道其名於文皇。既軿啟以召之兮，遂位之於上庠。愍耋儒之惷愚兮，對天問之不臧。既羣儒之讓俊兮，馳其譽之煌煌。嗟大漢之丕緒兮，蚪其賢於汙瀆。上下溷而不分兮，議制削於驕王。殺僇棼而不制兮，斷捽胡其寇攘。羌虜〔四〕坌以侵華兮，曾不能以抑強。餌其嗜之延延兮，實三代之計良。念五德之更承兮，論匱結而不綱。乃秉臆以興説兮，數用五而色尚黃。又諸侯以開國兮，輸其租於咸陽。曾不得以撫民兮，俾其君兮可忘？請紆縭以乘印兮，各馳化於所疆。上既悦而欲大用兮，遭絳、灌與東陽。道既擯兮何明，乃出傅於沅、湘。浮沅波之滃洫兮，或漾棹以夷猶。望靈均之没所兮，顧其心之怊怊。臨汨羅之浩漾兮，想懷沙之幽憂。森樛蘿以蓊鬱兮，時猏狖以相號。霧雨暗乎北渚，蝺蟰毒乎芳洲。景黯沮以不明兮，若夫悼乎離騷。香依依兮杜若，韻淒淒兮篻簩。山隱隱以掃空兮，煙微微而淡秋。嗟吾不知所感兮，淚懭悢以橫流。當抱憤於渺藩兮，曾無足以少休。既菼薍以傷思兮，又鵂鶹以動愁。嗚呼哀哉！世既不平，領吾道以爲非兮，吾復何依。蘋蘭憔悴兮，稂莠繁滋。麟鳳匿迹兮，梟獍騰威。哲匠罷斧兮，拙者構之。離婁閉目兮，瞽者揚眉。子都蒙袂兮，敦洽騁姿。嗚呼哀哉！亦先生之尤也。眙其世之不可兮，何不解而去位。又垂萬世之名，取捨在此。奚自謗於童羖兮，乃惘然而爲累。蓋伊尹三就五就之心兮，冀其民之可治。奈惛惛以不悟兮，又被之以非議。幸一人之再覺兮，答受釐之奧義。既孱王以墮駕兮，乃冤慟而已矣。訊曰：君不明兮莫我知，幽都寂兮和涕歸。文懸日月兮，俟後聖用之。大故忽兮，其何足悲！

【校】

〔一〕「見其經濟之道」，全本作「見其經濟之學，大矣哉」。

〔二〕「瞝」，四庫本作「歷」。

〔三〕「聖人」，亨和本作「聖賢」。

〔四〕「羌虜」，四庫本作「羌戎」。

反招魂 并序

屈原作大招魂，或曰景差作，疑不能明。宋玉作招魂。皮子以爲忠放不如守介而死，奚招魂爲？故作反招魂一篇以辨之。辭曰：

承溟涬之命兮，付余才而輔君。君既不得乎志兮，余飄飄而播遷。余將蕩大空而就滅兮，君又招余俾復身。余詣帝以請訣兮，帝俾巫陽以筮云。巫陽語余以不可歸兮，故作詞以招君。乃下招曰：君兮歸來，故都慎不可留些！其君雄虺兮，其民封狐些。食民之肝鬲以爲其肉兮，摘民之髮膚以爲其衣些。朝刀鋸而暮鼎鑊兮，上曖昧而下墨尿些。君兮歸來，故都慎不可留些。余昔爲比干之魂兮，干僇而余去些。

未聞干貪生以自招兮，余竟潔其所處些。君兮歸來，故都慎不可留些。余昔爲伍胥之魂兮，胥僇而余逝些。未聞胥貪位以惜生兮，執屬鏤而不滯些。君兮歸來，故都慎不可留些。余昔爲弘演之魂兮，演自殘而余行些。未聞演惜命以不死兮，俾其義而益明些。君兮歸來，故都慎不可留些。帝命余以輔君兮，亦以君之忠介些。自今以忠而見聞兮，尚盤桓而有待些。將自富貴而入羈旅兮，其志乃悔些。將戀骨肉而惜家族兮，何不自裁些。梟食母而獍食父兮，見禽獸之爲生些。苟凶殘者眉壽兮，實梟獍而同名些。君乎！慎勿懷故都之戀，歸來乎！余爲君存千古忠烈之榮枯些。

皮日休文集卷第三

文

十原系述

夫原者，何也？原其所自始也。窮大聖之始性，根古人之終義，其在十原乎？嗚呼！誰能窮理盡性，通幽洞微。爲吾補三墳之逸篇，修五典之墮策，重爲聖人之一經者哉？否則，吾於文，尚有歉然者乎？

原化

或曰：「聖人之化，出於三皇，成於五帝，定於周、孔。其質也，道德仁義；其文也，詩書禮樂。此萬代王者未有易是而能理者也。至於東漢，西域之教，始流中夏。其民也，舉族生敬，盡財施濟，子去其父，夫亡其妻，蚩蚩嚚嚚，慕其風蹈其閫者，若百川蕩滉不可止者，何哉？所謂聖人之化者，不曰化民乎？今知化者，唯西域氏而已矣。有言聖人之化者，則比户以爲嗤。豈聖人之化，不及於西域氏邪？何其戾也如是！曰：「天未厭亂，不世世生聖人，其道則存乎言，其教則在乎文。有違其言，悖其教者，即戾矣。古者楊、墨塞路，孟子辭而闢之，廓如也。故有周、孔，必有楊、墨，要在有孟子而已矣。今西域之教，岳其基，而溟其源，亂於楊、墨也甚矣。如是爲士，則孰有孟子哉？千世之後，獨有一昌黎先生，露臂瞋視，詬之於千百人内。其言雖行，其道不勝。苟軒裳之士，世世有昌黎先生，則吾以爲孟子矣。譬天下之民皆桀之民也，苟有一堯民處之，一堯民之善，豈能化天下桀民之惡哉？則有心於道者，乃堯民矣。嗚呼！今之士，率邪以禦衆，握亂以治天下。其賢尚爾，求不肖者反化之。不曰難哉！不曰難哉！」

原寶

或問或者曰：「物至貴者金玉焉，人至急者〔一〕粟帛焉。夫一民之飢，須粟以飽之；一民之寒，須帛以暖之。未聞黄金能療飢，白玉能免寒也。民不反是貴，而貴金玉也，何哉？」曰：「金玉者，古聖王之所貴也。其在舜典，則曰修五玉也；其在春秋，則曰諸侯貢金九牧。禹所以鑄鼎象物，玉所以飾禮，金所以備貢，以斯爲貴，貴不多乎？」曰：「舜取五玉以備禮，禹鑄九金以爲鼎，由言其禮，不爲諸侯乎？不爲人民乎？苟無粟無帛，是無諸侯與人民也。則五玉九金，豈徒貴哉？如舜不脩五玉，禹不鑄九金，三代之祭祀不以玉，貨賄不以金矣。由是言之，金玉者，王者之用也。苟爲政者下其令曰：『金玉不藏於民家，如有藏者，以盜法法之。』民不藏矣。法既若是，民必貴粟帛，棄金玉，雖欲男不耕而女不織，豈可得哉？」或者曰：「然。」

【校】

〔一〕「者」，許本、于本、盧本作「曰」，叢刊本、四庫本作「者」，按上下文氣，作「者」似勝。

原親

能嗣其親，不曰子乎？吾觀夫今之世，誨其子者，必櫝肌笄骨，傷愛毁性以爲教。

嗚呼！孟子所謂古者易子而教，誠有旨歟？不能教其子者，是遺其身者也；不能得其親者，是捨其族者也。古之佞臣，愛人之貴，過於其親，必捨而事之，公子開方是也。愛人之權，過乎其子，必殺而徇之，易牙是也。自兹以降，爲夫強臣者，將欲奪人之宗，必先殺己子矣。噫！教尚不可，況其殺歟？或曰：「均是親也，均是害也，則周公誅管、蔡，石碏殺石厚，叔向僇叔魚，漢文流淮南，可乎？」曰：「均是親也，賢則能嗣親，凶則能覆族。均是害也，周公不誅，則他人誅之，石碏不殺，則他人殺之，叔向不僇，則他人僇之，漢文不流，則他人流之，己刑則及一人，他刑則及其族，此聖賢所以惜其族也。刑也者，仁在其中矣。」殺宗，王莽殺子宇是也。

原己

能以心求道者，不曰己乎？能以心爲天子、爲諸侯、爲賢聖者，不曰己乎？是己之重，不獨重於人，抑亦重於道也。嘗試論之，能辱己者，必能辱於人；能輕己者，必能輕於人；能苦己者，必能苦於人。爲孔、顔者非他，寶乎己者也。爲盜蹠者非他，殘乎己者也。故古之士，有不出户庭，名重於嵩、衡，道廣於溟渤者，敬於己而已矣。或曰：「所謂敬己者，不曰不能害己乎？如豎貂自宫，能敬己乎？鮑莊刖足，能敬己乎？」曰：「均是敬也，均是害也，其媚與直不同也。所謂敬於己者，以道也；害及己者，亦以道也。」或曰：「聖人汲汲於民，至若堯如腊，舜如腒，其勞至矣。於己安乎？」曰：「勞者勞於心也，勞一心而安天下也〔一〕。若禹者，股無胈，脛無毛，其勞亦至矣。勞者勞於身也，勞一身而安萬世者也。古者有殺身以成仁者，況勞者歟？」嗚呼！吾觀於今之世，諂顔婾笑，辱身卑己，汲汲于進，如豎貂者幾希！

【校】

〔一〕「天下」二字下，别本均無「也」字，而亨和本有「也」字，從下文「勞一身而安萬世者也」。語氣較完。今補。

原弈

問弈之原於或人，或人曰：「堯教丹朱征，丹朱之爲是信，固有其道焉？」皮子曰：「夫弈之爲藝也，彼謀既失，我謀先之，我智既虧，彼智乘之，害也。欲利其内，必先攻外，欲取其遠，必先攻近，詐也。勝之勢，不城池而金湯焉；負之勢，不兵甲而奔北焉。勝不讓負，負不讓勝，争也。存此免彼，得彼失此，如蘇秦之合從，陳軫之遊說，僞也。若然者，不害則敗，不詐則亡，不爭則失，不僞則亂，是弈之必然也。雖弈秋荐出，必用吾言焉。嘗試論之，夫堯之有仁義禮智信，性也。如生者必能用手足，任耳目者矣。豈區區出其纖謀小智，以著其術，用爭勝負哉？堯之世，三苗不服。以堯之仁，苗之慢，堯兵而熠之，由羅人殺鵂鶹，漁人烹鯤鮞者矣。堯不忍加兵，而以命舜，舜不忍伐，而敷之文德。然後有苗格焉。以有苗之慢，尚不加兵，豈能以害詐之心，爭僞之智，用爲戰法，教其子以伐國哉？則弈之始作，必起自戰國。有害詐爭僞之道，當從橫者流之作矣。豈曰堯哉！豈曰堯哉！

原用

堯爲諸侯，非求爲天子也，摯之民用之。舜爲鰥民，非求爲天子也，堯之民用之。或曰：「摯善，亦堯乎？」曰：「亦堯而已矣。」曰：「摯與堯，其民俱捨之，則善惡奚分邪？」曰：「摯固不仁矣，堯固仁矣，堯仁如是，民尚慕舜，況有君惡於摯，君道不如堯，焉得民用哉？」故曰：「聖人不求用而民用之，求用而聖人不用之。」曰：「若是，則孔子奚不用魯？」曰：「用之則魯化，不用之天下奚化？」

原謗

天之利下民，其仁至矣。未有美於味而民不知者；便於用而民不由者；厚於生而民不求者。然而暑雨亦怨之，祁寒亦怨之。己不善而禍及，亦怨之；己不儉而貧及，亦怨之。是民事天，其不仁至矣。天尚如此，況於君乎？況於鬼神乎？是其怨訾恨讟蓰倍於天矣。有帝天下，君一國者，可不慎歟？故堯有不慈之毁，舜有不孝之謗。殊不知堯慈被天下，而不在於子；舜孝及萬世，乃不在於父。嗚呼！堯、舜，大聖也，民且謗之。後之王天下，有不爲堯、舜之行者，則民扼其吭，捽其首，辱而逐之，折而族之，不爲甚矣。

原刑

或曰：「丹朱爲諸侯，舜爲天子。丹朱有過，舜誅之乎？商均爲諸侯，禹爲天子。商均有過，禹誅之乎？」曰：「不也。朱、均之爲國，必有舜、禹之吏，翼而治之，何容朱、均得暴其民也哉？苟有過，必諭之，諭而不可，奪其政。如誅之者，去堯、舜之嗣也。焉有爲人臣而去其君嗣哉？」或曰：「法家嚴而少恩，周官有八議，漢法有三章，微八議也。雖然，人可免以三章，而親賢必刑。何哉？」曰：「聖賢在世，不能無過，以輕重議之耳。如以謗刑刑之，雖周、孔其可免諸？」

原兵

管子說蚩尤割廬山之金以鑄五兵。說者或云：「蚩尤古天子。」則炎黄繼命，其間無蚩尤之運也。案史記云：蚩尤與其大夫作亂。如此，爲庶人之暴者，且庶人不當有大夫。日休以爲蚩尤乃黄帝之諸侯，蓋其爲人暴，黄帝征而滅之。如此爲庶人，一夫之暴，不足當天子用兵也，又明矣。嗚呼！昭然之理，前賢惽之，況大聖之深旨哉？

原祭

說者以蚩尤爲五兵，每有師祭，當祭蚩尤。譆！厥亂甚矣！皮子直以蚩尤爲黄帝逆亂之臣，五兵直作於炎帝，固始。苟自蚩尤始，以其亂逆，且不當祀，況果不自蚩尤。蚩尤不道，黄帝滅之，又不當以不道充祀。軒轅，五帝之首，能以武定亂，以德被後。今〔一〕之師祭，宜以軒轅爲主，炎帝配之，於義爲允。

【校】

〔一〕「今」，許本、四庫本、于本作「君」。

補周禮九夏系文 并序

周禮，鍾師掌金奏。凡樂事，以鍾鼓奏九夏。案鄭康成注云：「夏者，大也。樂之大者，歌有九也。九夏者，皆詩篇名也，頌之類也。此歌之大者，載在樂章。樂崩，亦從而亡。是以頌不能具也。」嗚呼！吾觀之魯頌，其古也亦久矣。九夏亡者，吾能頌乎？夫大樂既去，至音不嗣，頌於古，不足以補亡；頌於今，不足以入用，庸可頌乎？頌之亡者，俾千世之下，鄭、衞之内，窈窈冥冥，不獨有大卷之音者乎？

九夏歌九篇

王夏之歌者，王出入之所奏也。

爞爞皎日，欻麗于天。厥明御舒，如王出焉。

爣爣皎日，欻入于地。厥晦厥貞，如王入焉。
出有龍旂，入有珩珮。勿驅勿馳，惟慎惟戒。
出有嘉謀，入有內則。繄彼臣庶，欽王之式。

王夏四章，章四句。

肆夏之歌者，尸出入之所奏也。

愔愔清廟，儀儀袞服。我尸出矣，迎神之穀。
杳杳陰竹，坎坎路鼓。我尸入矣，得神之祜。

肆夏二章，章四句。

昭夏之歌者，牲出入之所奏也。

有鬱其鬯，有儼其彝。九變未作，全乘來之。
既醑既酢，爰輮〔一〕爰舞。象物既降，全乘之去。

昭夏二章，章四句。

【校】

〔一〕「輮」，音引，小鼓聲。

納夏之歌者，四方賓客來之所奏也。

麟之儀儀，不縶不維。樂德而至，如賓之嬉。鳳之愉愉，不篝不筮。樂德而至，如賓之娭。自筐及筥，我有牢醑。自筐及筐，我有貨幣。我牢不愆，我貨不匱。碩碩其才，有樂而止。

納夏四章，章四句。

章夏之歌者，臣有功之所奏也。

王有虎臣，錫之鈇鉞。征彼不憓，一撲而滅。王有虎臣，錫之圭瓚。征彼不享，一烘而泮。王有掌訝，偵爾疆理。王有掌客，饋爾饔餼。何以樂之，金石九奏。何以錫之，龍旂九旒。

章夏四章，章四句。

齊夏之歌者，夫人祭之所奏也。

瓗瓗衡笄，翬翬褕翟。自內而祭，爲君之則。

齊夏一章，章四句。

族夏之歌者，族人酌之所奏也。

洪源誰孕，疏爲江河。大塊孰埏，播爲山阿。

厥流浩漾，厥勢嵯峨。今君之酌，慰我實多。

族夏二章，章四句。

祴夏之歌者，賓既出之所奏也。

禮酒既酌，嘉賓既厚。牘爲之奏。

禮酒既竭，嘉賓既悅。應爲之節。

禮酒既罄，嘉賓既醒。雅爲之行。牘、應、雅，三樂器也。〔一〕

祴夏三章，章三句。

【校】

〔一〕夾注「三樂器也」下，文粹及全唐詩有「賓醉而出、奏祴夏以此三器築地，爲之行事也」一句。

驁夏之歌者，公出入之所奏也。

桓桓其珪，袞袞其衣。出作二伯，天子是毗。

桓桓其珪，袞袞其服。入作三孤，國〔一〕人是福。

驁夏二章，章四句。

【校】

〔一〕「國」，別本皆作「四」，享和本作「國」。當作「國」。

春秋決疑十篇

夫趙盾弑君，莒僕殺父，春秋顯書其過。何則楚公子國弑其君郟敖，子駟弑其君僖公，齊人弑其君〔一〕悼公，各以疾赴，春秋皆書曰「卒」乎？曰：「人之生也，上有天地，次有君父。君父可弒，是無天地。乃生人之大惡，有識之弘恥。亦由漢書云律母妻母之文，聖人所不書是也。趙盾反不討賊，董狐謂爲弒君；莒僕以其寶來奔，里革謂其弒父。斯二者，罪名已彰，仲尼承彰而書耳。斯三逆者，弒君以疾赴。仲尼非可誣也，據赴而書者，不忍也。故不忍也者，恥在其中焉，懲在其中焉。夫春秋弒君三十六，其餘之逆，亦據赴而書耳。」

夫趙孟以無辭伐國，杞伯以夷禮來朝，春秋皆貶之曰「人」、曰「子」，何至其罪大者爲之隱，其過小者必以書之？曰：「伐國無辭，專君之命也。君而可專，孰有其國？得不貶之乎？若不罪大者爲之隱，推亡也。其罪小者必以書，固存之也。」

夫齊荼野幕之弒，事起陽生；楚靈乾谿之縊，禍因常壽。而春秋歸罪於陳乞、公子比者，不其遠乎？曰：「野幕之弒，罪歸陳乞，陽生之罪可知矣。乾谿之縊，罪歸子比，常壽之罪可知矣。春秋之旨，譬酷吏決獄，髡鉗之刑，尚猶不捨，刀鋸之戮，何自而逃？」

夫齊桓救衞，不書「狄滅」？晉文召王，而云「狩于河陽」？曰：「狄實滅衞，因桓救而獲全，斯不滅矣；文實召王，因王來而稱狩，斯不召矣。苟桓不能救衞，文不能匡王，必書狄滅衞，晉人召天王於河陽矣。故春秋之時，滅人國者多，救人國者鮮。

仲尼旌其卹患也。背周者衆，朝周者鮮，仲尼旌其勤王也。」

夫哀八年及十三年，公再與吴盟，皆不書。八年注云：不書盟，恥吴夷。十三年注云：盟不書，諸侯恥之，故不録也。桓二年，公及戎盟于唐，則書。吴實華族，其道夷也。以強要盟，不曰夷乎？戎實夷族，其道華也。以道好盟，不曰華乎？故恥而不書，懲也。以戎而書，勸也。

夫桓二年書曰：「宋華督弒其君與夷，及其大夫孔父。」僖十年又書曰：「里克殺其君卓，及其大夫荀息。」夫君稱「弒」也，而云「及」者，是君臣無別也。弒之者，罪臣下也。夫孔父以奪室見弒，荀息以立君被誅，是無辜之怨，是以「及」。褒之者何？自臣及君也，蓋貶華父與里克也。俾孔父之死，如與夷之死。荀息之死，如卓子之死。「及」之者，貴之也。

夫姜氏淫奔，子般夫酷，魯之醜也，諱之可也。至如公送晉葬，爲齊所止，爲邾所敗，皆諱之者何？曰：「周之有葬，魯送可也。如晉以盟主而臣魯，諱之者？諱乎以諸侯而事諸侯。諸侯有過則削地，有逆則夷宗。齊、魯一體，諱之者？諱乎以諸侯而止於諸侯也。夫天下有道，小國事大國。邾小國也，而魯諱之者，諱乎以大國而敗於小國也。」

夫定六年，鄭滅許，以許男〔二〕歸。而哀元年，又書許男與楚圍蔡？曰：「鄭實滅許，而後或復之，當復之時，其赴不至於魯，故不書耳。凡國有來赴者，雖小必書，宋之『六鷁退飛』是也。無來赴，雖大亦闕，晉之滅耿滅霍滅魏是也。夫楚實滅陳，後復封之；狄實滅衞，後復全之。斯亦許之類是也。」

夫春秋之旨，獲君曰「止」，誅臣曰「刺」，殺其大夫，執我行人，鄭棄其師，隕石宋五，若斯者，即古史之全文也，奚在其筆削乎？曰：「仲尼因魯史而修春秋，是明不誣於人也。又曰：『知我者亦以春秋，罪我者亦以春秋。』其是之謂乎？若楊子之草玄，其數則易，其文則玄是也。」

夫宋襄執滕子，而誣之以得罪，春秋則承赴而書。何至魯之君也，弒者五，逐者二，並闕而不書。苟如是，懲惡勸善，何以爲的？亂臣賊子，何以知懼？曰：「夫仲尼修春秋而依微其旨，固有俟爾。苟無丘明發決其奧，廓通其玄，亦赴來而責實也，非可誣也。如自書其魯之弒逐者，則魯人攘羊，仲尼證之也。」

【校】

〔一〕明本、盧本、叢刊本「其」下無「君」字，今據享和本、全本補。

〔二〕「男」上據全本補「以許」二字。左傳定公六年：「鄭游速帥師滅許，以許男斯歸。」是其證。

皮日休文集卷第四

碑銘讚

文中子碑

天不能言，陰隲乎民，民不可縱，是生聖人。聖人之道，德與命符，是爲堯、舜。性與命乖，是爲孔、顔。噫！仲尼之化，不及於一國，而被於天下；不治於一時，而霈于萬世。非刪詩、書，定禮、樂，贊周易，修春秋者乎？故孟子疊踵孔聖，而贊其道。夐乎千世，而可繼孟氏者，復何人哉？文中子王氏，諱通，生于陳、隋之間，以亂世不仕，退于汾晉，序述六經，敷爲中説，以行教于門人。夫仲尼刪詩、書，定禮、樂，贊周易，修春秋。先生則有禮論二十五篇，續詩三百六十篇，元經三十一篇，易贊七十篇。

孟子之門人，有高第弟子公孫丑、萬章焉。先生則有薛收、李靖、魏徵、李勣、杜如晦、房玄齡。孟子之門人，鬱鬱於亂世；先生之門人，赫赫于盛時。較其道與孔、孟，豈徒然哉？設先生生于孔聖之世，余恐不在游、夏之亞，況七十子歟？惜乎！德與命乖，不及睹吾唐受命而歿。苟唐得而用之，貞觀之治，不在於房、杜、褚、魏矣。後先生二百五十餘歲，生曰皮日休，嗜先生道，業先生文，因讀文中子後序，尚闕于贊述，想先生封隧所在，因爲銘曰：

大道不明，天地淪精。俟聖暢教，乃出先生。百氏黜迹，六藝騰英。道符真宰，用失阿衡。先生門人，爲唐之禎。差肩明哲，接武名卿。未逾一紀，致我太平。先生之功，莫之與京。

咎繇碑

噫！諄諄之命，必歸于德盛者。出不徒然，上應運，次命代，苟非相者數十祀。翼出於一時者，其運與命，彼失此得，彼得此失，咸在乎諄諄之命焉，奚在歸乎德也？夫帝摯之德，不盛于堯，堯而得焉。十六族之德，不盛于舜，舜而得焉。至于咎繇，德齊于舜、禹，道超乎稷、㓦，禹薦于天，不命而歿，則諄諄之命奚歸乎？嗚呼！天何爲哉？不付咎繇之命者，將欲空授天下哉？未必獨死咎繇也。設咎繇得天下，其暮，必薦益。益得天下，其暮之薦，必有其人。自咎繇之降，空授之主，其暴民黷天者，可忍言也哉？太史公曰：「禹封咎繇之後于英、六。」五年春，日休自泗陵之江左，道出英、六城下，因求遺實，厥祀存焉。乃絓馬于古木，再拜于廟庭。退而碑之，請樅陽小尹刊于壁。銘曰：

惟天降聖，不錫厥命。一篇帝謨，百王之鏡。禹有奚遏，薦之不定。啓有令德，受之而正。已矣何傷，明德逾盛。

首陽山碑

天必從道，道不由天，其由人乎哉？大聖應千百年之運，仁發於祥，義動於瑞。上，聖帝也。次，素王也。莫不應乎天地，亘乎日月，動乎鬼神。或有守道以介死，秉志以窮生。確然金石不足爲其貞；澹然冰玉不足爲其潔。非自〔一〕上古聖人，不以動其心，況當世富貴之士哉？斯自信乎道，天地不可得而應者也。嗚呼！夷、齊之志，嘗以神農、虞、夏形於言，由是觀之，豈有意於文、武哉？然跡其歸周，不從諫而死，彼當求西伯也，而得武王，不曰得仁乎？既得其仁，而不取其諫，則夷、齊之死，宜矣〔二〕。太史公以其餓死，責乎天道。嗚呼！若夷、齊之行，可謂道不由天者乎？如不得仁而餓死，天可責也。苟夷、齊以殷亂，可去。而臣於周，則周、召之列矣，奚有首陽之阨乎？若夷、齊者，自信其道，天不可得而應者也。天尚不可應，況於人乎？況於鬼神乎？

【校】

〔一〕「非自」，疑當作「自非」。全本作「非其」，亦誤。

〔二〕于本、明本、許本、四庫本，該句作「既得仁而仁不取其諫則夷齊死之宜矣」，似不如享和本、全本爲勝，今從享和本。

春申君碑

士以知己，委用於人，報其用者，術苟不王，要在強其國尊其君也。上可以霸略，次可以忠烈。無王術而有霸略者，可以勝人國；無霸略而有忠烈者，亦足以勝人國。

春申君之道，復何如哉？憂荆不勝，以身市奇計，不曰忠乎？荆太子既去，歇孤在秦，其俟刑待禍，若自屠以當餧虎，不曰烈乎？然徙都於壽春，失鄧塞之固，去方城之險，捨江漢之利，其爲謀已下矣。猶死以吴爲宫室，以魯爲封疆，春申之力哉？當斯時也，苟任荀卿之儒術，廣聖深道，用之期月，荆可王矣！然卒以猜去士，以謗免賢。於戲！儒術之道〔一〕，其奥藏天地，其明燭鬼神，春申且不悟，況李園之陰謀，豈易悟哉？豈易悟哉？

【校】

〔一〕「儒術之道」，享和本作「儒術聖道」。

劉棗強碑

歌詩之風，蕩來久矣。大抵喪于南朝，壞于陳叔寶。然今之業是者，苟不能求古於建安，即江左矣；苟不能求麗於江左，即南朝矣。或過爲豔傷麗病者，即南朝之罪人也。吾唐來，有是業者，言出天地外，思出鬼神表，讀之則神馳八極，測之則心懷四溟，磊磊落落，真非世間語者，有李太白。百歲有是業者，彫金篆玉，牢奇籠怪，百鍛爲字，千鍊成句，雖不追躅太白，亦後來之佳作也。有與李賀同時者劉棗強焉〔一〕，先生姓劉氏，名言史，不詳其鄉里，所有歌詩千首，其美麗恢贍，自賀外，世莫得比。王武俊之節制鎮冀也，先生造之。武俊性雄健，頗好詞藝，一見先生，遂加異敬，將署之賓位，先生辭免。武俊善騎射，載先生以貳乘，逞其藝於野。武俊先騎，驚雙鴨起於蒲稗間，武俊控弦，弦不再發，雙鴨聯斃於地。武俊歡甚，命先生曰：「某之伎如是，先生之詞如是，可謂文武之會矣。何不出〔二〕一言以讚邪？」先生由是馬上草射鴨歌，以示武俊。議者以爲禰正平鸚鵡賦之類也。武俊益重先生。由是奏請官先生，詔授棗強縣令，先生辭疾不就。世重之曰：「劉棗強亦如范萊蕪之類焉。」故相國隴西公夷簡之節度漢南也，少與先生游，且思相見，命列將以襄之髹器千事賂武俊，以請先生。武俊許之。先生由是爲漢南相府賓冠。隴西公日與之爲筆宴，其獻酬之歌詩，大播于當時。隴西公從事或曰：「以某下走之才，誠不足污辱重地，劉棗強至，衆必以公賓劉於幕吏之上，何敬〔三〕之如是？」公曰：「愚非惜幕間一足地，不容劉也。然視其狀，有不足稱者。諸公視某與劉，分豈有間然哉？反爲之惜其壽爾。」後不得已，問先生所欲爲？先生曰：「司功掾甚閑，或可承闕。」相國由是掾之。雖居官曹，宴見與從事儀埒。後從事又曰：「劉棗強縱不容在賓署，承乏於掾曹，詘矣。奚不疏整其秩？」相國不得已，而表奏焉。詔下之日，先生不恙而卒。相國哀之慟，曰：「果然，止掾曹，然吾愛客，葬之有加等。」墳去襄陽郭五里，曰柳子關。後先生數十歲，日休始以鄙文稱于襄陽。邑〔四〕人劉永，高士也。嘗述先生之道業，嘗咏先生之歌詩，且歎曰：「襄之人，只知有孟浩然墓，不知有先生墓，恐百歲之後，埋滅而不聞，與荊棘凡骨溷。吾子之文，吾當刊焉。」日休曰：「存既摭實，録之何愧！」嗚呼！先生之官卑，不稱其德，宜加私謚。然棗強之號，世已美矣，故不加焉。是爲劉棗強碑。銘曰：

已矣先生，禄不厚矣，彼蒼不誠。位既過於趙壹兮，才又逾於禰衡。既當時之有道兮，非歿世而無名。嗚呼！襄陽之西，墳高三尺而不樹者，其先生之故塋。

【校】

〔一〕該句別本皆作「有與李賀同時有劉棗強焉」，均誤。今從亨和本。

〔二〕「出」，于本、四庫本作「立」。

〔三〕「敬」，盧本、于本、許本、叢刊本、四庫本均作「散」，殊不通。全本作「抑」，亦誤。亨和本作「敬」，極是。「散」字當因形近而訛。

〔四〕「邑」字上，四庫本又有「襄陽」二字。

汴河銘

夫垂後以德者，當時逸而後時美；垂後以功者，當時勞而後時利。若然者，守道之主，惟恐德不美後時，逸於己民也；夸力之主，惟恐功不及當時，勞於己民也。故天下事，不逸不足守，不勞不可去。致其利害，生於賢愚之主，自古然耶？則隋之疏淇、汴，鑿太行，在隋之民，不勝其害也，在唐之民，不勝其利也。今自九河外，復有淇、汴，北通涿郡之漁商，南運江都之轉輸，其爲利也博哉！不勞一夫之荷畚，一卒之鑿險，而先功巍巍，得非天假暴隋，成我大利哉！尚恐國家有淇、汴、太行之役，因獻纖誡，是爲汴河銘。

惟河瀰瀰，循禹之軌。厥有暴隋，鑿通淮、泗。晝泣疲民，夜哭溺鬼。似赭流川，如松貫地。龍舟未故，江都已弑。陳迹空存，逝波不止。在隋則害，在唐則利。嗚呼聖王，守此而已。

藍田關銘 并序

六年，皮子副諸侯貢士之薦入京，程至藍田關，睹山形關勢，迴抱于天，秀欲染眸，危將驚魄。噫！將造物者心是而加力邪？不然者，何壯觀若斯之盛也。易曰：「王公設險，以守其國。」信矣哉！若爲天下之樞機，萬世之閫閾者，非茲關而莫守也。因陳其規，是爲藍田關銘。

天輔唐業，地造唐關。千巖作鎖，萬嶂爲栓。難圖其形，莫狀其秀。雙扉未開，天地如斗。軋然晝啓，人流如濟。似晝秦圖，鋪於馬底。嶮不可侵，唯王之心。矧夫茲關，獨可規臨。

隋鼎銘

隋氏有鼎，其器非古。以詐爲金，以賊爲鑄。以虐火煎四海，以毒氣蒸九土。天假唐力，扛之仁地。以澤撲虐火，以德銷毒氣。既折其足，又鑿其耳。噫戲聖王，無畜茲器！

新城三老董公讚 并序

洛陽新城三老董公説高祖爲義帝發喪。在漢之取天下也，三傑而已矣。蕭何苦民力以給兵輸；韓信殺民命以騁戰功；留侯設詭策以離秦、項。當其時，未聞以仁義説于君者。而董公乃諭之以喪義帝。至使天下宗漢者，爲其喪義帝也。夫漢祖以曹參雖有攻城野戰之功，不如蕭何也，信矣。焉至于苦民力，殺民命，設詭策，反不若董公之功也哉？如高祖爲天子，以公爲師友，行其道於時，其利可知矣。公之道已行於漢，而不睹封賞之禮，又當時史氏無一字以褒者，因爲讚以旌之。

項氏狂攘，賊我懷王。天命未的，孰存與亡。皤皤董公，一言漢昌。一人弑君，天下皆傷。一人哭君，天下皆喪。項由是弱，漢由是強。扶義而征，可至軒黄。唱仁而戰，可至武湯。用于天道，折彼雄鋩。繄公之道，與漢而光。

易商君列傳讚 并序

商君者用於孝公，制其法而秦給，御其謀而魏敗，封邑未居，轘刑以及。嗚呼！商君之匡秦，雖不必盡是，然亦至矣。太史貶之過實，非以欺公子卬，刑公孫虔，拒杜摯之説者乎？然有一是，亦足救斯非也。余悲商君忠而受刑，因重述其行事以讚曰：

商君之于孝公也，一二見，孝公不悟其説。非皇王之道，行之難，不及其身者乎？斯公之罪也。在商君，有心於是道，不亦多乎？當商君一二説，孝公行之，商君必爲阿衡矣。嗚呼！卒以苛令特用，自蒙於僇。悲夫！

皮日休文集卷第五

文論頌序

補大戴禮祭法文

祭法曰：「法施於人則祀之。」咎繇作帝謨，爲士師，其道參乎舜、禹，不曰法施於人乎？何祀典之闕哉？祭法曰：「能禦大災則祀之。」堯、舜之世，山林蕃，鳥獸暴。益作虞也，山林疎，鳥獸鮮，人民安，不曰能禦大災乎？何祀典之闕哉？祭法曰：「以勞定國則祀之。」昔者周公輔武以寧殷亂，佐成而立周業，制禮樂，立明堂，不曰以勞定國乎？何祀典之闕哉？如以咎繇、伯益之功，小于舜、禹，不在祀典，則契爲司徒而民成，咎繇也；冥勤其官而水死，伯益也。如以聖人制禮，自有七廟，不合列在祀典，則文王以文治，武王以武功，周公也。如皆以功烈列於民者，則吾之先師仲尼，邁德於百王，垂化於萬世，孰不若契爲司徒，冥勤其官也哉？日休懼聖人之文將亂而墜，敢參補而附之。文曰：咎繇能平其法以位終，益能立其功以讓禹政。周公以文化，仲尼以德成。非此族也，不在祀典。

祝瘧癘文

昔夏后氏鑄鼎象物，使民知神姦。或魑魅之外，魍魎之餘，匿天命，竊帝威，罔不見形于鼎上者。自夏后氏去，繼爲禍於人間。被之者，始若處冰檻，復若落炎井。眩瞀熒惑，視之累形，聽者重聲。骨節殆重，如山已傾。始或醒時，奪人之情，喪人之精。兀若木偶，昏如宿酲。噫！或飲食不節，哀樂失所，病于人者，上則湯劑，次則𥗽艾，愈矣。凡在是病者，人也，又非天也。湯劑不可理，𥗽艾不可攻。嗚呼！癘之能禍人，是必有知也。既有知，奚不效神爲聰明正直，不加祟於君子焉。遂爲文，祝而逐之曰：

癘乎癘乎！有事君不盡節，事親不盡孝，出爲叛臣，入爲逆子，天未降刑，尚或竊生，爾宜癘之！有專祿恃威，僭物行機，上弄國權，下戲民命，天未降刑，尚或竊生，爾宜癘之！有賣交取祿，諂交結族，一言不善，禍發如鏃，天未降刑，尚或竊生，爾宜癘之！美曼之色，媚於君側，巧笑未足，已亡于國，天未降刑，尚或竊生，爾宜癘之！柔佞之言，惑于君前，委順未足，國步移焉，天未降刑，尚或竊生，爾宜癘之！四星之位，奉于紫宸，蕭牆禍起，帝座蒙塵，天未降刑，尚或竊生，爾宜癘之！見災幸久，聞禍樂成，含羞冒貴，忍垢貪榮，天未降刑，尚或竊生，爾宜癘之！癘乎癘乎！爾目不盲，爾耳不聾，如向來之所陳，奚不禍於其躬？仁者必有厄，義者必有窮。見仁義而勿癘，遇姦佞而肆凶。非唯去乎物患，抑亦代乎天功。癘乎癘乎！苟依吾言而若是，吾將達爾于帝聰。

晉文公不合取陽樊論

三代之賞臣下，以爵，不以位；以名，不以器〔一〕。迨夫後世，君弱臣侈〔二〕，撥去古法。能立一功者，先伺君地焉；能立一勳者，先窺君器焉。由是，於魯有三桓，於齊有田常，於楚有白公。是賞過，有僭生焉。甚者奪主，從來尚矣。且姬之列侯，守其本封，勝其主爵，錫之以鈇鉞，分之以鍾彝，休慼其民，生殺於國，其貴已極矣。遇天下無事，則行其德化，奉其貢職，居則待乎巡狩，行則赴於會同。遇天下有事，則申之以鍾鼓，行之以征伐，上以定王室，下以正諸侯，真侯伯之職業也。是常節也。苟周天子有賜，宜以德讓之，豈當更受其地也？苟讓不獲聽，受之者，其爵可也，其器可也。且天子之地方千里，不千里則不足以待諸侯。諸侯之地，既侵天子之甸，由削枝者必反〔三〕乎幹，剸肉者必至乎骨。何者？勢使之然也。如晉文既定襄王于郟鄏，王〔四〕勞之以地，陽人不服，晉侯圍之。乃辱其宗祊，苦其人民，虐其甥舅。嗚呼！其亦不仁〔五〕矣。是〔六〕晉文雖有入天子之功，而有凌天子之威也。當王之賜，宜讓曰：「臣重耳以眇眇之德，處專征之任，遇翟寇肆虐，天王少違宗廟，臣敢興下國之師，殺兇臣，定王室，乃臣之常也，不足賞也。苟天王特念小伐，不寘諸刑列，唐叔之祚，獲臣有奉，爲賞厚矣。苟以畿内之地，爲臣之邑，是上濫其賜，下僭其受也。雖天王之荐寵臣，其若宗廟之靈，百姓之心，後世之罪何？」而晉文曾不是讓，又請隧焉。豈内輕哀周之凌遲，外恃諸侯之強盛而爲邪？殊不知周王之尚守乎典禮也。且王曰：「昔我先王之有天下也，規方萬里焉，以爲甸服，以供上帝山川百神之祀，以備百姓兆民之用。」且王之所賜田，皆在周甸也。王明知在甸内，與乎晉者，是力不能制晉也。如力足制晉，肯以規方千里之内地，與夫諸侯哉？是王之語晉侯以規方千里者，譏其受地也。文公不悟，卒而受之。嗚呼！文公之霸也，有召君之譏，請隧之僭，不爲甚矣。甚者，在陽樊也。

【校】

〔一〕該句于本、許本、四庫本作「以爵不以位不以器」，盧本、全本作「以爵不以地不以器」，而亨和本作「以爵不以位以名不以器」。今從亨和本。

〔二〕「臣侈」，明本、全本作「臣強」，于本、許本、四庫本、亨和本作「臣侈」，作「臣侈」於義爲審。

〔三〕「反」，疑作「及」。

〔四〕「王」，于本、明本、盧本作「主」，非是。今從許本、四庫本。

〔五〕「仁」下，四庫本有「甚」字。

〔六〕「是」下，四庫本有「則」字。

秦穆謚繆論

聖人務安民，不先置不仁，以見其仁焉；不先用不德，以見其德焉。苟如是，是見危者已墜而欲援；觀鬬者將死而方救。噫！其亦不仁矣。以高辛之仁化，用一摯，摯之不善，天下之民，輔堯以爲君。以唐堯之仁化，用一鯀，鯀之不績，天下之民，誅禹以爲功。夫如是，摯之與鯀，是高辛、唐堯，誠用之也，非先置也。推其誠而用之，人民尚倍之如是，况先置者邪？當晉獻、驪姬之亂後，奚齊、卓子之死餘，重耳在翟，夷吾居秦，以秦穆之力，制翟而安晉，其能必矣。夫重耳之賢也，天下知之。又其從者，足以相人國。如先立之，必能誅亂公子，去暴大夫，翼德於成周，宣化於汾晉。而穆公乃取公子摯之言，乃先置夷吾，是爲惠公。公之入也，背内外之賂，誅本立之臣，烝先父之室。故生民興誦，死者無報，卒身獲于秦，而子殺於晉。嗚呼！致是也，非晉人之罪，秦人之罪也。夫摯立八年，不善而去。鯀用三載，弗績而誅。況晉惠公之在位，作宗廟之蠹蝎〔一〕，爲社稷之稂莠，一立十五年，其爲害也大矣。今之學者，以秦穆爲繆，尚疑其謚，得斯文也，可以謚繆爲定。

【校】

〔一〕「蠹蝎」，于本、叢刊本作「蠹蠍」，許本、四庫本、亨和本作「蠹蝎」，作「蠹蝎」爲妥。

漢斬丁公論

忠之爲稱也，蓋欲委身以事主，不以猜悮貳其心；不以辯說貳其心；不以疑懼貳其心者也。上有過，諍於公，不揚名於私，豈猜悞之足入乎？上有忌，愈乎進，不愈乎退，豈辯説之足入乎？上有間，懼乎心，不懼乎事，豈疑懼之足入乎？夫苟禄吝生而仕者，上有過，言未息而懼乎誅，諫未再而去乎位，自以得古人三諫不從之義。然幸其生，貪其禄，是猜悞而貳其心也。上有忌，必姦于心機，媚于聲氣，不思己之不聽，而謂上之受謗，不思道有未可，而謂辯之足從，不從辯而去，是辯説貳其心者也。上有間，必佞彼愛，取乎厚也。必諂彼倖，求其捨也。有愛不可佞，倖不可諂，即苟而已矣。是疑懼貳其心者也。嗚呼！劉、項之作也，淮陰不以猜悞而去項乎？淮南不以疑懼而去項乎？曲逆不以辯説而去項乎？去彼而就此，果謂忠乎？果謂不忠乎？是利則存，不利則亡者也。則丁公臨敵，捨敵無殺，誠惻隱之仁者，豈有猜悞、辯説、疑懼者耶？有利則存，不利則亡者耶？與其不忠，則彼三侯者，未可免鼎鑊之誅，刀鋸之刑也。是高祖斬之，果不爲當。噫！漢之初立，未爲無人，丁公就刑，未聞有一言而戾者，將固之命也。悲夫！

周昌相趙論

夫剛柔之分在乎性，得失之機系〔一〕乎用。苟剛，暴則勝柔；柔，久則勝剛。物之常理也。或用之以剛處柔，以柔處剛，其機必得矣。如以剛處剛，以柔處柔，其機必失矣。周昌之性，剛也。吕后之性，剛也。漢祖以百歲後，以趙王如意爲憂，故輟昌相趙。嗚呼！漢高之意，非遑志於一時，納慮於一諫，而相昌乎？不然，何其用之失也。如以昌之剛，足固趙國，則趙之兵甲能當漢乎？是不可，一也。如以昌之剛，足固趙王，則吕氏之徵王，特一郵夫之力耳。不可，二也。如以昌之節，足以存趙，不過乎死，死則趙王就徵耳。是不可，三也。卒使百歲之後，如意冤僇，周昌憤死。惜哉！漢祖未崩前，以周勃統南軍，以昌領北軍，以陳平爲謀主，則吕后之令，産、禄之謀，不能當臨大難而不迴，秉大節而不墜者也。苟使握軍政，執相權，昌必能之，其柰何誤用。

【校】

〔一〕「系」，許本、四庫本作「繫」。

陵母頌

孔父稱：「惟小人與女子爲難養也。」夫女子之忠貞義烈，或聞于一時；小人之奸詐暴亂，不忘於一息。使千百女子如小人奸詐暴亂者，有矣。使千百小人如女子忠貞義烈者，未之有也。則安國侯之母也，不以項強而劉弱，俾子事項。不以子背君別事，而有忿色。對暴君而抗大節，捨其生而踐死地。嗚呼！春秋書解楊致晉君之命，漢史稱周苛拒項籍之爵，方諸陵母，誠未爲忠！何者？男子少服教，壯行義，忠貞義烈，雖死不辱。鼎鑊在前而不懼，鑕斧被體而無怨，乃男子之常事也。至夫女子，少隱帷薄，壯執箕箒，豈嘗熟於忠貞義烈哉？是女子之有是者，由百物之有瑞者矣。豈易爲哉！豈易爲哉！

非沈約齊紀論

沈約作齊紀論，云：「太廟四時之祭，各以平生所嗜饗之。漢明帝夢光烈皇后，明旦，車駕至廟，躬拂帷幄，親易粉澤，前史以爲美談。此亦先代之舊典也。」日休曰：「薦饗之儀，籩豆之數，聖人之制定矣。苟非通如周、孔，不相沿襲者，謂時有人乎？無其人制之，謂乎非也，宜矣。修其書，不正，而反贊之。謂乎妄也，又宜矣。夫屈到嗜芰，屈建薦之，爲乎合禮。曾皙嗜羊棗，曾子不食之，謂乎不忍。一隅之國，禮文不備，宜哉。約以方之漢明大孝，過矣！」

正沈約評詩論

周詩曰：「駟驪彭彭。」注曰：駵「馬白腹曰驪」。議者言上周下殷。沈約又云：「驪者，蓋三家之色相勝，又示周、殷相代也。」日休曰：「天之命也，必以二德，則文王自信矣。何爲不受殷禪哉？詩曰：『文王受命作周。』又曰：『文王有明德。』俾其率天下之義師，取一隅之凶主，南面於殷，其能昭昭矣。然非人事不可也，天時未可也。豈不可謂殷之賢人尚衆，冀匡紂而易政也，豈能以駟驪之色，示乎代殷哉？嗚呼！禪代之事，符于天命，必不可以駟驪之色勝之也。謂堯之運爲火歟？則車服一當從其色，則堯不當乘白馬，冠黄收，衣純衣也。故聖人繼運以德，受禪以仁，如以馬之色，示于代殷，則吾以聖人用于左道矣。」或曰：「若然者，奚著？」曰：「毛公悮箋，沈約過釋。」

補泓戰語

宋襄公伐鄭，楚伐宋而救鄭，與楚會泓，戰。既濟，未陣。司馬子魚請擊之，公不以戰，卒敗而退。公羊氏以爲文王之戰，亦不過此。日休補其文曰：「聖人制民，患其力不可禁也，設法以刑之；患刑之不可止也，用武以兵之。兵之既出也，民秉之爲格殺，執之爲攻殘。故聖人施金鼓以節之，用羽旄以飾之，爲蒐狩以教之。自三代以降，春秋之時，禮樂之征弛，掩襲之弊廣，窮其力者，譬角觝者争其勝負，並驅者競其先後，胡爲仁讓哉？文王，聖人之至也。雖以德化，未聞不兵而獲者。然則伐犬夷，征密須，敗耆國，伐崇侯虎。襄公始戰齊，而納孝公，次及于泓，則云『不禽二毛，不以阻隘』。夫聖人之愛民也，班白不提挈。又云『一夫不獲其所』，豈能區區於死地，決其勝於人命哉？較其戰也，文王不爲也。噫！公羊氏違丘明之旨，爲文王之戰，亦不過於此，罪也。」

獨行

士有潔其處，介其止於世者。行以古聖人，止以古聖人，不顧今之是非，不隨衆之毀譽。雖必不合於禄利，適乎道而已矣。要以今是我之非，我非今之是。彼知於我者，聞毀適足譽；不知我者，聞譽適足毀。昧然不顧其是非毀譽者用之。嗚呼！士之道，得不顧其是非毀譽者用之，則天下之治，不啻半於淳古矣。今之所譽者，處以古聖人，以今達者，聞是則進，聞非則退，有愛者聞毀而疎之，有不合者聞譽而洽之。故道不加於世，業鮮異於衆。則其人貿貿於禄利，蚩蚩於朝廷，望天下之治，不啻於淳古也，難矣哉！

法言後序

法言孝至之篇曰：「周公以來，未有漢公之懿者。」説者以爲揚子遜僞新之美，又以爲稱其居攝之前云。嗚呼！日月豈卒能遜莽乎？未若無阿衡之稱也。噫！既有其文，不能無其論。吾得之矣，在美新之文乎？則雄之道，於兹疵也。

皮日休文集卷第六

箴

六箴序

皮子嘗謂心爲己帝，耳目爲輔相，四支爲諸侯。己帝苟不德，則輔相叛，諸侯亂。古之人失天下喪家國者，良由是也。帝身且不德，能帝天下乎？能主家國乎？因爲心、口、耳、目、手、足箴，書之于紳。安不忘危，慎不忘節，窮不忘操，貴不忘道。行古人之事，有如符節者，其在六箴乎？

心箴

大化之精，孕之曰「人」。大純之靈，形之曰「心」。心由是君，身由是臣。中既齟齬，外乃紛綸。耳厭聞義，目惡睹仁。手持亂柄，足踐禍門。舜爲天子，舜不得尊。其不尊者，與心爲臣。紂爲天子，紂乃得尊。其得尊者，與心爲君。天子之外，復有尊者，乃舜之心，將舜之身。天子之外，復有卑者，乃紂之心，將紂之身。危乎惕哉！臣之諫君。輔相不明，諸侯不賓。君爲穢壤，臣爲賊塵。未及于斯，良可自勤。嗚呼吾君，無忽茲文！

口箴

古銘金人，謂「無多言」。忽有所發，不可不論。既有所論，復謂多言。中庸之士，由茲保身。吾謂斯銘，未足以珍。出爲忠臣，言則及君。入爲孝子，言則及親。非君與親，則宜默云。謗訕之言，出如谿淪。一息之波，流于無垠。猜毀之言，出如鈞天。鈞天之樂，聞于無聞。佞媚之言，出如絲棼。一入于人，治亂不分。間諜之言，出如鷹鸇。鷹鸇之迅，一舉凌天。無嗜于酒，酒能亂國；無嗜于味，味能敗德。以道爲飲，以文爲食。成吾之名，繄乃勉力。

耳箴

聽於無聽，默默玄性。聞於無聞，洋洋化源。勿恃己善，不服人仁。勿矜己藝，不敬人文。勿躭鄭聲，其亂乃神，勿信美談，其殛乃身。聽悮多害，聽妄多敗。近賢則聰，近愚則聵。堯居九重，聽在民耳。故得大舜，授彼神器。勿聽他富，熒或乃志。勿聞他貴，隳壞乃義。慎正今非，慎明古是。捨是何適？古樂而已。

目箴

愧爾瞭然，爲吾所視。高睹古人，有如隣里。勿分秋毫，分于邦理。勿視邦禄，視于人紀。惟書有色，豔于西子。惟文有華，秀于百卉。見彼之倨，污甚塗炭。見彼之賢，綿甚葛藟。勿顧厲階，紊吾大志。勿視怨府，損吾高義。入吾明者，何人而已。古之忠臣，古之孝子。上立大業，中光信史。苟不善是，蚿蝝之類。

手箴

惟爾之指，屈伸由己。勿執亂權，勿樹賊子。勿秉非道，勿持非理。勿擠孤危，勿援姦宄。慎握吾操，俾直於矢。慎杖〔一〕吾心，俾平如砥。剪惡如草，颺姦如粃。爲而不矜，作而不恃。智如公倕，勿爲小巧。機如偃師，勿爲奇伎。身高道端，毫直國史。敬之戒之，俟爲天吏。

【校】

〔一〕「杖」，四庫本作「伏」。

足箴

惟爾跰跰，爲吾所先。居必擇地，行必依賢。勿踐亂階，勿履利門。勿蹈怨府，勿躡禍源。鳳凰乃禽，不棲凡木。騶虞乃獸，不踐生物。唯爾棲踐，保兹無忽！

動箴

動生於欲，行生於爲。欲則不妄，爲則不疑。吾道未喪，于何不之？勿生季世，有爵必危。勿居亂國，有禄必尸。往無市怨，去無取嗤。迹無顯露，名勿求知。聲無取猜，譽無致疑。坦道如砥，履過蒺藜。四海如家，去劇縶維。日慎一日，言兹在兹！

静箴

冥冥默默，惟道之域。處不違仁，居無悖德。勿欺孩孺，衣冠失則。勿慢皂隸，語言成隙。深山雖樂，豺狼爾殛。深林雖安，虺蜴爾螫。居不必野，唯性之寂。止不必廣，唯心之適。勿傲于〔一〕名，要乎聘帛。勿矯于節，取乎禄食。躬雖已安，若敵鋒鏑。味雖以甘，若含冰蘖。成吾高風，唯静之力。

【校】

〔一〕「于」，各本作「乎」，享和本作「于」。

酒箴 并序

皮子性嗜酒，雖行止窮泰，非酒不能適。居襄陽之鹿門山，以山税之餘，繼日而釀，終年荒醉，自戲曰「醉士」。居襄陽之洞湖〔二〕，以舶艢載醇酎一甒，往來湖上，遇興將酌，因自諧曰「醉民」。於戲！吾性至荒，而嗜於此，其亦爲聖哲之罪人也。又自戲曰「醉士」，自諧曰「醉民」，將天地至廣，不能容醉士醉民哉？又何必厠絲竹之筵，粉黛之坐也。襄陽元侯聞醉士醉民之稱也，訂皮子曰：「子耽飲之性，於喧静豈異耶？」皮子曰：「酒之道，豈止於充口腹，樂悲歡而已哉？甚則化上爲淫溺，化下爲酗禍。是以聖人節之以酬酢，諭之以誥訓。然尚有上爲淫溺所化，化爲亡國；下爲酗禍所化，化爲殺身。且不見前世之飲禍耶？路酆舒有五罪，其一嗜酒，爲晉所殺。慶封易内而躭飲，則國朝遷。鄭伯有窟室〔二〕而躭飲，終奔於駟氏之甲。欒高嗜酒而信内，卒敗於陳鮑氏。衛侯飲于籍圃，卒爲大夫所惡。嗚呼！吾不賢者，性實嗜酒，尚懼爲酆舒之僇，過此吾不爲也，又焉能俾喧爲静乎？俾静爲喧乎？不爲静中淫溺乎？不爲酗禍之波乎？既淫溺酗禍作於心，得不爲慶封乎？鄭伯乎？欒高乎？衛侯乎？蓋中性，不能自節，因箴以自符。」箴曰：

酒之所樂，樂其全真。寧能我醉，不醉於人。

【校】

〔一〕「洞湖」，各本如是。按當作「洄湖」。水經注：「蔡州大岸西有洄湖。」一統志：「洄湖在襄陽縣東南。」松陵集載日休太湖詩序：「余嘗耨鹿門，漁洞湖。」「洞」，全唐詩作「洞」，疑並「洄」之誤文。

〔二〕「窟室」，于本、明本作「室室」，盧本、全本作「窟室」。（左傳襄三十年：「鄭伯有耆酒，爲窟室而夜飲酒……子晳以駟氏之甲，伐而焚之，伯有奔雍梁。」是其證。）當作「窟室」。

食箴 并序

皮子少且賤，至於食，自甘粢糲而已。未嘗食於鄉里，食於親戚，食於州鄙。有鄧邑大夫饗〔一〕皮子之名，曾未相贄，具厚羞以賓之。皮子辭，大夫訂之曰：「子自甘粢糲則可矣，於鄉里親戚州鄙何有？」皮子曰：「一杯之食，至鮮矣。苟專其味，必不能自抑。既不能自抑，日須豐其羞。既日須豐其羞，則貧也不能無不足。因是妄求苟欲之心生，窮貪極嗜之名生。且大夫不見前世之味禍乎？故羊斟不及，華元受其謀；黿羹不均，子家肆其禍。熊蹯不熟殺宰夫，而趙穿弑；雙鷄易鶩饋子雅，而慶舍死。嗚呼！吾不仁者乎？誠賴其用。所欲不可求，所嗜不可得，方自甘粢糲而已。使我生於鍾鼎之家，膏粱之門，日縱異嗜，年成奇欲，未必不爲御者之奔華元也；子家之伐靈公也；晉靈之殺宰夫也；盧蒲癸之殺慶舍也。此猶之禽獸欲争食而死者矣。故食於天子者，則死其天下；食於諸侯者，則死其國；食於大夫者，則死其邑；食於士者，則死其家。又焉能以鄉里親戚州鄙爲讓乎？」大夫曰：「善。」自惟食之性，不能自節，亦猶酒之性也，復箴以自符。箴曰：

寧能我食，不食於人。復食於人，是食其身。

【校】

〔一〕「饗」，享和本作「嚮」。

皮日休文集卷第七

雜著

讀司馬法

古之取天下也以民心，今之取天下也以民命。唐、虞尚仁，天下之民從而帝之。不曰取天下以民心者乎？漢、魏尚權，驅赤子於利刃之下，爭寸土於百戰之内，由士爲諸侯，由諸侯爲天子，非兵不能威，非戰不能服，不曰取天下以民命者乎？由是編之爲術，六韜也。術愈精而殺人愈多，法益切而害物益甚。嗚呼！其亦不仁矣。蚩蚩之類，不敢惜死者，上懼乎刑，次貪乎賞。民之於君，由子也，何異乎父欲殺其子，先紿以威，後啗以利哉？孟子曰：「我善爲陣，我善爲戰，大罪也！」使後之君于民有是者，雖不得土，吾以爲猶土焉。

請行周典

周禮載師之職曰：「宅不毛者有里布，田不耕者出屋粟，凡民無職事者，出夫家之征。」日休曰：「征税者，非以率民而奉君，亦將以勵民而成其業也。今之宅，樹花卉猶恐不奇，減征賦惟恐不至。苟樹桑者，必門嗤户笑，有能以不毛而税者哉？如曰：『必也居不樹桑，雖勢家亦出里布。』則途無裸丐之民矣。今之田，貧者不足於耕耨，轉而輸於富者，富者利廣占，不利廣耕。如曰：『必也田不耕者，雖勢家亦出屋粟。』則途無餒斃之民矣。今之民，善者少，不肖者多。苟無世守之業，必鬭鷄走狗，格簺擊鞠，以取滄於游閑。太史公曰『刺繡文，不如倚市門』是也。如曰：『必也凡民無職事者，出夫家之征。』則世無游墮之民矣。此三者，民之最急者也。有國有家者，可不務乎？周公，聖人也；周典，聖人之制也。未有依聖制而天下不治者，執事者以爲如何？」

相解

今之相工，言人相者，必曰：「某相類龍，某相類鳳，某相類牛馬，某至公侯，某至卿相。」是其相類禽獸則富貴也。噫！立形於天地，分性於萬物，其貴者，不過人乎？人有真人形而賤貧，類禽獸而富貴哉？將今之人，言其貌類禽獸則喜，真人形則怒；言其行類禽獸則怒，真人心則喜。夫以鳳爲禽耶？鳳則仁義之禽也。以騶虞爲獸耶？則騶虞仁義之獸也。今之人也，仁義能符是哉？是行又不若於禽獸也，宜矣。

或曰：「相者，有乎哉？」曰：「上善出於性，大惡亦出於性。中庸之人，善惡在其化者也。上善出於性，若文王在母不憂，夷吾弱不好弄，是也。大惡亦出於性，若商臣之蜂目豺聲，必殺其父；叔魚之虎目豕腹〔一〕，以賄死，是也。中庸之人，善惡在其化者，若大舜設化而有苗格，仲尼垂諭而子路服〔二〕，是從善而化者也。若齊桓，管仲輔之則霸，豎貂輔之則亂，是從惡而化者也。故舜相於堯而天下平，禹相於舜而大災弭，咎繇相禹，斯謂相。見者見人知其賢愚，見國知其治亂，亦相也。」或曰：「賢愚者，見行事而知也。敢問聖人之相人，知其有位哉？」曰：「堯之於舜，任之以天下；知其有位也。舜之於四凶，投之於四裔，知其無位也。」曰：「苟若是，聖人之能相人也。是必賢者得其位，不肖者不立朝，三苗、九黎，焉得以侯？飛廉、惡來、焉得以爵？」曰：「有是者，其君不能相也，將其國之是滅，豈暇相人而用哉？是則三苗、九黎，未聞不滅；飛廉、惡來，未聞不誅。」嗚呼！聖人之相人也，不差忽微，不失累黍。言其善，必善；言其惡，必惡；言其勝任，必勝任。今之人，不以是術行其心，區區求子卿唐舉之術〔三〕，居其窮，處其困，不思以道達，不能以德進。言其有位，必翻然自負。坐白屋有公侯之姿，食藜羹有卿相之色。蓋不能自相其心者。或有士，居窮處困，望一金之助，已有没齒之難。有誕妄之人，自稱精子卿唐舉之術，取其金，則易於反掌矣。有能以聖賢之道，自相其心哉？嗚呼！舉世從之，吾獨戾也，其不勝，明矣。

【校】

〔一〕「家腹」，别本作「家心」，享和本作「家腹」，較之作「家腹」似勝。

〔二〕「服」字下，于本、許本、叢刊本有「是也」二字，今據享和本删。

〔三〕該句别本均作「不以是術行其區區求子卿唐舉之術」，而享和本在「其」字下有一「心」字，極是。闕一「心」字，于斷句、于文義皆不順，今據享和本增。

惑雷刑

彭澤縣，鄉曰黄花，有農户曰逢氏，田甚廣，已牛不能備耕，嘗僦他牛以兼其力。逢氏之猾惡，爲一鄉之師焉。得他牛，則晝役夕歸，箠耕于烈景，笞耨于晦冥〔一〕，未嘗一息容其殆。忽一日，猝雷發山，逢氏震死。日休曰：「逢氏之猾惡，天假雷刑，絶其命，信矣。夫生民之基，不過乎稼穡之功，皆不爲是畜之力哉？則天之保牛，齊乎民命也，宜矣。今逢氏苦其力，天則震死。如燕、趙無賴少年，椎之以私享，烹之以市貨，法不可戢，刑不可威。則天之保牛，皆不降于雷刑哉？則逢氏之死，吾不知是天地也。」

【校】

〔一〕「晦冥」，許本、四庫本、亨和本作「晦旲」。

悲摯獸

匯澤之場，農夫持弓矢，行其稼穡之側，有茗頃焉〔一〕，農夫息其傍。未久，茗花紛然，不吹而飛，若有物娭。視之，虎也。跳踉哮㘎，視其狀，若有所獲負，不勝其喜之態也。農夫謂虎見己，將遇食而喜者。乃挺矢匿形，伺其重娭。發，貫其腋，雷然而踣。及視之，枕死麢而斃矣。意者謂獲其麢，將食而娭，將娭而害。日休曰：

「噫！古之士，獲一名，受一位，如己不足于名位而已，豈有喜於富貴，娭於權勢哉？然反是者，獲一名，不勝其驕也；受一位，不勝其傲也。驕傲未足於心，而刑禍已滅其屬。其不勝任，與夫獲死鬣者幾希！悲夫！吾以名位爲死鬣，以刑禍爲農夫，庶乎免於今世矣。」

【校】

〔一〕「焉」，别本皆誤作「爲」，今從享和本。

誚莊生

莊生免范蠡之子死，至矣。夫范蠡子復取其金，則怒，乃言於楚王，死之。嗚呼！夫交者以義合，至死不離也。以利合者，全於利前者鮮矣。況利死之後哉？則莊生謂畢事而歸金，其言信矣。至其取金，則復言而死之，焉有夫歸金之心也哉？是莊生與范蠡，果曰利合也。或曰：「莊生非利金而渝言，是范蠡之子利金而渝言也。」曰：「夫赦者，楚之常法也。范蠡〔一〕不謂乎赦爲楚之常法，以其弟自合不死〔二〕，非莊生之力也。故取夫金。是愚豎之纖鄙也，何足責哉？如莊生與范蠡義合，則取金之信，以易乎人命也哉？是果曰利合，兼不全於利前者也。」

【校】

〔一〕按「范蠡」下當脱「子」字。

〔二〕該句明本、盧本、于本、許本、四庫本皆作「以其兄自合不死」，而亨和本「兄」作「兒」。皆非是。按史記越世家「兄」當作「弟」，今逕改。

旌王宇

王莽竊弄漢柄，擅斥帝族。當其時，有名臣名士，身被漢禄者，闔朝皆然也，莫不迴忠作佞，變直爲邪，曾不敢一忤莽色，以平帝得親乎外氏者也。而宇乃以爲謀，事泄受禍。日休旌之曰：若宇之道，真忠烈之士哉！不以其父得天下爲利，以反道爲慮。不以己將爲天子之子爲貴，以愆咎爲戒。嗚呼！宇之道，大不負天地，幽不慙鬼神，貞不愧金石，明不讓日月，於臣子之義，備矣。而班氏忘讚，皮子旌之，悲夫！

斥胡建

古者，將在軍，君命有所不受。若穰苴之斬莊賈，孫武之僇宮嬪，魏絳之辱楊干，是也。如建者爲軍正丞，設御史有奸，在建職，當以狀聞，自有天子之刑名。如擅斬者，乃一夫之暴賊上吏者也。以辱國威。國威者，軍刑者也。夫軍正之職，當申明其法于軍師〔一〕，亦不可擅行誅殺也。正且不可，況又丞哉？嗚呼！漢不以是僇建，以正其罪，反以詔命賞之。噫！妄矣。過直近乎暴物，過訐近乎擅命，有之不戢，在家爲賊子，在國爲亂臣，其建之謂矣。

【校】

〔一〕「軍師」，四庫本作「軍帥」。

白門表

三年秋，徐卒無狀，叛兵逐其帥，不再日，剽公私財析盡。異時，卒有不平者，至是，皆門坑之。監戎者以聞，上赫然大怒，命大將職正其罪。卒有首叛者，前後累劫其將，曰銀刀。至是，命皆僇之，無赦。將至，先令徐裨將曰：「銀刀族，無老幼，強者斬之，弱者幽之。」及徐之枝邑，派聚捕銀刀族且盡，或僇而梟者，或拲而送者。不浹日，其族無餘。或有詐弱懼僇，皆論幽於牢，迨六七百人。且俟大將命業兵之。居無何，上愍徐卒盡死，中或有不干其謀者偕僇，降内貴人於徐，詔曰：「銀刀族，詔至，未死者，貰之。」六七百人分屬數郡，未至屬所，途亡爲盜。四年夏，盜推其卒，鼓而徐入。火里舍，將縣令，誅制使，係虜民輜而掠貨。徐守閉中城，竟不命偏將禦之。盜得志，徐去。四年秋，進士皮日休之白門，道逢徐民之耄者，泣曰：「翁世富於徐，子孫嗣其業，祈二百年。前日，以徐卒亂，翁之資已竭於兵劫矣。獨存者居第，而已爲殘燼。翁以爲天子命，將盡殺之。且銀刀族，無三千人耳。遇聖天子在上，四境無征伐，重糧其屬，厚衣其身，有餔兒啜孫，至死手不執干戈，體不被鎧甲者。上於徐卒厚矣。今乃忘上恩，叛主帥，逐天子命將，殘天子兆民。如此，逆之甚也。上又活其半，今反盜而寇徐。前日，翁之亡，獨賄與産耳。今子孫爲賊隸，妻女爲賊室，餘骸殘齒，溘然無取。嗚呼！皇天仁於數百人，反不仁於一郡，豈得言者，過耶！且兵者，聖王不能免其征，仁帝不能無其伐。是以逆者必殺；順者必生，所以示天下不私也。往年，數萬之卒逐天子命將，自樹其便者，國家以不忍盡殺，因聽之。皆賊而不貢，兵而不從，死而輒代，名爲列藩，實一州之主也。故春秋譏世卿得專公禄者。以春秋小國，尚貶而不空，況今聖天子在上，百執事稱職，萬方雀息以無虞，四夷駿奔而入貢哉？前日，徐卒幸活，而爲盜。於民特苦，國家無辱，或不盡僇而赦之，則自樹其便者。」日休曰：「翁其力之賢者耶？吾知夫今之食其食者，未必有翁之是心也。幸以文貢，而未得入上言列，固不合陳便宜事。因採〔二〕翁之説爲表，庶天子召直言極諫者，得以遺之。」

【校】

〔一〕「採」，四庫本作「緣」。

無項託

符朗著符子，言項託詆訕夫子之意者，以吾道將不勝於黄老。嗚呼！孔子門，唯稱少。故仲尼曰：「顏氏之子，其殆庶幾乎？」又曰：「賢哉回也！」嘆其道與己侻，固不足夫蔽之也。如託之年，與回少遠矣；託之智，與回又遠矣。豈仲尼不稱之於其時耶？夫四科之外，有七十子；七十子外，有三千之徒。其人也有一善，仲尼未嘗不稱之，豈於項氏，獨掩其賢哉？必不然也。嗚呼！項氏之有無，亦如乎莊周稱盜跖、漁父也，墨子〔一〕之稱墨杘、娟嬋也。豈足然哉！豈足然哉！

【校】

〔一〕按列子力命篇：「墨杘、單至、嘽咺、憋懯四人，相與游於世，胥如志也。」據此，則「墨子」應作「列子」，「墨尿」應作「墨杘」，「娟嬋」應作「嘽咺」。

郢州孟亭記

明皇世，章句之風，大得建安體。論者推李翰林、杜工部爲之尤。介其間能不愧者，唯吾鄉之孟先生也。先生之作，遇景入詠，不拘奇抉異，令齷齪束人口者，涵涵然有干霄之興，若公輸氏當巧而不巧者也。北齊美蕭慤，有「芙蓉露下落，楊柳月中疎」。先生則有「微雲淡河漢，疎雨滴梧桐」。樂府美王融，「日霽沙嶼明，風動甘泉濁」。先生則有「氣蒸雲夢澤，波撼岳陽城」。謝朓之詩句，精者有「露濕寒塘草，月映清淮流」。先生則有「荷風送香氣，竹露滴清響」。此與古人争勝於毫釐也。他稱是者衆，不可悉數。嗚呼！先生之道，復何言耶？謂乎貧，則天爵于身；謂乎死，則不朽于文。爲士之道，亦以至矣。先生，襄陽人也，日休，襄陽人也。既慕其名，亦睹其貌，蓋仲尼思文王，則嗜昌歜；七十子思仲尼，則師有若。吾於先生見之矣。說者曰：「王右丞筆先生貌于郢之亭。每有觀型之志。」四年，滎陽鄭公誠刺是州，余將抵江南，艤舟而詣之。果以文見貴，則先生之貌縱視矣。先是，亭之名，取先生之諱。公曰：「焉有賢者之名，爲趨廝走養，朝夕言於刺史前耶？」命易之以先生姓。日休時在宴，因曰：「春秋書紀季公子友、仲孫湫字者，貴之也。故書名曰『貶』，書字曰『貴』。況以賢者名署于亭乎？君子是以知公樂善之深也。百祀之弊，一朝而去，則民之弊也，去之可知矣。」見善不書，非聖人之志。宴豆既徹，立而爲文。咸通四年四月三日記。

通玄子栖賓亭記

距彭澤東十里，有山，邃源奥處，號曰富陽，文士李中白隱焉。五〔一〕年冬，別中白。歲且翅，再自汎陵之江左，因訪于是。至其門，驂不暇緤，而目爽神王，怳怳然迨若入于異境矣。愬别苦外，不復游一詞。且樂其得也。木秀于芝，泉甘于飴，霽峯倚空，如碧毫掃粉障，色正鮮温。嗚溪潨潨，源内槖籥韛出琉璃液。石有怪者，齴然闖然，若將爲人者。禽有異者，嘐嘐然若將天馴耶。每空齋寥寥，寒月方午，松竹交韻，其正聲雅音，笙師之吹竽，邠人之皷籥，不能過也。況延白雲爲昇堂之侶，結清風爲入室之賓，其爲趣則生而未睹矣。中白所尚皆古，以時不合己，故隱是境，將至老。嗚呼！世有用君子之道隱者乎？有，則是境不足留吾中白也。昔余與中白有俱隱湘、衡之志。中白以時不合己，果償本心。余以尋求計吏，不諧夙念。今至是境，語及名利，則芒刺在背矣。夫賓之來也，不逾于邑，謂彭澤縣。邑距是十里，至是者不爲易矣。其延之，旦不晡乎？晡不夕乎？則俟賓之所，果不可低庳。於是距〔二〕其寢，西向百步，則築賓亭焉。兩其室而一其廈。且曰：「賓將病暑，吾則敞其簷；賓將病寒，吾則奥其牖。」自竟是功，則匓蕘之饋，罍樽之費，縱倍於前矣。其功始於咸通二年秋八月。後三年〔三〕五月，中白館余於是。且禱其記而名之者，累月，讓，不獲。因曰：「古者有高隱殊逸，未被爵命，敬之者以其德業，號而稱之，玄德玄晏是也。夫學高行遠謂之『通』，志深道大謂之『玄』，男子通稱謂之『子』。請以『通玄』爲其號，請以『栖賓』爲亭名。噫！知我者，不謂我爲佞友矣。」五年五月朔日記。

【校】

〔一〕「五」字疑有誤，蓋是記作于咸通五年五月，不應有「五年冬」之文。

〔二〕「距」，于本、許本、全本作「鉅」，叢刊本作「鉅」，今從享和本作「距」。

〔三〕「三年」，別本皆作「五年」，叢刊本作「三年」，似均可通。

皮日休文集卷第八

雜著

正尸祭

聖人知生不足其事，事之死。死不足其思，制之生。生象其死，窮其思也。尸象其生，極其敬也。夫禮者，足以守，不以加，加則弊；足以加，不以闕，闕則怠；足以闕，不以廢，廢則亂。故祀享，立尸于廟，王則迎，有拜，有醑，有酢，所以立象生之敬也。今視唐禮，皇帝神降而拜，象乎妥尸，受福于神，象乎酢尸。嗚呼！唐有天下，化平三百年，其禮典赫然，可以蠛漢蠓魏，豈不能守周孔禮制哉？故曰：「不以加，加則弊。」禮無匜盥之文，漢、魏以來加之是也。以加不以闕者，周官射人祭祀則贊射牲，王親射也。自漢、魏以來，惟以毛血爲薦是也。足以闕，不以廢，古者屈到嗜芰，屈建薦之，謂乎非禮，梁氏祀以蔬食是也。嗚呼！讀漢、魏及梁書，代無其人，忍使其禮，弊怠廢闕相接至此耶？豈天使之然，俟吾唐之人，補其逸典哉？是宗廟祭尸，不當廢也已。

讀韓詩外傳

韓詩外傳曰：「韶用干戚，非至樂也。舜兼二女，非達禮也。封黃帝之子十九，非法義也。往田號泣，未盡命也。」日休曰：「甚哉！韓詩之文，悖夫大教。夫堯、舜之世，但務以道化天下，天下嘻嘻，如一家室。其化雖至，其制未備，豈可罪以越禮哉？如以韶用干戚，非至樂，則顓頊之八風，高辛之六莖〔一〕不可作矣。如以舜兼二女，非達禮也。則堯之世，其禮未定，不當責也又宜矣。以封黃帝之子，非法義也，則丹朱、商君〔二〕無封邑，是庶人也。傳曰：『賢者子孫必有土。』又曰：『公侯之子孫，必復其始。』夫賢者與公侯，其子孫尚不廢，況有熊氏，道冠於五帝，化施於千世哉？如以往田號泣，未盡命也，則舜之孝道，匪天也其誰知之？不號泣，則吾恐舜之命，不及于堯用。嗚呼！韓氏之書，抑百家，崇吾道，至矣。夫是者，吾將闕然。」

【校】

〔一〕「六莖」，別本均作「六筮」，皆誤。據享和本應作「六莖」。

〔二〕「商君」，當作「商均」。丹朱，堯之子，商均舜之子，皆不肖，故無封邑。

題叔孫通傳

古之所謂禮不相襲，樂不相沿者，何哉？非乎彼聖人也，此聖人也。不相襲者，角其功利之深淺爾。不相沿者，明其文武之優劣爾。故三王迭作，五帝更制；夏、殷易置，文、武遞述。其禮文，昭昭然若兩曜争明，百川之注瀆者矣。然猶周公刊之，仲尼正之。以周公之才之美，謂後世無其人乎？乃有仲尼。仲尼之後，迄今，望其道如顏、閔，文如游、夏者，鮮矣。況聖人哉？是後之制禮作樂，宜取周書孔策爲標準也。漢氏受命，禮壞文毁，時無聖人，苟措其儀，立其禮，不沿襲於聖制者，妄也。夫國之大祭，不過乎郊祀宗廟也。漢之既命，其郊止於五時之祀者，禮不曰兆五帝之郊者乎。止於昭靈之園者，禮不曰天子七廟者乎？而叔孫生不爲之正郊祀，立宗廟，去秦時之非制，議昭靈之非禮，汲汲於朝會之儀，俾漢天子爲高祖，身不得郊見，享不及七廟。噫生〔一〕其制，物刊〔二〕厥式，非不標準於聖人乎？將以漢新去水火，方弭兵械，難爲改作乎？將不明壇墠之位，禘祫之儀者乎？若然者，湯伐桀，周伐紂，其制可知也。嗚呼！不明於古制，樂通於時變，君子不由也。其叔孫生之謂矣。

【校】

〔一〕「噫生」，涵芬樓古今文鈔作「臆生」，於義爲長，可從。

〔二〕「物刊」，涵芬樓古今文鈔作「吻刊」，可從。

題後魏釋老志〔一〕

魏收爲後魏書，大夸西域氏之教，以爲漢獲休屠王金人，乃釋氏之漸也。秦始皇聚天下兵，鑄金人十二於咸陽。漢復置之，豈可復爲釋氏哉？夫仲尼修春秋，君有僭王號者，皆削爵爲子，況戎狄之道，不能少抑其説耶？孟子曰「能以言拒楊、墨者」，遠矣。不能以言抑者，收也。亦聖徒之罪人矣。謂史必直歟？則春秋爲賢者諱之，爲尊者諱之，筆削與奪在手〔二〕。則收之爲是，媚於僞齊之君耶？不然，何不經之如是！

【校】

〔一〕「魏」下應增「書」字。

〔二〕「手」，亨和本作「予」。

題安昌侯傳

安昌侯禹，見時變異，若上體不安，常擇日潔齊，露著於星宿，正衣冠筮，得吉卦，則獻其占，如有不吉，禹爲感慟。日休讀漢史至是，未嘗不爲之動心。因書曰：「夫宰相之節，以己道輔上。天地平則致於君；夷狄服則致於君；風教行則致於君。苟天地有災則歸於己；兵戈屢動則歸於己。此〔一〕真大宰輔之職也。禹也爲漢名相，居師傅之尊，處輔弼〔二〕之位，見災異屢發。上不能匡於君，下不能稱其職，孜孜於卜筮爲事，斯不足以爲賢相之業也。嗚呼！當漢帝之重禹，禹之有言，如師訓門人，未有門人可違師之旨也。依違在位，竟無所發，誠伊、周之罪人也。大凡國有災異，與禬禳占筮之事，自有司存。占人大祝之官爲宰相者當提大政之綱，振百司之領，握天下之樞而已。不空以處斯位也。以直論之，近乎佞；以誠論之，近乎僞。僞宰相其名，儒之恥耶！嗚呼！漢之尊禹，崇師道也。禹若此者，即非崇師道之過矣。」

【校】

〔一〕「此」字上全本有「萬物有妖，則歸於己，時政有弊，則歸於己」十六字。

〔二〕「輔弼」，許本、四庫本作「輔導」。

趙女傳

趙氏女，山陽之鹽山人。其父貿鹽，盜出其息，不納有司賦。官捕得，法當死。簿已伏，就刑有日矣。趙氏女求見鹽鐵官，泣愬于庭曰：「某七歲而母亡，蒙父私盜官利，衣食某身，爲生厚矣。今父罪根露，某當隨坐法，若不可，官能原乎？原之不能，請隨坐之。」法官清河崔據義之，因爲減死論。趙氏大泣曰：「某之身，前則父所育，今則官所賜，願去髮學釋氏，以報官德。」自以女子之言難信，因出利刃于懷，立截其耳，以盟必然。崔益義之，竟全其父命。趙氏侍父刑疾愈，因訣〔一〕歸浮屠氏舍。日休曰：「古之救危拯禍，必先示信，至夫家全國完，則隨而乖其盟。如趙氏，一乳臭女子耳，繼死請父命，孝也；自刑以盟言，信也。秉孝植信，高蹈於世，潔乎瑾瑜不足爲其貞，芬乎茝蘭不足爲其秀。與夫古之救危拯禍者遠矣。今之士，見難不立其節，見安不償其信者，其趙女之刑人乎？噫！後之修女史者，幸無忘耶！」

【校】

〔一〕「訣」，全本作「決」，許本、四庫本作「請」。

何武傳

何武者，壽之驍卒也。故爲步卒將，戍隣霍岳。岳生名莽，有負其販者，多強暴民。民不便，必愬於將。武之至也，責其強暴者，盡擒而械之。俟簿圓，將申壽守，請殺之。強暴之黨懼且死，乃誣愬武于壽守。且曰：「不順守命，擅生殺于外。」壽之守，嚴悍不可犯，苟聞不便於民，雖劇寮貴吏，得皆辱殺之。至是，聞武罪，如乳虎遇觸，怒蝮遭傷，其將害也可知。乃命勁卒將命拲武至府。武已知理可申，不奈守嚴悍，必當受枉，乃樂而俟死矣。至，則守怒，而責武以其過。武善媚對，又肢體魁然，及投石拔距之事〔一〕。守雅愛是類，翻然釋之，黜其職一級。武曰：「吾今日不歸地下，真守之賜也。請得以命報。」居未久，壽之指邑曰樅陽，野寇四起，其邑將危，武請於守曰：「此真畢命之秋。」守壯之，復其故職。奉〔二〕命爲貳將，領偏師，自間道入樅陽。不意伏盜發於叢翳間，兵盡骸〔三〕逃，武獨鬪死。日休曰：「武之受謗，不當其刑，況其死乎？如非武心者，縱免死，其心不能無憤也，況感分用命哉？嗚呼！古之士事上遇謗，當職遭辱，苟其君免之，必以憤報，破家亡國者可勝道哉？春秋弑君三十六，其中未必不由是而致者也。武，一卒也，獨有是心。嗚呼！今之士，事上當職，苟遇謗遭辱，無是心者，吾又不知。武，一卒也。」

【校】

〔一〕此句別本皆作「乃投石狀枉之事」，顯有誤文。今從亨和本。

〔二〕「奉」，亨和本作「奏」。

〔三〕「骸」，疑作「駭」。

鄙孝議上篇

有天地來，言乎孝者，大曰舜，小曰參。舜承順父母之道，無不爲也。雖俾食于褻器，寢于廁竇，猶將順之，況夫修廪浚井哉？然猶避乎大杖也，雖嘗以小杖爲順。則舜修廪可也，浚井可也，設死于大杖，誰養瞽叟哉？參承順父母之道，無不至也。鋤瓜傷根，曾晳杖之，幾至于死，是以仲尼不以爲孝也。何哉？有參則晳安，無參則晳孤，參順鋤瓜之罪，設死于杖，誰養夫晳哉？夫以二孝之不受重責，恐夫糜骨節，隳肢體，有辱于先人也。豈有操其刃，剸己肉以爲孝哉？夫人之身者，父母之遺體也。剸己之肉，由父母之肉也。言一不順，色一不怡，情尚以爲不孝，況剸父母之肉哉？故樂正子春傷足不下堂，漢景不吮孝文之癰，二賢卒成大孝。猶傷足不下堂，吮癰有難色。何者？傷己之足，傷父母之足也；吮父之癰，吮己之癰也。傷之者不敬，吮之者過媟，是以聖賢不爲也。今之愚民，謂己肉可以愈父母之病，必剸而飼之。大者邀縣官之賞，小者市鄉黨之譽。訛風習習，扇成厥俗，通儒不以言，執政不以禁。昔墨氏摩頂至踵，斷指存脛，謂之兼愛。今之愚民如是，其兼愛邪？設使虞舜糜骨節，曾參隳肢體，樂正子春傷足不憂，漢景吮癰無難，今之有是者，吾猶以爲不可，況無是理哉？或執事者嚴令以禁之，則天下之民，保其身，皆父母之身也。欲民爲不孝也難矣哉！

鄙孝議下篇

人之心也，仁者孝有餘；兇者暴不足。故聖人之制禮，非所以懲其不足，抑亦戒其有餘。由是節之以哀戚，定之以封域，制之以斬衰。仁者之喪滿，其哀也不足於心，而不能有餘於禮；兇者之喪滿，其怠也有餘於心，而不能不足於禮。此由民之心，必有嗜欲，必知飢渴，自開闢而至于今，未能改也。「魯人有朝祥而暮歌者，子路笑之。夫子曰：『由，爾責於人終無已夫。三年之喪，亦以久矣。』」又「孔子既合葬於防，曰：『吾聞之，古也墓而不墳。今丘，東西南北之人也，不可以弗識矣。』於是封之，崇四尺。孔子先反，門人後，雨甚，至，孔子問焉，曰：『爾來何遲也？』曰：『防墓崩。』孔子不應，三。以其三言之，自以非禮不聞也。孔子泫然流涕曰：『吾聞之，古不修墓。』」以三年之喪，天下之通制也。古不修墓，聖人之格言也。以朝祥而暮歌，聖人尚不笑之；以經雨而防墓崩，聖人尚泣而修之〔一〕，況廬之於其側，朝夕而哭哉？故合葬於防，孔子先反者，尚修虞事也。今之愚民，既葬不掩，謂乎不忍也；既掩不虞，謂乎廬墓也。傷者必過毁，甚者必越禮，上者要天子之旌表，次者受諸侯之褒贊。自漢、魏以降，厥風逾甚。愚民蚩蚩，過毁者謂得儀；越禮者謂大孝。姦者憑之，以避征徭；僞者扇之，以收名譽。所在之州鄙，礱石峨然。問所從來，曰：「有至孝也，廬墓三年，孝感至瑞，郡守聞於天子，天子爲之旌表焉。」嗚呼！夫古之廬墓，至畜妻子於宅兆之前，其波流弊，至今褻慢焉。有守正者，雖大孝不録；爲非者，雖小道必旌。則聖人之制，後何法焉？或曰：「子貢居於夫子墓側，六年乃去，非廬墓之自邪？」曰：「子貢之罪大矣，口受聖人之言，身違聖人之禮，噫！甚矣。」夫子曰：「事師，無犯無隱，左右就養無方，服勤至死，心喪三年。」又曰：「師，吾哭諸寢。」是師之喪也，心喪止於三年，哭泣至於寢室，未有倍其年而哭於墓者。斯子貢之罪也。今執事者見愚民之有是者，宜責而不貴，鄙而不旌。則民必依禮而行矣。苟若是，則隳教之風息，毁制之道壅。傳曰：「辛有適伊川，見被髮而祭於野者。」今之有是被髮而哭於野者，幾何不爲戎之於宅兆乎？有心於是道者，得斯説而存之。禁之可也，令之可也。

【校】

〔一〕「修之」，許本、四庫本、亨和本作「怪之」。

内辯

日休自布衣，受九江之薦，與計偕，寓止永崇里。居浹旬，有來候者曰：「子幾退于有司，幾孰于執事，其譽與名，曄曄于京師矣。致是也者，孰自？」曰：「偶與計偕者，曾未識咸陽城闕。所贄者，未及卿相之門；所趨者，未入勢利之地。其譽與名，反不知其自矣。」曰：「聞子受今小司徒河東公知素矣。公當時之望，溟渤於文場，嵩、華於朝右，子之上第，不足憑他門。」曰：「公之爲前達接後進，今人之中古人也。愚欲自知其道，干之以其文，以名臣之威，絀賤士之禮，其爲知，大矣。所謂干之以其道，知之亦以其道。遇其人則宣之於口，不遇其人則貯之於心，非佞傳媚説者也。」或者不懌而退。居一日，又有來者曰：「喋喋之人，謂子賴其知，欲一舉於有司。信哉？」曰：「於戲！聖天子之世，文教如膏雨，儒風如扶摇，草茅之士得以達；市井之子可以進。名場大闢，豁若廣路，千百人各負異能，時執事各立名譽。如日休之才，處於場中，若放鯤鮞於東溟，逐麞麛於五嶽，以小入大，以微混衆，其汩汩没没，昭然可知矣。豈能一舉於有司哉？或練窮物態，曉盡時機，一二十舉於有司，儻處之下列，行其道也，上可以布大知，下可以存禄利而已矣。」曰：「若能者，謗歟〔一〕？子宜默處梁上，第防其萌。」曰：「大聖者不過周、孔，然猶管、蔡謗於前，叔孫毁於後。何由？處勢而然。亦由登高者必望，臨深者必窺矣。詩曰：『讒言罔極，交亂四國。』夫四國且亂，況一士哉？雖然，敢不防其萌？嗚呼！防而免者，人歟？防而不免者，天歟？」

【校】

〔一〕「若能者謗歟」一句，各本均如是。疑當作「若然者，謗歟」，方與上文語氣密切闔合，本書「若然者」三字連用處亦頗多。

皮日休文集卷第九

書

移元徵君書

徵君足下，行奇操峻，捨明天子、賢宰相，退隱于陵陽。踞見青山，傲視白雲。得喪不可摇其心；榮辱不能動其志。桎莽冠冕，泥滓禄位。甚善！甚善！苟與足下同道者，必汲汲自退，名惟恐聞，行惟恐顯，老死爲山谷人矣。或名欲遺千載，利欲及當今者，聞足下之道，可以不進其説耶？日休聞古之聖賢無不欲有意於民也。苟或退者，是時弊不可正，主惛不可曉。進則禍，退則安。斯或隱矣。有是者，世不可知其名，俗不能得其教，尚懼來世聖人責乎？無意於民故也。此謂之「道隱」。其次者，行不端於己，名不聞於人。欲乎仕，則懼禍；欲乎退，則思進。必爲怪行以動俗，詠言以矯物。上則邀天子再三之命；下則取諸侯〔一〕殷勤之禮。甚有百世之風，次有當時之譽。此之謂「名隱」。其次者，行有過僻，志有深傲，飾身不由乎禮樂，行己不在乎是非。入其室者惟清風；穿〔二〕其牖者惟明月。木石然，麋鹿然，期夫道家之用，以全彼生。此之謂「性隱」。然而道隱者，賢人也；名隱者，小人也；性隱者，野人也。有夫堯、舜救世，湯、禹拯亂之心者，視道隱之人，由夫樵蘇之民耳，況名與性哉？今天下雖無事，河湟有黠虜〔三〕之患，嶺徼有逋蠻之虞。主上焦心灼思，晏詢夜謀，宰相戰慄於巖廊；百執事奔走於朝右。然尚未復貞觀、開元之大治。有致君於唐虞，躋民於仁壽者，其人則鮮，其求則勤。玄纁之聘，屢降於山林；少微之星，但明於霄漢。此真足下之所高視也。嗚呼！斯時也，山林之間，宜倒衣以接禮，重趼以應命。赴明天子千年之運，成大丈夫萬世之業，勳銘於鍾鼎，德著於竹帛，可不盛哉？夫主上知足下之道久矣。加以郡守薦之，宰相譽之，雖錫命屢頒，而高風轉固。接物日簡，入山益深。且足下將爲道隱乎？則道隱者，世不可知其名，俗不能得其尚。足下之名，尚矣，丹青於世矣。豈謂道隱哉？將爲名隱乎？則名隱者，以怪行動俗，以詠言矯物。足下之道，伸之而伊、夔，屈之而夷、齊。豈謂名隱哉？

將爲性隱乎？則性隱者，飾身不由乎禮樂，行己不在乎是非。足下頃薦名於有司，客位於侯伯。豈謂性隱乎？然三隱者，足下皆出其表，復何爲而高卧哉？如終卧陵陽而不起，是廢乎古人之道者也。仲尼曰：「素隱行怪，後世有述焉，吾弗爲之〔四〕也。君子遵道而行，半途而廢，吾弗能也已矣。君子依乎中庸，遯世不見知，而不悔。」夫前三者〔五〕，聖人之所不爲，足下之學，楊、墨乎？申、韓乎？何其悖於道也。如遯世不見知而不悔，則舜不爲高蹈也，舜不爲真隱也。足下其亦有意乎？如納僕之言，翻然而起，醒然而用，朝廷必處足下於大諫，次用足下於宰輔。其在大諫也，以直氣吹日月之翳；以正道立天地之根。先黜陟於朝廷，次按察于侯國。其在宰輔也，外以道寧四夷，内以法提百揆，俾天地反妖爲瑞，使陰陽易沴爲穰。然後以玄菟、樂浪爲持節之州，崑崙、崦嵫作駐蹕之地。又不知房、杜、姚、宋何人也。果行是道，罄南山之竹，不足以書足下之功；窮百谷之波，不足以注足下之善。以足下之風，可以知僕之志；以僕之道，可以發足下之文。故不遠千里授書於御者，用以吐僕臆中之奇貯也。僕之取捨，自有方寸。異時，無望於足下。發函之後，但起無疑！不宣。日休再拜。

【校】

〔一〕「諸侯」，許本、享和本作「列侯」。

〔二〕「穿」，别本皆作「昇」，四庫本作「穿」。作「穿」似勝。

〔三〕「黠虜」，四庫本作「番部」。

〔四〕「爲之」，許本、四庫本作「之爲」。

〔五〕「三者」，許本、于本、四庫本作「三者」，叢刊本作「二者」。

請韓文公配饗太學書

於戲！聖人之道，不過乎求用。用於生前，則一時可知也；用於死後，則百世可知也。故孔子之封賞，自漢至隋，其爵不過乎公侯，至于吾唐，乃策王號。七十子之爵命，自漢至隋，或卿大夫，至于吾唐，乃封公侯。曾參之孝道，動天地，感鬼神。自漢至隋，不過乎諸子，至於吾唐，乃旌入十哲。噫！天地久否，忽泰則平；日月久昏，忽開則明；雷霆〔一〕久息，忽震則驚；雲霧久鬱，忽廓則清。仲尼之道，否於周、秦，而昏於漢、魏，息於晉、宋，而鬱於陳、隋。遇於吾唐，萬世之憤，一朝而釋。儻死者可作，其志可知也。今有人，身行聖人之道；口吐聖人之言。行如顔、閔，文若游、夏，死不得配食於夫子之側，愚又不知尊先聖之道也。夫孟子、荀卿翼傳孔道，以至于文中子。文中子之末，降及貞觀、開元，其傳者醨，其繼者淺，或引刑名以爲文，或援縱横以爲理，或作詞賦以爲雅，文中之道，曠百祀而得室授者，惟昌黎文公焉。文公之文，蹴楊、墨於不毛之地，蹂釋、老於無人之境，故得孔道巍然而自正。夫今之文，千百士之作，釋其卷，觀其詞，無不裨造化，補時政，緊公之力也。公之文曰：「僕自度，若世無孔子，僕不當在弟子之列。」設使公生孔子之世，公未必不在四科焉。國家以二十二賢者，代用其書，垂于國胄，並配饗於孔聖廟堂，其爲典禮也大矣美矣。苟以代用其書，不能以釋聖人之辭，箋聖人之義哉？況有身行其道，口傳其文，吾唐以來，一人而已。不得在二十二賢之列，則未聞乎典禮爲備。伏請命有司，定其配饗之位。則自兹以後，天下以文化，未必不由夫是也。

【校】

〔一〕「雷霆」，别本皆作「雷震」，非是。今從享和本。

請孟子爲學科書

聖人之道，不過乎經。經之降者，不過乎史。史之降者，不過乎子。子不異乎道者，孟子也。捨是子者，必戾乎經、史。又率于子者，則聖人之盜也。夫孟子之文，粲若經傳。天惜其道，不燼於秦。自漢氏得之，常置博士，以專其學。故其文，繼乎六藝，光乎百氏。真聖人之微旨也。若然者，何其道曄曄於前，其書没没於後。得非道拘乎正，文極乎奥，有好邪者憚正而不舉；嗜淺者鄙奥而無稱耶？蓋仲尼愛文王、嗜昌歜以取味。後之人將愛仲尼者，其嗜，在孟子矣。嗚呼！古之士，以湯、武爲逆取者，其不讀孟子乎？以楊、墨爲達智者，其不讀孟子乎？由是觀之，孟子之功利於人亦不輕矣。今有司除茂才明經外，其次有熟莊周、列子書者，亦登于科。其誘善也雖深，而懸科也未正。夫莊、列之文，荒唐之文也。讀之可以爲方外之士，習之可以爲鴻荒之民。有能汲汲以救時補教爲志哉？伏請命有司，去莊、列之書，以孟子爲主。有能精通其義者，其科選，視明經。苟若是也，不謝漢之博士矣。既遂之，如儒道不行，聖化無補，則可刑其言者。

移成均博士書

夫居位而愧道者，上則荒其業，下則偷其言。業而可荒，文弊也；言而可偷，訓薄也。故聖人懼是寖移其化，上自天子，下至子男，必立庠以化之，設序以教之。猶歉然不足，士有業高訓深，必詘禮以延之，越爵以貴之，俾庠聲序音，玲瓏於珩珮，鏘訇於金石，此聖人之至治也。今國家立成均之業，其禮盛於周，其品廣於漢，其詘禮越爵，又甚於前世，而未免乎愧道者，何哉？夫聖人之爲文也，爲經約乎史，贊易近乎象，詩、書止乎刪，禮、樂止乎定，春秋止乎修。然六籍儀形乎千萬世，百王更命迭號，莫不由是大也。其幽幽於鬼神，其妙妙於玄造，後之人苟不能行。決句釋者，猶萬物但被玄造之化者耶。故萬物但化而已，不知玄造之源也。夫六藝之於人，又何異於是？故詩得毛公，書得伏生，易得楊、何，禮得二戴，周官得鄭康成，擬其微言，鈲其大義，幽者明於日月，奧者廓於天地。然則今之講習之功與決釋之功，不啻半矣。其文得不弊乎？其訓得不薄乎？嗚呼！西域氏之教其徒，日以講習決釋其法爲事。視吾之太學，又足爲西域氏之羞矣。足下出文闈，生學世，業精前古，言高當今。洸洸乎，洋洋乎，爲諸生之蓍龜，作後來之綿蕝。得不思居其位者不愧其道，處於職者不墮其業乎？否則，市大易負乘之譏，招詩人伐檀之刺矣。奚不日誡其屬，月勵其徒，年持六籍，日決百氏，俾諸生於聖典也，洞知大曉。猶駕車者必知康莊，操舟者必知河海。既若是矣，執其業者，精者進而墮者退，公者得而私者失。非惟大發於儒風，抑亦不苟於禄位。足下之道，被於太學也，其利可知矣。果行是説，則太華之石，峨峨於成均之門者，吾不頌於他人矣。足下聽之無忽。日休再拜。

鹿門隱書六十篇 并序

醉士隱於鹿門，不醉則游，不游則息。息於道，思其所未至；息於文，慙其所未周。故復草隱書焉。嗚呼！古聖王能旌夫山谷民之善者，意在斯乎？

或曰：「仲尼修春秋紀災異，近乎怪；言虎賁之勇，近乎力；行衰國之政，近乎亂；立祠祭之禮，近乎神。將聖人之道，多岐而難通也，奚有不語之義也？」曰：「夫山鳴鬼哭，天裂地坼〔一〕，怪甚也。聖人謂一君之暴，災延天地，故諱耳。然後世之君，猶有窮凶以召災，極暴以市〔二〕異者矣。夫桀、紂之君，握鉤伸鐵，撫梁易柱，手格熊羆，走及虎兕，力甚也。聖人隱而不言，懼尚力以虐物，貪勇而喪生。然後世之君，猶有喜角觝而忘政，愛拔拒而過賢者。寒浞竊室，子頑通母，亂甚也。聖人隱而不言，懼來世之君爲蛇豕，民爲淫蜮。然後世之君，猶有易内以亂國，通室以亂邦者。夏啓畜乘龍，周穆譙瑶池，神甚也。聖人隱而不言，懼來世之君以幻化致其物，以左道成其樂。然後世之君，猶有黷封禪以求生，恣祠祀以祈欲者。嗚呼！聖人發一言爲當世師，行一行爲來世軌，豈容易而傳哉？當仲尼之時，苟語怪力亂神也，吾恐後世之君，怪者不在於妖祥，而在於政教也；力者不在於角觝，而在於侵凌也；亂者不在於衽席，而在於天下也；神者不在於禨鬼，而在於宗廟也。若然者，其道也豈多岐哉？」

民之性多暴，聖人導之以其仁；民性多逆，聖人導之以其義；民性多縱，聖人導之以其禮；民性多愚，聖人導之以其智；民性多妄，聖人導之以其信。若然者，聖人導之於天下，賢人導之於國，衆人導之於家。後之人反導爲取，反取爲奪，故取天下以仁，得天下而不仁矣；取國以義，得國而不義矣；取名位以禮，得名位而不禮矣；取權勢以智，得權勢而不智矣；取朋友以信，得朋友而不信矣。堯、舜導而得也，非取也，得之而仁；殷、周取而得也，得之亦仁。吾謂自巨君、孟德已後，行仁義禮智信者，皆奪而得者也。悲夫！

文學之於人也，譬乎藥。善服，有濟。不善服，反爲害。

或曰：「聖人見一善必汲汲慕之。夫丹朱、商均雖曰不肖，豈便毒於豺虎哉？何其嗣之遠也。且善足以保身，不足以保天下。」噫！丹朱、商均苟非堯、舜之子，一身且不保，況天下哉？

毁人者，自毁之。譽人者，自譽之。夫毁人者，人亦毁之，不曰自毁乎？譽人者，人亦譽之，不曰自譽乎？

或曰：「神農牛首，蜚仲鳥身，信乎哉？」曰：「非形也，象也。夫梟羊獿貐，尚猶類人，況聖賢也哉？」

或曰：「夏禹爲黃熊，信乎哉？」曰：「非也，感也。夫簡狄吞鳥卵而生契，姜嫄履大迹而產稷，是也。當禹之母夢熊而生耳。不然者，禹誠是熊，吾以聖人爲罔象也。」

或曰：「孟子云：『予何人也？舜何人也？』是聖人皆可修而至乎？」曰：「聖人，天也，非修而至者也。夫知道，然後能修。能修，然後能聖。且堯爲唐侯，二十而德盛；舜爲鰥民，二十以孝聞。焉在乎修哉？后稷之戲，必以蓺殖；仲尼之戲，必以俎豆。焉在乎修哉？蓋修而至者，顏子也、孟軻也。若聖人者，天資也，非修而至也。」

窮山，人盡行也；大江，人盡涉也。然而不幸者，有遇虎兕之暴，蛟龍之患者矣。

豈以是而止者哉？夫途有遇是患而死者，繼其踵者，惟恐其行之不速也。今之士，爲名與勢，苟刑禍及流竄，至是，監刀鋸者必名人，司流竄者必勢士。繼其踵者，惟恐其位之不速也。嗚呼！名與勢然也。吾患其内虎兕乎？蛟龍乎？是天不爲人幸也，非人也。其或披林逐虎兕，入水嬰蛟龍，遇其患也，是人不爲天幸也，非天也。若是以取〔三〕禍，則終身所爲，心之騆儈焉。君子不爲其所不爲，小人爲其所不爲。

可以威而不威，可以殺而不殺，難也！

潔者，不觀其窮，觀其富也。慎者，不觀其危，觀其勢也。苟當窮能潔，當危能慎，戒也；非真也。

古之官人也，以天下爲己累，故己憂之；今之官人也，以己爲天下累，故人憂之。

今道有赤子，將爲牛馬所踐，見之者，無問賢不肖，必惕惕然皆欲驅牛馬以活之。至夫國有弱君，室有色婦，有謀其國，欲其室者，惟恨其君與夫不罹赤子之禍也。噫！是復何心哉？孟子曰：「伯夷隘，柳下惠不恭，伊尹五就湯、五就桀。」皮子採廉於伯夷，廉於天下，不爲隘矣。擇和於下惠，和於天下，不爲不恭矣。取志於伊尹，志於天下，不爲不大矣。

天有造化，聖人以教化裨之；地有生育，聖人以養育裨之；四時有信，聖人以誠信禆之；兩曜有明，聖人以文明禆之。噫！禆於天地者，何獨聖人？雖禽獸昆蟲雲物，亦不能自順其化。麟鳳，禆於祥瑞也；蛟龍，禆於潤澤也；昆蟲，禆於地氣也；雲物，禆於天候也。而況於聖人乎？況於鬼神乎？故紂大君之組綬，食生人之膏血，苟不仁而位，是不禆於禄食也，況能禆於天地乎？吾乃知是禽獸昆蟲雲物不竊於天地之覆幬〔四〕也。

舟之有舵〔五〕，猶人之有道也。舵不安也，舟之行匪舵不進，是不安而安也。人之行也，猶舟之有舵，匪道不行，是不行而行也。夫秦失舵於項，項遺舵於漢，是聖人之道，不安其所安；小人之道，安其所不安也。

伊尹之道，一介不以與人，一介不以取諸人。吾得志，弗爲也。與之以道，取之以道，天下可也。況一介哉？伊尹之道近乎執，吾去執而取廉者也。

伯夷弗仕〔六〕非君，弗治非民，治則進，亂則退。吾得志，弗爲也。不仕非君，孰行其道？不治非民，孰急天下？以非君乎？湯不當事桀，文王不當事紂也。以非民乎？桀民不赴殷，紂士不歸周矣。故伯夷之道過乎高，吾去高而取介者也。

柳下惠何事非君，何使非民，與惡人言，雖袒裼裸裎於我側，爾焉能浼我哉？吾得志，弗爲也。夫蚍蜉，豈過人而有禮哉？民之下者，亦若是而已。柳下惠之道過乎溷，吾去溷而取辨者也。

於戲！黄卷之内，聖賢者皆在焉。慕而不可及，愛而不可必，鬱鬱於厲。夫至乎是者，爲心乎？爲身乎？心則勞，身則憊。嗚呼！道果不在於自用。

古之奢也，吾不奢。古之儉也，吾不儉。適管、晏之中，或可矣。噫！古之奢也僭，今之奢也濫。古之儉也性，今之儉也名。

學而廢者，不若不學而廢者。學而廢者，恃學而有驕，驕必辱。不學而廢者，愧己而自卑，卑則全。

勇多於仁謂之暴，才多於德謂之妖。

小善亂德，小才耗道。

以有善而不進，以有才而不修，孔門之徒，恥也。

古之隱也志在其中，今之隱也爵在其中。

吏不與姦罔期，而姦罔自至。賈豎不與不仁期，而不仁自至。嗚呼！吏非被重刑，不知姦罔之喪己。賈豎非遭極禍，不知不仁之害躬也。夫易化而善者，齊民也。唯吏與賈豎，難哉！

人之肆其志者，其如後患何？

聖人能與人道，不能與人志。

嗚呼！才望顯於時者，殆哉！一君子愛之，百小人妬之。一愛固不勝於百妬，其爲進也，難。

不以堯、舜之心爲君者，具君也。不以伊尹、周公之心爲臣者，具臣也。

造父善御，不能御駑駘。公輸善匠，不能匠散木。吾知夫不教之民也，豈易御而易匠者哉？陽貨者，仲尼之駑駘也；互鄉者，仲尼之散木也。

或曰：「子之道，有以邁千人；子之貌，固不足加於衆。噫！何哉？」曰：「亦何異哉？伊、臯，亦人耳！孔、顏，亦人耳！」

不思而立言，不知而定交，吾其憚也。

知道而不行，知賢而不舉，甚乎穿窬也。夫盜也者，不能盡一室。如不行道，足以喪身。不舉賢，足以亡國。

金貝珠璣，非能言而利物者也。至夫有國者，寶之甚乎賢，惜之過乎聖。如失道而有亂，國且輸人，況夫金貝珠璣哉？

聖人行道而守法，賢人行法而守道，衆人侮道而貨法。

古之決獄，得民情也，哀。今之決獄，得民情也，喜。哀之者，哀其化之不行；喜之者，喜其賞之必至。

周公爲天子，下白屋之士，今觀於一命之士，接白屋之人斯禮遂亡，悲夫！

幸君之急而見懲，糺己之讎而爲直，因躬不好者而爲廉，因人不樂者以爲正，大人不由也。聖人之道猶坦途，諸子之道猶斜逕。坦途無不之也，斜逕亦無不之也。然適坦途者有津梁，之斜逕者苦荆棘。

三王之世，民知生而不知化。五帝之世，民知化而不知德。

毁人者失其直，譽人者失其實，近於鄉原之人哉？

憚勢而交人，勢劣而交道息。希利而友人，利薄而友道退。明君善全臣者，不狎。哲士善全友者，不暱。

或曰：「我善治苑囿，我善視禽獸，我善用兵，我善聚賦。」古之所謂賊民，今之所謂賊臣。

蝨蚄能害稼，不能害人，奸邪善害人。害稼者，有時而稔，是不害也。雖有祝鮀之佞，宋朝之美，其害人也，可勝道哉？

或問：「君子之道，何如則可以常行矣？」曰：「去四蔽，用四正，則可以常行矣。」曰：「何以言之？」「見賢不能親，聞義不能服，當亂不能正，當利不能節，此之謂四蔽。道不正不言，禮不正不行，文不正不修，人不正不見，此之謂四正。」

鵷鸞不常見，君子慕焉。鷽鳩常見，小人捕焉。噫！君子之出處，亦猶夫鵷鸞而已矣。

不位而尊者，曰「道」。不貨而富者，曰「文」。噫！吾將謂得時乎？尊而驕者不爲矣。吾將謂失時乎？富而安者吾爲矣。

或曰：「將處乎世，如何則可以免乎謗？」曰：「去六邪，用四尊，則可矣。」曰：「何以言之？」曰：「諫未深而謗君，交未至而責友，居未安而罪國，家不儉而罪歲，道不高而淩貴，志不定而羨富，此之謂六邪也。自尊其道，堯、舜不得而卑也。自尊其親，天下不得而詘也。自尊其已，孩孺不得而娱也。自尊其志，刀鋸不得而威也。此之謂四尊也。」

愛雖至而不媟，讐已危而不擠，勢方盛而知足，利正中而識已，豈小人之能哉？

以儉而獲罪，猶遠乎奢；以退而遇謗，尚愈乎進。

弓箕之家生子，而捨乎弓箕？陶旊之家生子，而捨乎陶旊？噫！吾之道，猶弓箕陶旊乎？自漢至今，民産半入乎公者，其唯桑弘羊、孔僅乎？衛青、霍去病乎？設遇聖天子，吾知乎桑、孔不過乎賈豎，衛、霍不過乎士伍。

古之殺人也，怒；今之殺人也，笑。
古之用賢也，爲國；今之用賢也，爲家。
古之酗醟也，爲酒；今之酗醟也，爲人。
古之置吏也，將以逐盜；今之置吏也，將以爲盜。
或曰：「楊、墨有道乎？」曰：「意錢格簺，皆有道也。何啻乎楊、墨哉？吾知夫今之人嗜楊、墨之道者，其一夫之族耳。」

【校】

〔一〕「拆」，別本皆作「拆」，今從亨和本。
〔二〕「市」，別本皆作「示」，今從亨和本作「市」。
〔三〕「取」，許本、亨和本作「遇」。
〔四〕「幬」，別本皆作「燾」，四庫本作「幬」。按「燾」與「幬」通，但以作「幬」爲正。中庸：「無不覆幬。」今按四庫本改。
〔五〕「舵」，叢刊本作「柁」，別本作「柂」，而四庫本作「舵」，今從四庫本。
〔六〕「弗仕」，全本作「不仕」。

皮日休文集卷第十

詩

三羞詩三首

其一 并序

丙戌歲，日休射策不上，東退于肥陵。出都門，見朝列中論犯當權者，得罪南竄。卯詔辰發，持法吏不容一息留私室。視其色，若將厭禄位，悔名望者。皮子闞之，惕然泣，衂然羞。故作是詩以贖之。

吾聞古君子，介介勵其節。入門疑儲宫，撫己思鈇鉞。忠者若不退，佞者何由達。君臣一般膳，家國共殘殺。此道見於今，永思心若裂。王臣方謇謇，佐我無玷缺。如何以謀計，中道生芽櫱。憲司遵故典，分道播南越。蒼惶出班行，家室不容別。玄鬢行爲霜，清淚立成血。乘遽劇飛鳥，就傳過風發。嗟吾何爲者？叨在造士列。獻文不上第，歸于淮之汭。蹇蹄可再奔，退羽可後歇。利則侶軒裳，塞則友松月。而於方寸内，未有是愁結。未爲禄食士，俯不愧粱糲。未爲冠冕人，死不慙忠烈。如何有是心，不能叩丹闕。赫赫負君歸，南山採芝蕨。

其二 并序

日休旅次于許傳舍，聞叫咷之聲，動于城郭。問于道民，民曰：「蠻圍我交趾，奉詔徵許兵二千征之，其征且再〔一〕，有戰皆殁，其哭者，許兵之屬。」嗚呼！揚子不云夫：「朱崖之絶，捐之之力也。否則介鱗，易我衣裳。」其是之謂耶？皮子爲之内過曰：「吾之道，不足以濟時，不可以備位。又手不提桴鼓，身不被兵械。恬然自順，怡然自樂，吾亦爲許師之罪人耳。」作詩以吊之。

南荒不擇吏，致我交趾覆。綿聯三四年，流爲中夏辱。懦者鬬即退，武者兵則黷。軍庸滿天下，戰將多金玉。刮得齊民瘫〔二〕，分爲猛士禄。雄健許昌師，忠武冠其族。去爲萬騎風，住作一川肉。昨朝殘卒回，千門萬户哭。哀聲動閭里，怨氣成山谷。誰能聽晝鼙，不忍看金鏃。吾有制勝術，不奈賤碌碌。貯之胸臆間，慙見許師屬。自嗟胡爲者？得躡前修躅。家不出軍租，身不識部曲。亦衣許師衣，亦食許師粟。方知古人道，蔭我已爲足。念此向誰羞，悠悠潁川緑。

【校】

〔一〕「其征且再」，四庫本作「其征蠻民者再」。

〔二〕各本均寫作「刮則齊民癰」。按北夢瑣言二引此詩作「刮得齊民瘡」，「則」字應作「得」。

其三 并序

丙戌歲，淮右蝗旱。日休寓小墅于州東，下第後，歸之。見潁民轉徙者，盈途塞陌。至有父捨其子，夫捐其妻，行哭立丐，朝去夕死。嗚呼！天地誠不仁耶？皮子之山居，椸有襲，鑊〔一〕有炊，晏眠而夕飽，朝樂而暮娱。何能於潁川民，而獨享是爲？將天地遺之耶？因羞不自容，作詩以唁之。

天子丙戌年，淮右民多飢。就中潁之汭，轉徙何纍纍。夫婦相顧亡，棄却抱中兒。兄弟各自散，出門如大癡。一金易蘆蔔，一縑換凫茈。荒村墓鳥樹，空屋野花籬。兒童齧草根，倚桑空羸羸。斑白死路傍，枕土皆離離。方知聖人教，於民良在斯。癘能去人愛，荒能奪人慈。如何司牧者，有術皆在兹。粤吾何爲人，數畝清溪湄。一寫落第文，一家歡復嬉。朝食有麥饘，晨起有布衣。一身既飽暖，一家無怨咨。家雖有畎畝，手不秉鎡基。歲雖有札瘥，庖不廢晨炊。何道以至是，我有明公知。食之以侯食，衣之以侯衣。歸時卹金帛，使我奉庭闈。撫己愧潁民，奚不進德爲？因兹感知己，盡日空涕洟。

【校】

〔一〕「鑊」，于本、許本、亨和本作「鍑」。

七愛詩 并序

皮子之志，常以真純自許。每謂立大化者，必有真相，以房、杜爲真相焉；定大亂者，必有真將，以李太尉爲真將焉；傲大君者，必有真隱，以盧徵君爲真隱焉；鎮澆俗者，必有真吏，以元魯山爲真吏焉；負逸氣者，必有真放，以李翰林爲真放焉；爲名臣者，必有真才，以白太傅爲真才焉。嗚呼！吾之道，時耶，行其事也，在乎愛忠矣。不時耶，行其事也，亦在乎愛忠矣。苟有心歌詠者，豈徒然哉？

房杜二相國 玄齡、如晦

吾愛房與杜，貧賤共聯步。脱身抛亂世，策杖歸真主。縱横幄中筭，左右天下務。骯髒無敵才，磊落不世遇。美矣名公卿，魁然真宰輔。黄閣三十年，清風一萬古。巨業照國史，大勳鎮王府。遂使後世民，至今受陶鑄。粤吾少有志，敢躡前賢路。苟得同其時，願爲執鞭豎。

李太尉 晟

吾愛李太尉，崛起定中原。驍雄十萬兵，四面圍國門。一戰收王畿，一叱散妖氛。乘輿既反正，兇豎争亡魂。巍巍柱天功，蕩蕩蓋世勳。仁於曹孟德，勇過霍將軍。丹券入帑藏，青史傳子孫。所謂大丈夫，動合驚乾坤。所謂聖天子，難得忠貞臣。下以契魚水，上以合風雲。百世必一亂，千年方一人。吾雖翰墨子，氣概敢不羣。願以太平頌，題向甘泉春。

盧徵君鴻

吾愛盧徵君，高卧嵩山裏。百辟未一顧，三徵方暫起。坦腹對宰相，岸幘揖天子。建禮門前吟，金鑾殿裏醉。天下皆哺糟，徵君獨潔己。天下皆樂聞，徵君獨洗耳。天下皆懷羞，徵君獨多恥。銀黄不妨懸，赤紱不妨被。而於心抱中，獨作羲皇地。籃轝一云返，泥詔褒不已。再看緱山雲，重酌嵩陽水。放曠書裏終，逍遥醉中死。吾謂伊與周，不若徵君貴。吾謂巢與許，不若徵君義。高名無階級，逸迹絶涯涘。萬世唐書中，逸名不可比。粤吾慕真隱，強以骨肉累。如教不爲名，敢有徵君志。

元魯山德秀

吾愛元紫芝，清介如伯夷。輦母遠之官，宰邑無玷疵。三年魯山民，豐稔不暫飢。三年魯山吏，清慎各自持。只飲魯山泉，只採魯山薇。一室冰蘖苦，四遠聲光飛。退歸舊隱來，斗酒入茅茨。鷄黍匪家畜，琴樽常自怡。盡日一菜食，窮年一布衣。清似匣中鏡，直如琴上絲。世無用賢人，青山生白髭。既卧黔婁衾，空立陳寔碑。吾無魯山道，空有魯山辭。所恨不相識，援筆空涕垂。

李翰林白

吾愛李太白，身是酒星魄。口吐天上文，跡作人間客。磥砢千丈林，澄澈萬尋碧。醉中草樂府，十幅筆一息。召見承明廬，天子親賜食。醉曾吐御牀，傲幾觸天澤。權臣妒逸才，心如斗筲窄。失恩出内署，海岳甘自適。刺謁戴接䍦，赴宴著穀屐。諸侯百步迎，明君九天憶。竟遭腐脅疾，醉魄歸八極。大鵬不可籠，大椿不可植。蓬壺不可見，姑射不可識。五岳爲辭鋒，四溟作胸臆。惜哉千萬年，此俊不可得！

白太傅居易

吾愛白樂天，逸才生自然。誰謂辭翰器，乃是經綸賢！欻從浮豔詩，作得典誥篇。立身百行足，爲文六藝全。清望逸内署，直聲驚諫垣。所刺必有思，所臨必可傳。忘形任詩酒，寄傲遍林泉。所望握文柄，所希持化權。何期遇訾毀，中道多左遷。天下皆汲汲，樂天獨怡然。天下皆悶悶，樂天獨捨旃。高吟辭兩掖，清嘯罷三川。處世似孤鶴，遺榮同脱蟬。仕若不得志，可爲龜鑑〔一〕焉。

【校】

〔一〕「鑑」，于本、亨和本作「鏡」。

正樂府十篇　并序

樂府，蓋古聖王採天下之詩，欲以知國之利病，民之休戚者也。得之者，命司樂氏入之於塤篪，和之以管籥。詩之美也，聞之足以觀乎功；詩之刺也，聞之足以戒乎政。故周禮，太師之職掌教六詩。小師之職掌諷誦詩。由是觀之，樂府之道大矣。今之所謂樂府者，唯以魏、晉之侈麗，陳、梁之浮豔，謂之樂府詩，真不然矣！故嘗有可悲可懼者，時宣於詠歌，總十篇，故命曰「正樂府詩」。

卒妻怨

河湟戍卒去，一半多不回。家有半菽食，身爲一囊灰。官吏按其籍，伍中斥其妻。處處魯人髽，家家杞婦哀。少者任所歸，老者無所攜。況當札瘥年，米粒如瓊瑰。纍纍作餓殍，見之心若摧。其夫死鋒刃，其室委塵埃。其命即用矣，其賞安在哉？豈無黔敖恩，救此窮餓骸。誰知白屋士，念此翻欸欸。於孩反。

橡媼歎

秋深橡子熟，散落榛蕪岡。傴傴黃髮媼，拾之踐晨霜。移時始盈掬，盡日〔一〕方滿筐。幾曝復幾蒸，用作三冬糧。山前有熟稻，紫穗襲人香。細穫又精舂，粒粒如玉璫。持之納于官，私室無倉廂。如何一石餘，只作五斗量？狡吏不畏刑，貪官不避贓。農時作私債，農畢歸官倉。自冬及于春，橡實誑飢腸。吾聞田成子，詐仁猶自王。吁嗟逢橡媼，不覺淚霑裳。

【校】

〔一〕「日」，享和本作「旦」。

貪官怨

國家省闥吏，賞之皆與位。素來不知書，豈能精吏理。大者或宰邑，小者皆尉史。愚者若混沌，毒者如雄虺。傷哉堯舜民！肉袒受鞭箠。吾聞古聖王，天下無遺士。朝廷及下邑，治者皆仁義。國家選賢良，定制兼拘忌。所以用此徒，令之充禄位。何不廣取人？何不廣歷試？下位既賢哉，上位何如矣？胥徒賞以財，俊造悉爲吏。天下若不平，吾當甘棄市！

農父謡

農父寃辛苦〔一〕，向我述其情：「難將一人農，可備十人征。如何江淮粟，輓漕輸咸京？黄河水如電，一半沉與傾。均輸利其事，職司安敢評！三川豈不農？三輔豈不耕？奚不車其粟，用以供天兵？」美哉農父言，何計達王程？

【校】

〔一〕「辛苦」應從樂府詩集作「苦辛」。

路臣恨

路臣何方來，去馬真如龍。行驕不動塵，滿轡金瓏璁。有人自天來，將避荆棘叢。獰呼不覺止，推下蒼黄中。十夫掣鞭策，御之如驚鴻。日行六七郵，瞥若鷹無蹤。路臣慎勿怨，怨則刑爾躬！軍期方似雨，天命正如風。七雄戰争時，賓旅猶自通。如何太平世，動步却途窮？

賤貢士

南越貢珠璣，西蜀進羅綺。到京未晨旦，一一見天子。如何賢與俊，爲貢賤如此。所知不可求，敢望前席事？吾聞古聖人，射宫親選士。不肖盡屏迹，賢能皆得位。所以謂得人，所以稱多士。歎息幾編書，時哉又何異！

頌夷臣

夷師本學外，仍善唐文字。吾人本尚捨，何況夷臣事。所以不學者，反爲夷臣戲。所以尸禄人，反爲夷臣忌。吁嗟華風衰，何嘗不由是！

惜義鳥

商顔多義鳥，義鳥實可嗟。危巢半纍纍，隱在栲木花。他巢若有雛，乳之如一家。他巢若遭捕，投之同一羅。商人每秋貢，所貴復如何。飽以稻粱滋，飾以組繡華。惜哉仁義禽，委戲於宫娥。吾聞鳳之貴，仁義亦足夸。所以不遭捕，蓋緣生不多。

誚虚器

襄陽作髹器，中有庫露真。持以遺北虜，紿云生有神。每歲走其使，所費如雲屯。吾聞古聖王，修德來遠人。未聞作巧詐，用欺禽獸君。吾道尚如此，戎心安足云？如何漢宣帝，却得呼韓臣？

哀隴民

隴山千萬仞，鸚鵡巢其巔。窮危又極嶮，其山猶不全。蚩蚩隴之民，懸度如登天。空中覘其巢，墮者争紛然。百禽不得一，十人九死焉。隴川有戍卒，戍卒亦不閒。將命提雕籠，直到金堂前。彼毛不自珍，彼舌不自言。胡爲輕人命，奉此玩好端！吾聞古聖王，珍禽皆捨旃。今此隴民屬，每歲啼漣漣。

雜古詩十六首

奉獻致政裴秘監

何胤本徵士，高情動天地。既無闕閲門，常嫌冠冕累。宰邑著嘉政，爲郡留高致。移官在書府，方樂鴛池貴。玉季牧江西〔一〕，泣之不忍離。捨杖隨之去，天下欽高義。烏帽白絺裘，籃輿竹如意。黄菊陶潛酒，青山謝公妓〔二〕。月檻詠詩情，花溪釣魚戲。鍾陵既方舟，魏闕將結駟。甘求白首閒，不爲蒼生起。優詔加大監，所以符公議。既爲逍遥公，又爲鴟夷子。安車懸不出，駟馬閒無事。微雨漢陂舟〔三〕，殘日終南騎。富貴盡淩雲，何人能至此？猜禍皆及身，何復至如是？賢哉此丈夫，百世一人矣！

【校】

〔一〕「玉季牧江西」，享和本作「王季牧江洒」。

〔二〕「妓」,或「屐」之誤。本書附録一北禪院避暑聯句有「不見康樂屐」句,可證。事見世説新語任誕。

〔三〕「漢陂」,四庫本作「渼陂」。

秋夜有懷

夢裏憂身泣,覺來衣尚濕。骨肉煎我心,不是謀生急。如何欲佐主,功名未成立。處世既孤特,傳家無承襲。明朝走梁楚,步步出門澀。如何一寸心,千愁萬愁入?

喜鵲

棄羶在庭際,雙鵲來搖尾。欲啄怕人驚,喜語晴光裏。何況佞倖人,微禽解如此。

蚊子

隱隱聚若雷,噆膚不知足。皇天若不平,微物教食肉。貧士無絳紗,忍苦卧茅屋。何事覓膏腴?腹無太倉粟!

鹿門夏日

滿院松桂陰，日午却不知。山人睡一覺，庭鵲立未移。出簷趁雲去，忘戴白接䍦。書眼若薄霧，酒腸如漏巵。身外所勞者，飲食須自持。何如便絶粒，直使身無爲。

偶書

女媧掉繩索，絙泥成下人。至今頑愚者，生如土偶身。雲物養吾道，天爵高我貧。大笑猗氏輩：「爲富皆不仁！」

讀書

家資是何物，積帙列梁梠。高齋曉開卷，獨共聖人語。英賢雖異世，自古心相許。案頭見蠹魚，猶勝凡儔侣。

貧居秋日

亭午頭未冠，端坐獨愁予。貧家煙爨稀，竈底陰蟲語。門小愧車馬，廩空慙雀鼠。盡室未寒衣，機聲羨隣女。

閒夜酒醒

醒來山月高，孤枕羣書裏。酒渴漫思茶，山童呼不起。

秋江曉望

萬頃湖天碧，一星飛鷺白。此時放懷望，不厭爲浮客。

旅舍除夜

永夜誰能守？羈心不放眠。挑燈猶故歲，聽角已新年。出谷空嗟晚，銜盃尚愧先。曉來辭逆旅，雪涕野槐天。

過雲居院玄福上人舊居

重到雲居獨悄然，隔窗窺影尚疑禪。不逢野老來聽法，猶見隣僧爲引泉。龕上已生新石耳，壁間空帶舊茶煙。南宗弟子時時到，泣把山花奠几筵。

陪江西裴公遊襄州延慶寺

丹霄路上歇征輪，勝地偷閒一日身。不署前驅驚野鳥，唯將後乘載詩人。巖邊候吏雲遮却，竹下朝衣露滴新。更向碧山深處問，不妨猶有草茅臣。

西塞山泊漁家

白綸巾下髮如絲，静倚楓根坐釣磯。中婦桑村挑葉去，小兒沙市買蓑歸。雨來蓴菜流船滑，春後鱸魚墜釣肥。西塞山前終日客，隔波相羨盡依依。

襄州春遊

信馬騰騰觸處行，春風相引與詩情。等閑遇事成歌詠，取次衝筵隱姓名。映柳認人多錯誤，透花窺鳥最分明。岑牟單絞何曾著，莫道猖狂似禰衡。

送從弟歸復州

羨爾優游正少年，竟陵煙月似吴天。車螯近岸無妨取，舴艋隨風不費牽。處處路傍千頃稻，家家門外一渠蓮。慇懃莫笑襄陽住，爲愛南溪縮項鯿。

皮子世録

皮子之先，蓋鄭公之苗裔，賢大夫子皮之後。在戰國及秦時，無譜牒可考。自漢至唐，其英雄賢俊在位者，往往有焉。前漢時，名容者，以善爲容，官至大夫。後漢時，名巡者，爲太醫令。三國時，無聞焉。晉朝，名初者，爲襄陽太守。名京者，爲賢處士。宋朝，名熙祖者，與徐廣論議。苻王世，名審者，爲堅侍郎。後魏世，名豹子者，爲魏名將。子道明，襲爵。弟喜，爲使持節侍中，都督秦、雍、梁、益諸軍事，大將軍，仇池鎮將，假公如故。喜以戰守之功，累加勳爵，後轉散騎常侍、安南將軍、豫州刺史。卒于承宗爵〔一〕。喜弟雙仁，冠軍將軍，仇池鎮將。北齊時，名景和者，以功大，官封王。名延宗者，爲黄門侍郎。隋朝，名子信者，爲刺史。至于吾唐，汩汩於民間，無能以文取位。唯從祖翁諱瑕叔，舉進士，有名。以剛柔不合時，受蜀聘，爲幕府，累官至剌史。從翁諱行修，明經及第，累官至項城令。以盜不發，貶州掾，卒。時日休之世，以遠祖襄陽太守子孫，因家襄陽之竟陵，世世爲襄陽人。自有唐已來，或農竟陵，或隱鹿門，皆不拘冠冕，以至皮子。嗚呼！聖賢命世，世不賤，不足以立志。地不卑，不足以立名。是知老子産於厲鄉，仲尼生於闕里。苟使李乾早胎，老子豈降？叔梁早胤〔二〕，仲尼不生。賢既家有不足爲，立大功，至大化，振大名者，其在斯乎？

【校】

〔一〕「承」，于本作「奉」，許本、享和本、全本作「天」。

〔二〕「胤」，四庫本作「嗣」。

附録一　皮日休集外詩文

皮日休集外詩文目録

全唐詩卷六百九

魯望讀襄陽耆舊傳，見贈五百言，過褒庸材，靡有稱是。然襄陽囊事，歷歷在目。夫耆舊傳所未載者，漢陽王則宗社元勳，孟浩然則文章大匠，予次而贊之，因而寄答，亦詩人無言不酬之義也。次韻……一四九
魯望昨以五百言見貽，過有褒美。內揣庸陋，彌增愧悚。因成一千言，上述吾唐文物之盛，次敘相得之歡，亦迭和之微旨也……一五一
吴中苦雨，因書一百韻寄魯望……一五三
初夏即事寄魯望……一五五
二遊詩　并序……一五五
追和虎丘寺清遠道士詩　并序……一五七
追和幽獨君詩次韻……一五九
奉和魯望讀陰符經見寄……一五九
初夏遊楞伽精舍……一六〇

公齋四詠……一六一
奉酬崔璐進士見寄次韻……一六二
全唐詩卷六百十
太湖詩 并序……一六三
全唐詩卷六百十一
奉和魯望漁具十五詠……一七四
添魚具詩 并序……一七八
奉和魯望樵人十詠……一八〇
酒中十詠 并序……一八三
奉和添酒中六詠……一八六
茶中雜詠 并序……一八八
石榴歌……一九一
全唐詩卷六百十二
奉和魯望四明山九題……一九二
五貺詩 并序……一九四
早春病中書事寄魯望……一九七
又寄次前韻……一九七
秋晚留題魯望郊居二首……一九七
初冬章上人院……一九八
臨頓爲吴中偏勝之地,陸魯望居之,不出郛郭,曠若郊墅。余每相訪,歘然惜去,因成五言十首,奉題屋壁……一九八
遊棲霞寺……一九九
魯望示廣文先生吴門二章,情格高散,可醒俗態,因追想山中風度,次韻屬和,存於詩編,魯望之命也……二〇〇
虎丘寺殿前有古杉一本,形狀醜怪,圖之不盡。况百卉競媚,若妬若媢,唯此杉死抱奇節,皜然闖然,不知雨露之可生也,風霜之可瘁也。乃造化者方外之材乎? 遂賦三百言以見志……二〇〇
新秋言懷寄魯望三十韻……二〇一

奉和魯望秋日遣懷次韻……二〇二
江南書情二十韻，寄秘閣韋校書貽之、商洛宋先輩垂文二同年……二〇二
憶洞庭觀步十韻……二〇三
諫議以罷郡將歸，以六韻賜示，因佇酬獻……二〇三

全唐詩卷六百十三

題潼關蘭若……二〇四
襄陽閒居，與友生夜會……二〇四
習池晨起……二〇四
秋晚自洞庭湖別業寄穆秀才……二〇五
華山李錬師所居……二〇五
宏詞下第感恩獻兵部侍郎……二〇五
襄州漢陽王故宅……二〇五
傷盧獻秀才……二〇六
南陽……二〇六
秋晚訪李處士所居……二〇六
李處士郊居……二〇六
送令狐補闕歸朝……二〇七
洛中寒食二首……二〇七
登第後寒食，杏園有宴，因寄録事宋垂文同年……二〇七
陳先輩故居……二〇八
奉和魯望寒夜訪寂上人次韻……二〇八
江南道中懷茅山廣文南陽博士三首……二〇八
奉和魯望早春雪中作吴體見寄……二〇九
吴中言情寄魯望……二〇九
行次野梅……二〇九
揚州看辛夷花……二一〇
暇日獨處寄魯望……二一〇
屧步訪魯望不遇……二一〇
開元寺客省早景即事……二一〇
奉和魯望獨夜有懷吴體見寄……二一一

病中有人惠海蟹，轉寄魯望 …… 二一一
病中美景頗阻追遊因寄魯望 …… 二一一
魯望以花翁之什見招，因次韻酬之 …… 二一一
病中庭際海石榴花盛發，感而有寄 …… 二一二
早春以橘子寄魯望 …… 二一二
病中書情寄上崔諫議 …… 二一二
病孔雀 …… 二一二
奉和魯望上元日道室焚修 …… 二一三
奉酬魯望惜春見寄 …… 二一三
聞魯望遊顔家林園，病中有寄 …… 二一三
奉和魯望春雨即事次韻 …… 二一三
魯望春日多尋野景，日休抱疾杜門，因有是寄 …… 二一四
魯望以躬掇野蔬兼示雅什，用以酬謝 …… 二一四
卧病感春寄魯望 …… 二一四
奉和魯望徐方平後聞赦次韻 …… 二一四
奉酬魯望見答魚牋之什 …… 二一五
病後春思 …… 二一五
偶成小酌招魯望不至，以詩爲解，因次韻酬之 …… 二一五
以紗巾寄魯望，因而有作 …… 二一五
臨頓宅將有歸于之日，魯望以詩見貺，因抒懷酬之 …… 二一六
奉和魯望謝惠巨魚之半 …… 二一六
館娃宫懷古 …… 二一六
以紫石硯寄魯望兼酬見贈 …… 二一七
奉和魯望同遊北禪院 …… 二一七
孫發百篇將遊天台，請詩贈行，因以送之 …… 二一七
奉和魯望薔薇次韻 …… 二一七
聞開元寺開筍園寄章上人 …… 二一八
開元寺佛鉢詩 并序 …… 二一八
夏首病愈，因招魯望 …… 二一八
奉和魯望新夏東郊閒泛 …… 二一九

奉和魯望四月十五日道室書事……二一九
奉和魯望看壓新醅……二一九
登初陽樓寄懷北平郎中……二一九
夏初訪魯望偶題小齋……二二〇
所居首夏水木尤清，適然有作……二二〇
重玄寺元達年逾八十，好種名藥，凡所植者，多至自天台、四明、包山、句曲，叢翠紛糅，各可指名。余奇而訪之，因題二章……二二〇

全唐詩卷六百十四

懷華陽潤卿博士三首……二二一
魯望以竹夾膝見寄，因次韻酬謝……二二二
夏景無事，因懷章、來二上人二首……二二二
寄瓊州楊舍人……二二二
魯望以輪鈎相示，緬懷高致，因作三篇……二二三
吴中書事，寄漢南裴尚書……二二三
夏景沖澹偶然作二首……二二三
送李明府之任海南……二二四
寄題羅浮軒轅先生所居……二二四
宿報恩寺水閣……二二四
醉中偶作呈魯望……二二五
寄滑州李副使員外……二二五
傷史拱山人……二二五
吴中言懷寄南海二同年……二二五
奉和魯望白鷗詩……二二六
奉和魯望懷楊台文楊鼎文二秀才……二二六
友人以人參見惠，因以詩謝之……二二六
傷進士嚴子重詩并序……二二六
奉和魯望早秋吴體次韻……二二七
奉和魯望秋賦有期次韻……二二七
奉和魯望病中秋懷次韻……二二八
新秋即事三首……二二八
南陽潤卿將歸雷平，因而有贈……二二八

訪寂上人不遇……二二九
顧道士亡，弟子以束帛乞銘于余，魯望因賦戲贈，日休奉和……二二九
秋夕文宴得遥字……二二九
南陽廣文欲於荆襄卜居，因而有贈……二二九
寄毘陵魏處士朴……二三〇
初冬偶作，寄南陽潤卿……二三〇
冬曉章上人院……二三〇
寄題鏡巖周尊師所居 并序……二三〇
寒夜文宴得泉字……二三一
庚寅歲十一月，新羅弘惠上人與本國同書請日休爲靈鷲山周禪師碑，將還，以詩送之……二三一
送潤卿博士還華陽……二三二
寒日書齋即事三首……二三二
臘後送内大德從勗遊天台……二三三
寄題玉霄峯葉涵象尊師所居……二三三

奉和魯望寄南陽廣文次韻……二三三
題支山南峯僧……二三三
送董少卿游茅山……二三四
酬魯望見迎緑罽次韻……二三四
寄懷南陽潤卿……二三四
魯望憫承吉之孤，爲詩序，邀予屬和，欲用予道振其孤而利之。噫！承吉之困身後乎？魯望視予困與承吉生前孰若哉？未有已困而能振人者。抑爲之辭，用塞良友之意……二三五
寄潤卿博士……二三五
奉和魯望白菊……二三六
華亭鶴，聞之舊矣。及來吴中，以錢半千得一隻養之，殆經歲，不幸爲飲啄所誤，經夕而卒。悼之不已，遂繼以詩。南陽潤卿博士、浙東德師侍御、毘陵魏不琢處士、東吴陸

魯望秀才及厚於予者，悉寄之，請垂見和 …… 二三六
傷開元觀顧道士 …… 二三六
醉中即席贈潤卿博士 …… 二三七
偶留羊振文先輩及一二文友小飲，日休以眼病初平，不敢飲酒，遣侍密歡，因成四韻 …… 二三七
奉送浙東德師侍御罷府西歸 …… 二三七
送羊振文先輩往桂陽歸覲 …… 二三七
褚家林亭 …… 二三八
送圓載上人歸日本國 …… 二三八
重送 …… 二三八
潤卿遺青飿飯，兼之一絶，聊用答謝 …… 二三九
鴛鴦二首 …… 二三九

全唐詩卷六百十五

傷小女 …… 二三九
和魯望風人詩三首 …… 二四〇
古函關 …… 二四〇
聰明泉 …… 二四〇
史處士 …… 二四〇
芳草渡 …… 二四〇
古宫詞三首 …… 二四一
春日陪崔諫議櫻桃園宴 …… 二四一
松江早春 …… 二四一
女墳湖 …… 二四一
泰伯廟 …… 二四一
宿木蘭院 …… 二四二
重題薔薇 …… 二四二
春夕酒醒 …… 二四二
青門閒泛 …… 二四二
木蘭後池三詠 …… 二四三
重題後池 …… 二四三
庭中初植松桂，魯望偶題，奉和次韻 …… 二四四
魯望戲題書印囊，奉和次韻 …… 二四四

館娃宮懷古五絶……二四四
虎丘寺西小溪閒泛三絶……二四四
天竺寺八月十五日夜桂子……二四五
釣侶二章……二四五
寄同年韋校書……二四五
初冬偶作……二四五
醉中寄魯望一壺并一絶……二四六
更次來韻寄魯望……二四六
重玄寺雙矮檜……二四六
奉酬魯望醉中戲贈……二四六
皋橋……二四六
軍事院霜菊盛開，因書一絶，寄上諫議……二四七
悼鶴……二四七
醉中先起，李縠戲贈，走筆奉酬……二四七
奉和魯望招潤卿博士辭以道侶將至之作……二四七
奉和再招……二四七
酒病偶作……二四八
潤卿魯望寒夜見訪，各惜其志，遂成一絶……二四八
奉和魯望玩金鸂鶒戲贈……二四八
友人許惠酒以詩徵之……二四八
寒夜文讌潤卿有期不至……二四八
汴河懷古二首……二四九
寄題天台國清寺齊梁體……二四九
詠蟹……二四九
金錢花……二四九
惠山聽松菴……二四九

全唐詩六百十六

雜體詩 并序……二五〇
苦雨雜言寄魯望……二五一
奉和魯望齊梁怨別次韻……二五二
奉和魯望曉起迴文……二五二

奉酬魯望夏日四聲四首……………二五二
苦雨中又作四聲詩寄魯望……………二五四
奉和魯望疊韻雙聲二首……………二五五
奉和魯望疊韻吴宫詞二首……………二五五
奉和魯望閒居雜題五首……………二五六
奉和魯望藥名離合夏月即事三首……………二五七
懷錫山藥名離合二首……………二五七
懷鹿門縣名離合二首……………二五七
奉和魯望寒日古人名一絶……………二五八
胥口即事六言二首……………二五八
夜會問答十……………二五八

全唐詩卷七百九十三

北禪院避暑聯句…… 皮日休　陸龜蒙　二五九
寂上人院聯句……… 皮日休　陸龜蒙　二六〇
獨在開元寺避暑，頗懷魯望，因
　飛筆聯句………… 皮日休　陸龜蒙　二六一
寒夜文宴聯句…… 皮日休　張賁　陸龜蒙　二六一
藥名聯句…… 皮日休　張賁　陸龜蒙　二六二
寒夜聯句……… 陸龜蒙　皮日休　二六二
開元寺樓看雨聯句…… 陸龜蒙　皮日休　二六二
報恩寺南池聯句
　………… 陸龜蒙　嵩起　皮日休　二六三

全唐詩卷八百七十

嘲歸仁紹龜詩……………二六四

全唐詩卷八百八十五

櫻桃花……………二六四
夜看櫻桃花……………二六四
詠白蓮……………二六五
赤門堰白蓮花……………二六五
以上爲集外詩

全唐文卷七百九十六

松陵集序……………二六六
續酒具詩序……………二六九

全唐文卷七百九十七

襄州孔子廟學記……二七一
破山龍堂記……二七一
論白居易薦徐凝屈張祜……二七二

全唐文卷七百九十九

題同官縣壁……二七三
狄梁公祠碑……二七三

以上爲集外文

皮日休集外詩文

全唐詩卷六百九

魯望讀襄陽耆舊傳，見贈五百言，過褒庸材，靡有稱是。然襄陽曩事，歷歷在目。夫耆舊傳所未載者，漢陽王則宗社元勳，孟浩然則文章大匠，予次而贊之，因而寄答，亦詩人無言不酬之義也。次韻

漢水碧於天，南荆廓然秀。廬羅遵古俗，鄢郢迷昔囿。幽奇無得狀，巉絶不能究。興替忽矣新，山川悄然舊。斑斑〔一〕生造士，一一應玄宿。巴庸乃嶮岨，屈景實豪右。是非既自分，涇渭不相就。粤自靈均來，清才若天漱。偉哉泂上隱，卓爾隆中耨。始將麋鹿狎，遂與麒麟鬬。

萬乘不可謁，千鍾固非茂。爰從景升死，境上多兵墢。檀溪試戈船，峴嶺屯貝冑。寂寞數百年，質唯包礫琇。上玄賞唐德，生賢命之授。是爲漢陽王，帝曰俞爾奏。巨德聳神鬼，宏才轢前後。勢端唯金莖，質古乃玉豆。行葉蔭大椿，詞源吐洪流〔二〕。六成清廟音，一柱明堂構。在昔房陵遷，圓穹正中漏。緊王揭然出，上下拓宇宙。俯視三事者，騃騃若童幼。低摧護中興，若鳳視其鷇。遇險必伸足，逢誅將引脰。既正北極尊，遂治衆星謬。重聞章陵幸，再見岐陽狩。日似新刮膜，天如重熨縐。易政疾似欬，求賢甚於購。化之未朞年，民安而國富。翼衞兩舜趨，鉤陳十堯驟。忽然遺相印，如羿御其彀。姦倖卻乘釁，播遷遂終壽。遺廟屹峯崿，功名紛組繡。開元文物盛，孟子生荆岫。斯文縱奇巧，秦璽新雕鏤。甘窮卧牛衣，受辱對狗竇。思變如易爻，才通似玄首。祕於龍宫室，怪即天篆籀。知者競欲戴，嫉者或將詬。任達且百觚，遂爲當時陋。既作才鬼終，恐爲仙籍售。予生二賢末，得作升木狖。兼濟與獨善，俱敢懷其臭。江漢稱炳靈，克明嗣清晝。繼彼欲爲三，如醨和醇酎。既見陸夫子，駑心卻伏廐。結彼世外交，遇之於邂逅。兩鶴思競閑，雙松格爭瘦。唯恐別仙才，漣漣涕襟袖。

【校】

〔一〕「斑斑」，松陵集作「班班」。

〔二〕「流」，全唐詩作「溜」，據松陵集改。

魯望昨以五百言見貽，過有褒美。内揣庸陋，彌增愧悚。因成一千言，上述吾唐文物之盛，次敍相得之歡，亦迭和之微旨也

三辰至精氣，生自蒼頡前。粵從有文字，精氣銖於縣。所以楊墨後，文詞縱横顛。元狩富材術，建安儼英賢。厥祀四百餘，作者如排穿。五馬渡江日，羣魚食蒲年。大風蕩天地，萬陣黄鬚羶。縱有命世才，不如一空拳。後至陳隋世，得之拘且緶。太浮如瀲灩，太細如蚳蝝。太亂如靡靡，太輕如芊芊。流之爲酗醟，變之爲游畋。百足雖云衆，不救殺馬蚿。君臣作降虜，北走如獼猨。所以文字妖，致其國朝遷。吾唐革其弊，取士將科縣。文星下爲人，洪秀密於緶。大開紫宸扉，來者皆詳延。日晏朝不罷，龍姿歡䡘䡘。音田。吕氏春秋云：天子䡘䡘。於焉周道反，由是秦法悛。射洪陳子昂，其聲亦喧闐。惜哉不得時，將奮猶拘攣。玉壘李太白，銅堤孟浩然。李寬包堪輿，孟澹凝漪漣。埋骨采石壙，留神鹿門埏。俾其羈旅死，實覺天地孱。猗與子美思，不盡如轉輇。縱爲三十車，一字不可捐。既作風雅主，遂司歌詠權。誰知耒陽土，埋却真神仙。當於李杜際，名輩或泝沿。良御非異馬，由弓非他弦。其物無同異，其人有媸妍。自開元至今，宗社紛如煙。爽若沆瀣英，高如崑崙巔。百家囂浮説，諸子率寓篇。築之爲京觀，解之爲牲牷。各持天地維，率意東西牽。競抵元化首，争扼真宰咽。或作制誥藪，或爲宫體淵。或堪被金石，或可投花鈿。或爲輿隸唱，或被兒童憐。烏壘虜亦寫，雞林夷爭傳。披揭覆載樞，捭闔神異鍵。力掀尾閭立，思軋大塊旋。降氣或若虹，耀影或如蔑。萬象瘡復痏，百靈瘠且癬。謂乎數十公，筆若明堂椽。其中有擬者，不絕當如綖。齊驅不讓策，並駕或爭駢。所以吾唐風，直將三代甄。被此文物盛，由乎聲詩宣。采彼風人謠，輶軒輕似鸇。麗者固不捨，鄙者亦爲銓。其中有鑒戒，一一堪雕鐫。乙夜以觀之，吾君無釋焉。遂命大司樂，度之如星躔。播於樂府中，俾爲萬民蠲。吹彼圓丘竹，誦茲清廟弦。不惟娱列祖，兼可格上玄。粵予何爲者，生自江海壖。騃騃自總角，不甘耕一廛。諸昆指倉庫，謂我死道邊。何爲不力農？稽古真可嘕！遂與襏襫著，兼之簦笠全。風吹蔓草花，颯颯盈荒田。老牛瞪不行，力弱誰能鞭。乃將耒與耜，並換槧與鉛。閱彼圖籍肆，致之千百編。攜將入蘇嶺，鹿門別名。不就無出緣。堆書塞低屋，添研涸小泉。對燈任髻爇，憑案從肘研。苟無切玉刀，難除指上胼。爾來五寒暑，試藝稱精專。昌黎道未著，文教如欲騫。其中有聲病，於我如䠶䡢。音天蟬，語不正貌。是敢驅穨波，歸之於大川。其文如可用，不敢佞與便。明水在稾秸，太羹臨豆籩。將來示時人，猰貐垂饞涎。亦或尚華縟，亦曾爲便嬛。亦能制灝灝，亦解攻翩翩。唯思逢陣敵，與彼爭後先。避兵入句吳，窮悴祇自跧。平原陸夫子，投刺來翩躚。開卷讀數行，爲之加敬虔。忽窮一兩首，反顧唯曲拳。始來遺巾幗，乃敢排戈鋋。或爲拔幟走，或遭劘壘還。不能收亂轍，豈暇重爲箄。雖然未三北，亦可輸千鐉。丑專切，尚書云：贖罪千鐉。向來說文字，爾汝名可聯。聖人病歿世，不患窮而蹎。我未九品位，君無一囊錢。

相逢得何事，兩籠酬戲㪍。無顏解偷合，底事居冗員？方知萬鍾禄，不博五湖船。夷儉但明月，死生應白蓮。吟餘憑几飲，釣罷偎蓑眠。終抛峴山業，相共此留連。

吴中苦雨，因書一百韻寄魯望

全吴臨巨溟，百里到滬瀆。海物競駢羅，水怪争滲漉。狂蜃吐其氣，千尋勃然蹙。一刷半天墨，架爲欹危屋。怒鯨瞪相向，吹浪山轂轂。倏忽腥杳冥，須臾坼崖谷。帝命有嚴程，慈物敢潛伏。嘘之爲玄雲，彌亘千萬幅。直拔倚天劍，又建横海纛。化之爲暴雨，潨潨射平陸。如將月窟寫，似把天河撲。著樹勝戟支，中人過箭簇。龍光倏閃照，虬角搊琤觸。此時一千里，平下天台瀑。雷公恣其志，礮磾裂電目。蹋破霹靂車，折卻三四輻。雨工避罪者，必在蚊睫宿。狂發鏗訇音，不得懈怠傪。頃刻勢稍止，尚自傾蔌蔌。不敢履洿處，恐蹋爛地軸。自爾凡十日，茫然晦林麓。只是遇滂沱，少曾逢霢霂。伊余之廨宇，古製拙卜築。頹檐倒菌黄，破砌頑莎緑。只有方丈居，其中蹐且跼。朽處或似醉，漏時又如沃。階前平汎濫，牆下起趑趄。唯堪著蓑笠，復可乘舴艋。鷄犬並淋漓，兒童但呷噢。勃勃生濕氣，人人牢於鍋。鬚眉漬將斷，肝膈蒸欲熟。當庭死蘭芷，四垣盛蘟蒉。解帙展斷書，拂牀安壞櫝。跳梁老蛙黽，直向牀前浴。蹲前但相聒，似把白丁辱。空廚方欲炊，漬米未離簸。薪蒸濕不著，白晝須然燭。汙萊既已濘，買魚不獲鰒。竟未成麥饘，安能得粱肉。更有陸先生，荒林抱窮蹙。壞宅四五舍，病篠三兩束。蓋檐低礙首，蘚地滑漣足。注欲透承塵，濕難庇廚簏。低摧在圭竇，索漠抛偏裻。手指既已胼，肌膚亦將瘯。一菴勢欲隊，將撐乏寸木。盡日欠束薪，經時無寸粟。蜣蝓將入甑，蟚蜞已臨鍑。音復，説文云：如釜而口大。嬌兒未十歲，枵然自啼哭。一錢買粔籹，數里走病僕。破碎舊鶴籠，狼藉晚蠶蔟。千卷素書外，此外無餘蓄。著處紵衣裂，戴次紗帽醭。惡陰潛過午，未及烹葵菽。吳中銅臭户，七萬沸如臛。嗇止甘蟹觧，侈唯僭車服。皆希尉吏旨，盡怕里胥録。低眉事庸奴，開顔納金玉。唯到陸先生，不能分一斛。先生之志氣，薄漢如鴻鵠。遇善必擎跽，見才輒馳逐。廉不受一芥，其餘安可黷？如何鄉里輩，見之乃蜎縮。粤予苦心者，師仰但踖踧。受易既可注，請玄又堪卜。百家皆搜蕩，六藝盡翻覆。似餒見太牢，如迷遇華燭。半年得酬唱，一日屢往復。三秀間稂莠，九成雜巴濮。奔命既不暇，乞降但相續。吟詩口吻喎，把筆指節瘃。君才既不窮，吾道由是篤。所益諒弘多，厥交過親族。相逢似丹漆，相望如朓朒。論業敢並驅，量分合繼躅。相違始兩日，忡忡想華縟。出門泥漫漶，恨無直轅輂。十錢賃一輪，篷上鳴斛觫。赤脚枕書帙，訪予穿詰曲。入門且抵掌，大噱時碌碌。玆淋既浹旬，無乃害九穀。予惟餓不死，得非道之福。手中捉詩卷，語快還共讀。解帶似歸來，脱巾若沐浴。疏如松間篁，野甚麋對鹿。行譚弄書籤，卧話枕棋局。呼童具盤餐，擺衣換雞鶩。或蒸一升麻，或煠兩把菊。用以閱幽奇，豈能資口腹。十分煎皋盧，半榼挽醽醁。高談繄無盡，晝漏何太促。我公大司諫，一切從民欲。梅潤侵束杖，和氣生空獄。而民當斯時，不覺有煩溽。念澇爲之災，拜神再三告。太陰霍然收，天地一澄肅。燔炙既芬芬，威儀乃罷罷。須權元化柄，用拯中夏酷。我願薦先生，左右輔司牧。茲雨何足云，唯思舉顔歜。

初夏即事寄魯望

夏景恬且曠，遠人疾初平。黄鳥語方熟，紫桐陰正清。廨宇有幽處，私游無定程。歸來閉雙關，亦忘枯與榮。土室作深谷，蘚垣爲干城。斂杉突梔架，迸筍支檐楹。片石共坐穩，病鶴同喜晴。癭木四五器，筇杖一兩莖。泉爲葛天味，松作羲皇聲。或看名畫徹，或吟閑詩成。忽枕素琴睡，時把仙書行。自然寡儔侶，莫説更紛争。具區包地髓，震澤含天英。粵從三讓來，俊造紛然生。顧予客茲地，薄我皆爲傖。唯有陸夫子，盡力提客卿。各負出俗才，俱懷超世情。駐我一棧車，啜君數藜羹。敲門若我訪，倒屣欣逢迎。胡餅蒸甚熟，貊盤舉尤輕。茗脆不禁炙，酒肥或難傾。掃除就藤下，移榻尋虚明。唯共陸夫子，醉與天壤并。

二遊詩 并序

吴之士有恩王府參軍徐修矩者，守世書萬卷，優游自適。余假其書數千卷，未一年，悉償夙志，酣飫經史，或日晏忘飲食。次有前涇縣尉任晦者，其居有深林曲沼，危亭幽砌。余並次以見之，或退公之暇，必造以息焉。林泉隱事，悉用研詠。大凡游於二君宅，無浹旬之間。因作詩以留贈，名之曰二遊，兼寄陸魯望。

徐詩

東莞爲著姓，奕代皆儁哲。強學取科第，名聲盡孤揭。自爲方州來，清操稱凛冽。唯寫墳籍多，必云清俸絶。宣毫利若風，剡紙光與月。札吏指欲胼，萬通排未闋。樓船若夏屋，欲載如坯塿。轉徙入吴郡，縱横礙門闑。縹囊輕似霧，緗帙殷於血。以此爲基構，將斯用貽厥。重於通侯印，貴却全師節。我愛參卿道，承家能介潔。潮田五萬步，草屋十餘楶。微宦不能去，歸來坐如刖。保兹萬卷書，守慎如羈紲。念我曾苦心，相逢無間别。引之看祕寶，任得窮披閲。軸閒翠鈿剥，籤古紅牙折。帙解帶芸香，卷開和桂屑。枕兼石鋒刃，榻共松瘡癤。一卧寂無諠，數編看盡徹。或攜歸廨宇，或把穿林樾。挐過太湖風，抱宿支硎雪。如斯未星紀，悉得分毫末。翦除幽僻藪，滌蕩玄微窟。學海正狂波，予頭向中頞。烏没切。聖人患不學，垂誡尤爲切。苟昧古與今，何殊瘖共矙。五骨切。昔之慕經史，有以傭筆札。何況遇斯文，借之不曾輟。吾衣任縠纑，吾食甘糠覈。其道苟可光，斯文那自伐？何竹青堪殺，何蒲重好截。如能盈兼兩，便足酬飢渴。有此競苟榮，聞之兼可噦。東皋耨煙雨，南嶺提薇蕨。何以謝徐君，公車不聞設。

任詩

任君恣高放，斯道能寡合。一宅閒林泉，終身遠囂雜。嘗聞佐浩穰，散性多儑五盍切。傝。

音沓，不任事貌。欻爾解其綬，遺之如棄靸。歸來鄉黨内，卻與親朋洽。開溪未讓丁，列第方稱甲。入門約百步，古木聲霎霎。廣檻小山敧，斜廊怪石夾。白蓮倚闌楯，翠鳥緣簾押。地勢似五瀉，巖形若三峽。猿眠但膃肭，鳧食時唼喋。撥荇下文竿，結藤縈桂檝。門留醫樹客，壁倚栽花鍤。度歲止褐衣，經旬唯白帢。多君方閉户，顧我能倒屧。請題在茅棟，留坐於石榻。魂從清景遛，衣任煙霞裛。階墀龜任上，枕席鷗方狎。沼似頗黎鏡，當中見魚眨。杯杓悉杉瘤，盤筵盡荷葉。閒斟不置罰，閒奕無争劫。閒日不整冠，閒風無用箑。以斯爲思慮，吾道寧疲苶。衮衣競璀璨，鼓吹争鞺鞳。欲者解擠排，詬者能詀讘。權豪暫翻覆，刑禍相填壓。此時一圭竇，不肯饒閶闔。有第可棲息，有書可漁獵。吾欲與任君，終身以斯愜。

追和虎丘寺清遠道士詩 并序

聖人爲春秋，凡諸侯有告則書，無告則不書。蓋所以懲其僞而敦其實也。夫怪之與神，雖曰不言，在傳則書之者，亦摭其實而爲之也。若然者，神之與怪果安〔一〕邪？噫！聖賢有不得其志者，則必垂之於言也。大則爲經誥，小則爲歌詠。蓋不信於當時，則取愬於後世。抑鬼神有生不得其志者，死亦然邪。若憑而宣之，則石言乎晉，物叫于宋是也。若夢而辯之，則良夫有昆吾之歌，聲伯有瓊瑰之謡是也。自兹已後，人倫不修，神藻益熾。在君人者，悟之則爲瑞，逆之則爲妖，其冥諷昧刺，時出於世者，則與騷人狎客，往往敵於忽微焉。虎丘山有清遠道士詩一首，其所稱自殷、周而歷秦、漢，迄於近代，抑二千年，末以鬼神自謂，亦神怪之甚者。格之以清健，飾之以俊麗，一句一字，若奮若搏，彼建安詞人儻在，不得居其右矣。顏太師魯公愛之不暇，遂刻於巖際，并有繼作。李太尉衛公欽清遠之高致，慕魯公之素尚，又次而和之。顏之敍事也典，李之屬思也麗。並一時之寡和。又幽獨君詩二首，亦甚奇愴，予嗜古者，觀而樂之，因繼而爲和。答幽獨君一篇，不知孰氏之作，其詞古而悲，亦存於篇末。太玄曰：「大無方，易無時，然後爲鬼神也。」噫！清遠道士果鬼神乎？抑道家者流乎？抑隱君子乎？詞則已矣，人則吾不知也。

成道自衰周，避世窮炎漢。荊杞雖云梗，煙霞尚容竄。茲岑信靈異，吾懷愜流玩。石澀古鐵鉎，嵐重輕埃漫。松膏膩幽徑，蘋沫著孤岸。諸蘿幄幕暗，衆鳥陶匏亂。巖罅地中心，海光天一半。玄猿行列歸，白雲次第散。蟾蜍生夕景，沆瀣餘清旦。風日采幽什，墨客學靈翰。嗟予慕斯文，一詠復三歎。顯晦雖不同，茲吟粗堪贊。

【校】

〔一〕「果安」一本作「果有」。

追和幽獨君詩次韻

念爾風雅魄，幽咽猶能文。空令傷魂鳥，啼破山邊墳。

恨劇但埋土，聲幽難放哀。墳古春自晚，愁緒空崔嵬。白楊老無花，枯根侵夜臺。天高有時裂，川去何時迴。雙睫不能濡，六藏無可摧。不聞搴蓬事，何必深悲哉！

奉和魯望讀陰符經見寄

三百八十言，出自伊祁氏。上以生神仙，次云立仁義。玄機一以發，五賊紛然起。結爲日月精，融作天地髓。不測似陰陽，難名若神鬼。得之升高天，失之沈厚地。具茨雲木老，大塊煙霞委。自顓頊以降，賊爲聖人軌。堯乃一庶人，得之賊帝摯。摯見其德尊，脱身授其位。舜唯一鰥民，冗冗作什器。得之賊帝堯，白丁作天子。禹本刑人後，以功繼其嗣。得之賊帝舜，用以平洚水。自禹及文武，天機慉然弛。姬公樹其綱，賊之爲聖智。聲詩川競大，禮樂山争峙。爰從幽厲餘，宸極若孩穉。九伯真犬彘，諸侯實虎兕。五星合其耀，白日下闕里。由是聖人生，於焉當亂紀。黄帝之五賊，拾之若青紫。高揮春秋筆，不可刊一字。賊子虐甚斯，姦臣痛於箠。至今千餘年，蚩蚩受其賜。時代更復改，刑政崩且陊。予將賊其道，所動多訾毁。叔孫與臧倉，賢聖多如此。如何黄帝機，吾得多坎躓。縱失生前禄，亦多身後利。我欲賊其名，垂之千萬祀。

初夏遊楞伽精舍

越艇輕似萍，漾漾出煙郭。人聲漸疏曠，天氣忽寥廓。伊予愜斯志，有似劑癥瘼。遇勝即夷猶，逢幽且淹泊。俄然櫂深處，虛無倚巖崿。霜毫一道人，引我登龍閣。當中見壽象，欲禮光紛箔。珠幡時相鏗，恐是諸天樂。樹梢見觚稜，林端逢赭堊。千尋井猶在，萬祀靈不涸。下通蛟人道，水色黲而惡。欲照六藏驚，將窺百骸愕。遏去山南嶺，其險如邛笮。悠然放吾興，欲把青天摸。紫藤垂罽珥，紅荔懸纓絡。蘚厚滑似漦，峯尖利如鍔。斯須到絕頂，似愈漸離燿。一片太湖光，只驚天漢落。梅風脫綸帽，乳水透芒屩。嵐姿與波彩，不動渾相著。既不暇供應，將何以酬酢。卻來穿竹徑，似入青油幕。穴恐水君開，龕如鬼工鑿。窮幽入茲院，前楯臨巨壑。遺畫龍奴獰，殘香蟲篆薄。褫魂窺玉鏡，澄慮聞金鐸。雲態共縈留，鳥言相許諾。古木勢如虺，近之恐相蠚。怒泉聲似激，聞之意爭博。時禽倏已嘿，衆籟蕭然作。遂令不羈性，戀此如纏縛。念彼上人者，將生付寂寞。曾無膚撓事，肯把心源度。胡爲儒家流，没齒勤且恪。沐猴本不冠，未是謀生錯。言行既異調，棲遲亦同託。願力儻不遺，請作華林鶴。

公齋四詠

小松

婆娑只三尺，移來白雲徑。亭亭向空意，已解凌遼敻。葉健似虯鬚，枝脆如鶴脛。清音猶未成，紺彩空不定。陰圓小芝蓋，鱗澀修荷柄。先愁被鷃搶，預恐遭蝸病。結根幸得地，且免離離映。磥砢不難遇，在保晚成性。一日造明堂，爲君當畢命。

小桂

一子落天上，生此青璧枝。欻從山之幽，斸斷雲根移。勁挺隱珪質，盤珊緹油姿。葉彩碧髓融，花狀白毫蕤。稜層立翠節，偃蹇樛青螭。影澹雪霽後，香汎風和時。吾祖在月窟，孤貞能見怡。願老君子地，不敢辭喧卑。

新竹

笠澤多異竹，移之植後楹。一架三百本，緑沈森冥冥。圓緊珊瑚節，釤利翡翠翎。儼若青帝仗，矗立紫姑屏。槭槭微風度，漠漠輕靄生。如神語鈞天，似樂奏洞庭。一玩九藏冷，再聞百骸醒。有根可以執，有稪音福，竹譜云：竹實也。可以馨。願稟君子操，不敢先凋零。

鶴屏

三幅吹空縠，孰寫仙禽狀。䏲耳側似聽，相鶴經云：䏲頰䏲耳則聽響遠。赤精曠如望。露眼赤精則視遠。引吭看雲勢，翹足臨池樣。頗似近蓐席，還如入方丈。盡日空不鳴，窮年但相向。未許子晉乘，難教道林放。貌既合羽儀，骨亦符法相。願升君子堂，不必思崑閬。

奉酬崔璐進士見寄次韻

伊余幼且賤，所稟自以殊。弱歲謬知道，有心匡皇符。意超海上鷹，運踞轅下駒。縱性作古文，所爲皆自如。但恐才格劣，敢誇詞彩敷。句句考事實，篇篇窮玄虛。誰能變羊質，競不獲驪珠。粤有造化手，曾開天地鑪。文章鄴下秀，氣貌淹中儒。展我此志業，期君持中樞。蒼生眼穿望，勿作磻谿謨。

全唐詩卷六百十

太湖詩 并序

余頃在江漢，嘗耨鹿門，漁洞湖〔一〕。然而未能放形者，抑志於道也。爾後以文事造請，於是南浮至二別，涉洞庭，迴觀敷淺源，登廬阜，濟九江，由天柱抵霍嶽，又自箕、潁轉樊、鄧，涉商顔，入藍關。凡自江漢至於京，干者十數侯，繞者二萬里。道之不行者，有困辱危殆；志之可適者，有山水遊玩。則休戚不孤矣。咸通九年，自京東遊，復得宿太華，樂荆山，賞女几，度轘轅，窮嵩高，入京索，浮汴渠至揚州。又航天塹，從北固至姑蘇。噫！江山幽絶，見貴於地誌者，余之所到，不翅於半。則煙霞魚鳥，林壑雲月，可爲屬厭之具矣。尚栩然於志者，抑古聖人所謂獨行之性乎？逸民之流乎？余真得而爲也。爾後聞震澤、包山，其中有靈異，學黄老徒樂之，多不返，益欲一觀，豁平生之鬱鬱焉。十一年夏六月，會大司諫清河公憂霖雨之爲患，乃擇日休，將公命，禱於震澤，祀事既畢，神應如響。於是太湖之中，所謂洞庭山者，得以恣討。凡所歷皆圖籍稱爲靈異者。遂爲詩二十章，以志其事，兼寄天隨子。

【校】

〔一〕「洞湖」，見文藪卷六酒箴注〔一〕。

初入太湖

自胥口入，去州五十里。

聞有太湖名，十年未曾識。今朝得遊汎，大笑稱平昔。一舍行胥塘，盡日到震澤。三萬六千頃，千頃頗黎色。連空澹無類，照野平絶隙。好放青翰舟，堪弄白玉笛。疏岑七十二，巙巙露矛戟。悠然嘯傲去，天上搖畫艦。西風乍獵獵，驚波罨涵碧。倏忽雷陣吼，須臾玉崖坼。樹動爲蜃尾，山浮似鼇脊。落照射鴻溶，清輝蕩拋擿。雲輕似可染，霞爛如堪摘。漸暝無處泊，挽帆從所適。枕下聞澎湃，肌上生瘮痱。討異足邅迴，尋幽多阻隔。願風與良便，吹入神仙宅。甘將一蘊書，永事嵩山伯。

曉次神景宮

夜半幽夢中，扁舟似鳧躍。曉來到何許，俄倚包山脚。三百六十丈，攢空利如削。遐瞻但徙倚，欲上先矍鑠。濃露濕莎裳，淺泉漸草屩。行行未一里，節境轉寂寞。静徑侵泬寥，仙扉傍巖崿。松聲正清絶，海日方照灼。欻臨幽虚天，萬想皆擺落。壇靈有芝菌，殿聖無鳥雀。瓊幃自迴旋，錦旌空粲錯。鼎氣爲龍虎，香煙混丹雘。凝看出次雲，默聽語時鶴。緑書不可注，雲笈應無鑰。晴來鳥思喜，崦裏花光弱。天籟如擊琴，泉聲似摐鐸。清齋洞前院，敢負玄科約。空中悉羽章，地上皆靈藥。金醴可酣暢，玉豉堪咀嚼。存心服燕胎，叩齒讀龍蹻。福地七十二，茲焉永堪託。在獸乏虎貙，於蟲不毒蠚。嘗聞擇骨録，仙誌非可作。緑腸既朱髓，青肝復紫絡。伊余乏此相，天與形貌惡。每嗟原憲瘇，常苦齊侯瘧。終然合委頓，剛亦慕寥廓。三茅亦常住，竟與珪組薄。欲問包山神，來賒少巖壑。

入林屋洞

齋心已三日，筋骨如煙輕。腰下佩金獸，手中持火鈴。幽塘四百里，中有日月精。連亘三十六，各各爲玉京。自非心至誠，必被神物烹。顧余慕大道，不能惜微生。遂招放曠侣，同作幽憂行。其門纔函丈，初若盤薄硎。洞氣黑眣眖，苔髮紅鬇鬡。試足值坎窞，低頭避崢嶸。攀緣不知倦，怪異焉敢驚？匍匐一百步，稍稍策可横。忽然白蝙蝠，來撲松炬明。人語散澒洞，石響高玲玎。脚底龍蛇氣，頭上波濤聲。有時若服匿，偪仄如見絣。俄爾造平澹，豁然逢光晶。金堂似鐫出，玉座如琢成。前有方丈沼，疑碧融人睛。雲漿湛不動，璚露涵而馨。漱之恐减算，酌之必延齡。愁爲三官責，不敢擕一甖。昔云夏后氏，於此藏真經。刻之以紫琳，祕之以丹瓊。

期之以萬祀，守之以百靈。焉得彼丈人，竊之不加刑。石匱一以出，左神俄不扃。禹書既云得，吳國由是傾。蘚縫纔半尺，中有怪物腥。欲去既嚄唶，將迴又伶俜。卻遵舊時道，半日出杳冥。屨泥去聲。惹石髓，衣濕霑雲英。玄籙乏仙骨，青文無絳名。雖然入陰宮，不得朝上清。對彼神仙窟，自厭濁俗形。卻憎造物者，遣我騎文星。

雨中遊包山精舍

松門亘五里，彩碧高下絢。幽人共躋攀，勝事頗清便。翣翣林上雨，隱隱湖中電。薜帶輕束腰，荷笠低遮面。濕屨黏煙霧，穿衣落霜霰。笑次度巖壑，困中遇臺殿。老僧三四人，梵字十數卷。施稀無夏屋，境僻乏朝膳。散髮抵泉流，支頤數雲片。坐石忽忘起，捫蘿不知倦。異蝶時似錦，幽禽或如鈿。篥簩還戛刃，栟櫚自搖扇。俗態既斗藪，野情空眷戀。道人摘芝菌，爲予備午饌。渴與石榴羹，飢愜胡麻飯。如何事于役，茲遊急於傳。卻將塵土衣，一任瀑絲濺。

遊毛公壇

卻上南山路，松行儼如廡。松根礙幽徑，孱顏不能斧。擺履跨亂雲，側巾蹲怪樹。三休且半日，始到毛公塢。兩水合一澗，瀿崖卻爲浦。相敵百千戟，共擂十萬鼓。噴散日月精，射破神仙府。唯愁絕地脈，又恐折天柱。一窺耳目眩，再聽雲髮豎。次到錬丹井，井幹翳宿莽。下有蕊剛丹，勺之百疾愈。凝於白獺髓，湛似桐馬乳。黄露醒齒牙，碧黏甘肺腑。檜異松復怪，枯疏互撑拄。乾蛟一百丈，饒然半天舞。下有毛公壇，壇方不盈畝。當時雲龍篆，一片苔蘚古。有劉先生鎮壇符，今存於堂。時時仙禽來，忽忽祥煙聚。我愛周息元，忽起應明主。周徵君名曰息元。三諫卻歸來，迴頭唾圭組。伊余何不幸，斯人不復睹。如何大開口，與世争枯腐。將山待夸娥，以肉投猰㺄。欻坐侵桂陰，不知巳與午。兹地足靈境，他年終結宇。敢道萬石君，輕於一絲縷。

三宿神景宫

古觀岑且寂，幽人情自怡。一來包山下，三宿湖之湄。況此深夏夕，不逢清月姿。玉泉浣衣後，金殿添香時。客省高且敞，客牀蟠復奇。石枕冷入腦，筍席寒侵肌。氣清寐不著，起坐臨階墀。松陰忽微照，獨見螢火芝。素鶴警微露，白蓮明暗池。窗櫺帶乳蘚，壁縫含雲蕤。聞磬走魍魎，見燭奔羈雌。沆瀣欲滴瀝，芭蕉未離披。五更山蟬響，醒發如吹篪。杉風忽然起，飄破步虚詞。道客巾屨樣，上清朝禮儀。明發作此事，豈復甘趨馳。

以毛公泉一缾獻上諫議因寄

劉根昔成道，兹塢四百年。毿毿被其體，號爲緑毛仙。因思清泠汲，鑿彼岩嶺巔。五色既鍊矣，一勺方鏗然。既用文武火，俄窮雌雄篇。赤鹽撲紅霧，白華飛素煙。服之生羽翼，倏爾冲玄天。真隱尚有迹，厥祀將近千。我來討靈勝，到此期終焉。滴苦破竇浄，蘚深餘甃圓。澄如玉髓潔，汎若金精鮮。顔色半帶乳，氣味全和鉛。飲之融痞蹇，濯之伸拘攣。有時玩者觸，倏忽風雷顛。素綆絲不短，越罌腹甚便。汲時月液動，擔處玉漿旋。敢獻大司諫，置之鈴閣前。清如介潔性，滌比掃蕩權。炙背野人興，亦思侯伯憐。也知飲冰苦，願受一缾泉。

縹緲峯

頭戴華陽帽，手柱大夏筇。清晨陪道侶，來上縹緲峯。帶露鼰藥蔓，和雲尋鹿蹤。時驚鼪鼯鼠，飛上千丈松。翠壁内有室，叩之虚硿户冬切。礲。音隆。古穴下徹海，視之寒鴻濛。遇歇有佳思，緣危無倦容。須臾到絶頂，似鳥穿樊籠。恐足蹈海日，疑身凌天風。衆岫點巨浸，四方接圓穹。似將青螺髻，撒在明月中。片白作越分，孤嵐爲吴宫。一陣靉靆氣，隱隱生湖東。激雷與波起，狂電將日紅。磬磬雨點大，金髇轟下空。暴光隔雲閃，髣髴亘天龍。連拳百丈尾，下拔湖之洪。捽爲一雪山，欲與昭回通。移時卻擡下，細碎衡與嵩。神物諒不測，絶景尤難窮。杖策下返照，漸聞仙觀鐘。煙波濆肌骨，雲壑闐心胸。竟死愛未足，當生且歡逢。不然把天爵，自拜太湖公。

桃花塢

夤緣度南嶺，盡日穿林樾。窮深到兹塢，逸興轉超忽。塢名雖然在，不見桃花發。恐是武陵溪，自閉仙日月。倚峯小精舍，當嶺殘耕垡。將洞任迴環，把雲恣披拂。閒禽啼叫窱，險狖眠硉矹。微風吹重嵐，碧埃輕勃勃。清陰減鶴睡，秀色治人渴。敲竹鬭錚摐，弄泉争咽嗢。空齋蒸柏葉，野飯調石髮。空羨塢中人，終身無履韤。

明月灣

曉景澹無際，孤舟恣迴環。試問最幽處，號爲明月灣。半巖翡翠巢，望見不可攀。柳弱下絲網，藤深垂花鬘。松瘦忽似狖，石文或如虥。釣壇兩三處，苔老腥斒斑。沙雨幾處霽，水禽相向閒。野人波濤上，白屋幽深間。曉培橘栽去，暮作魚梁還。清泉出石砌，好樹臨柴關。對此老且死，不知憂與患。好境無處住，好處無境刪。赧然不自適，脈脈當湖山。

練瀆 吴王所開。

吴王厭得國，所玩終不足。一上姑蘇臺，猶自嫌局促。艅艎六宫鬧，艨衝後軍肅。一陣水麝風，空中蕩平渌。鳥困避錦帆，龍跧防鐵軸。流蘇惹煙浪，羽葆飄巖谷。靈境太蹂踐，因兹塞林屋。空闊嫌太湖，崎嶇開練瀆。三尋鬣石齒，數里穿山腹。底静似金膏，礫碎如丹粟。波殿鄭妲醉，蟾閣西施宿。幾轉含煙舟，一唱來雲曲。不知闌楯上，夜有越人鏃。君王掩面死，嬪御不敢哭。豔魄逐波濤，荒宫養麋鹿。國破溝亦淺，代變草空緑。白鳥都不知，朝眠還暮浴。

投龍潭 在龜山。

龜山下最深，惡氣何洋溢。涎水瀑龍巢，腥風卷蛟室。曉來林岑静，獰色如怒日。氣湧撲炱煤，波澄掃純漆。下有水君府，貝闕光比櫛。左右列介臣，縱横守鱗卒。月中珠母見，煙際楓人出。生犀不敢燒，水怪恐摧捽。時有慕道者，作彼投龍術。端嚴持碧簡，齋戒揮紫筆。兼以金蜿蜒，投之光焌律。琴高坐赤鯉，何許縱仙逸。我願與之游，兹焉託靈質。

孤園寺 梁散騎常侍吴猛宅。

艇子小且兀，緣湖蕩白芷。縈紆泊一碕，宛到孤園寺。蘿島凝清陰，松門湛虚翠。寒泉飛碧螭，古木鬬蒼兕。鐘梵在水魄，樓臺入雲肆。巖邊足鳴螿，樹梢多飛鸓。香莎滿院落，風汎金靃靡。静鶴啄柏蠹，閑猱弄榅螭。小殿熏陸香，古經貝多紙。老僧方暝坐，見客還强起。指兹正險絶，何以來到此。先言洞壑數，次話真如理。磬韻醒閒心，茶香凝皓齒。巾之劫貝布，饌以栴檀餌。數刻得清浄，終身欲依止。可憐陶侍讀，身列丹臺位。雅號曰「勝力」，亦聞師佛氏。陶隱居嘗夢見神像謂己曰：「爾當七地大王，號曰勝力也。」今日到孤園，何妨稱弟子。

上真觀

徑盤在山肋，繚繞窮雲端。摘菌杖頭紫，緣崖屐齒刓。半日到上真，洞宮知造難。雙户啓真景，齋心方可觀。天鈞鳴響亮，天祿行蹣跚。琪樹夾一徑，萬條青琅玕。兩松峙庭際，怪狀吁可歎。大蟠騰共結，修蛇飛相盤。皮膚坼甲胄，枝節擒貙豻。罅處似天裂，朽中如井眢。䙫褷風聲疪，跁跒地力瘃。音灘。根上露鉗釱，空中狂波瀾。合時若莽蒼，闞處如轘轅。儼對無霸陣，静問嚴陵灘。靈飛一以護，山都焉敢干。兩廊潔寂歷，中殿高巑岏。静架九色節，閒懸十絶幡。微風時一吹，百寶清闌珊。昔有葉道士，位當升靈官。欲箋紫微志，唯食虹影丹。既逐隱龍去，道風由此殘。猶聞絳目草，往往生空壇。羽客兩三人，石上譚泥丸。謂我或龍胄，粲然與之歡。衣巾紫華冷，食次白芝寒。自覺有真氣，恐隨風力摶。明朝若更住，必擬隳儒冠。

銷夏灣

太湖有曲處，其門爲兩崖。當中數十頃，别如一天池。號爲銷夏灣，此名無所私。赤日莫斜照，清風多遥吹。沙嶼掃粉墨，松竹調塤篪。山果紅靺鞨，水苔青鬖髵。木陰厚若瓦，巖磴滑如飴。我來此遊息，夏景方赫曦。一坐盤石上，肅肅寒生肌。小艖方言云：「小舸謂之艖。」或可汎，短策或可支。行鷺翠羽起，坐見白蓮披。斂袖弄輕浪，解巾敵涼颸。但有水雲見，更餘沙禽知。

京洛往來客，暍死緣奔馳。此中便可老，焉用名利爲？

包山祠

白雲最深處，像設盈巖堂。村祭足茗欓，水奠多桃漿。箬籩突古砌，薜荔繃頹牆。爐灰寂不然，風送杉桂香。積雨晦州里，流波漂稻粱。恭惟大司諫，憫此如發狂。命予傳明禱，祇事實不遑。一奠若肸蠁，再祝如激揚。出廟未半日，隔雲逢澹光。嶁嶁雨點少，漸收羽林槍。忽然山家犬，起吠白日傍。公心與神志，相向如玄黄。我願作一疏，奏之於穹蒼。留神千萬祀，永福吳封疆。

聖姑廟

在大姑山，晉王彪二女相次而殁，有靈，因而廟焉。

洛神有靈逸，古廟臨空渚。暴雨駁丹青，荒羅繞梁梠。野風旋芝蓋，飢烏銜椒糈。寂寂落楓花，時時鬬鼯鼠。常云三五夕，盡會妍神侶。月下留紫姑，霜中召青女。俄然響環珮，倏爾鳴機杼。樂至有聞時，香來無定處。目瞪如有待，魂斷空無語。雲雨竟不生，留情在何處？

太湖石

出黿頭山。

茲山有石岸，抵浪如受屠。雪陣千萬戰，蘚巖高下刳。乃是天詭怪，信非人功夫。白丁一云取，難甚網珊瑚。厥狀復若何？鬼工不可圖。或拳若虺蜴，或蹲如虎貙。連絡若鉤鎖，重疊如萼跗。或若巨人骼，或如太帝符。胮肛簤簹筍，格磔琅玕株。斷處露海眼，移來和沙鬚。求之煩耄倪，載之勞舳艫。通侯一以眄，貴卻驪龍珠。厚賜以賝賮，遠去窮京都。五侯土山下，要爾添巖齬。賞玩若稱意，爵禄行斯須。苟有王佐士，崛起於太湖。試問欲西笑，得如兹石無？

崦裏 傍龜山下有良田二十頃。

崦裏何幽奇，膏腴二十頃。風吹稻花香，直過龜山頂。青苗細膩卧，白羽悠溶静。塍畔起鸕鷀，田中通舴艋。幾家傍潭洞，孤戍當林嶺。罷釣時煮菱，停繰或焙茗。峭然八十翁，生計於此永。苦力供征賦，怡顔過朝暝。洞庭取異事，包山極幽景。念爾飽得知，亦是遺民幸。

石板 在石公山前。

翠石數百步，如板漂不流。空疑水妃意，浮出青玉洲。中若瑩龍劍，外唯疊蛇矛。狂波忽然死，浩氣清且浮。似將翠黛色，抹破太湖秋。安得三五夕，攜酒櫂扁舟。召取月夫人，嘯歌於上頭。又恐霄景闊，虛皇拜仙侯。欲建九錫碑，當立十二樓。瓊文忽然下，石板誰能留。此事少知者，唯應波上鷗。

全唐詩卷六百十一

奉和魯望漁具十五詠

網

晚挂溪上網，映空如霧縠。閒來發其機，旋旋沈平緑。下處若煙雨，牽時似崖谷。必若遇鯤鮞，從教通一目。

罩

芒鞋下葑中，步步沈輕罩。既爲菱浪颭，亦爲蓮泥膠。人立獨無聲，魚煩似相抄。滿手搦霜鱗，思歸舉輕櫂。

罛

煙雨晚來好，東塘下罛去。網小正星穗，舟輕欲騰翥。誰知荇深後，恰值魚多處。浦口更有人，停橈一延竚。

釣筒

籠籦截數尺，標置能幽絶。從浮笠澤煙，任卧桐江月。絲隨碧波漫，餌逐清灘發。好是趁筒時，秋聲正清越。

釣車

得樂湖海志，不厭華輈小。月中抛一聲，驚起灘上鳥。心將潭底測，手把波文裹。何處覓奔車，平波今渺渺。

漁梁

波際插翠筠，離離似清籞。遊鱗到溪口，入此無逃所。斜臨楊柳津，静下鸕鷀侶。編此欲何之，終焉富春渚。

叉魚

列炬春溪口，平潭如不流。照見遊泳魚，一一如清晝。中目碎瓊碧，毀鱗殷組繡。樂此何太荒，居然愧川后。

射魚

注矢寂不動，澄潭晴轉烘。下窺見魚樂，恍若翔在空。驚羽決凝碧，傷鱗浮殷紅。堪將指杯術，授與太湖公。

鳴桹

盡日平湖上，鳴桹仍動槳。丁丁入波心，澄澈和清響。鷺聽獨寂寞，魚驚昧來往。盡水無所逃，川中有鉤黨。

滬

波中植甚固，磔磔如鰕鬚。濤頭倏爾過，數頃跳鯆鱘。音逋夫。不是細羅密，自爲朝夕驅。空憐指魚命，遣出海邊租。

罧

伐彼槎蘖枝，放於冰雪浦。遊魚趁暖處，忽爾來相聚。徒爲棲託心，不問庇庥主。一旦懸鼎鑊，禍機真自取。

種魚

移土湖岸邊，一半和魚子。池中得春雨，點點活如蟻。一月便翠鱗，終年必頳尾。借問兩綬人，誰知種魚利？

藥魚

吾無竭澤心，何用藥魚藥。見説放溪上，點點波光惡。食時競夷猶，死者争紛泊。何必重傷魚，毒涇猶可作。

舴艋

闊處只三尺，翛然足吾事。低篷挂釣車，枯蚌盛魚餌。只好攜橈坐，唯堪蓋蓑睡。若遣遂平生，艅艎不如是。

笭箵

朝空笭箵去，暮實笭箵歸。歸來倒卻魚，挂在幽窗扉。但聞鰕蜆氣，欲生蘋藻衣。十年佩此處，煙雨苦霏霏。

添魚具詩　并序

天隨子爲魚具詩十五首以遺予，凡有漁以來，術之與器，莫不盡於是也。噫！古之人或有溺於漁者，行其術而不能言，用其器而不能狀，此與澤沮〔一〕之漁者又何異哉？如吟魯望之詩，想其致，則江風海雨槭槭生齒牙間，真世外漁者之才也。余昔之漁所，在洞上則爲庵以守之；居峴下則占磯以待之。江漢間時候率多雨，唯以篛笠自庇，每伺魚必多俯，篛笠不能庇其上，由是織篷以障之，上抱而下仰，字之曰「背篷」。今觀魯望之十五篇，未有是作，因次而詠之，用以補其遺者。漁家生具，獲足於吾屬之文也。

魚菴

菴中只方丈，恰稱幽人住。枕上悉漁經，門前空釣具。束竿時倚壁，曬網還侵户。上洞有楊顒，須留往來路。

釣磯

盤灘一片石，置我山居足。窪處著筩笓，桂苑云：取鰕具。竅中維舠艒。多逢沙鳥污，愛彼潭雲觸。狂奴卧此多，所以踏帝腹〔一〕。

蓑衣

一領蓑正新，著來沙塢中。隔溪遥望見，疑是緑毛翁。襟色裛𧛾直葉切。靄，袖香襹褷風。前頭不施衮，何以爲三公？

箬笠

圓似寫月魂，輕如織煙翠。涔涔向上雨，不亂窺魚思。攜來沙日微，挂處江風起。縱戴二梁冠，終身不忘爾。

背篷

儂家背篷樣，似個大龜甲。雨中跼蹐時，一向聽霎霎。甘從魚不見，亦任鷗相狎。深擁竟無言，空成睡𩪼䑖。上虚勾切，下虚甲切。

【校】

〔一〕「沮」，松陵集、全唐詩作「助」，據全唐文改。

〔二〕「踏帝腹」，全唐詩作「蹋帝腹」，據松陵集改。

奉和魯望樵人十詠

樵谿

何時有此谿，應便生幽木。橡實養山禽，藤花蒙澗鹿，不止產蒸薪，願當歌棫樸。君知天意無，以此安吾族。

樵家

空山最深處，太古兩三家。雲蘿共夙世，猿鳥同生涯。衣服濯春泉，盤餐烹野花。居兹老復老，不解歎年華。

樵叟

不曾照青鏡，豈解傷華髮。至老未息肩，至今無病骨。家風是林嶺，世禄爲薇蕨。所以兩大夫，天年自爲伐〔一〕。

樵子

相約晚樵去，跳踉上山路。將花餌鹿麛，以果投猿父。束薪白雲濕，負擔春日暮。何不壽童烏，果爲玄所誤。

樵徑

蒙蘢中一徑，繞在千峯裏。歇處遇松根，危中值石齒。花穿臬衣落，雲拂芒鞵起。自古行此途，不聞顛與墜。

樵斧

腰間插大柯，直入深谿裏。空林伐一聲，幽鳥相呼起。倒樹去李父，傾巢啼木魅。不知仗鉞者，除害誰如此？

樵擔

不敢量樵重，唯知益薪束。軋軋下山時，彎彎向身曲。清泉洗得潔，翠靄侵來緑。看取荷戈人，誰能似吾屬？

樵風

野船渡樵客，來往平波中。縱横清飆吹，旦暮歸期同。蘋光惹衣白，蓮影涵薪紅。吾當請封爾，直作鏡湖公。

樵火

山客地爐裏，然薪如陽輝。松膏作滲思有切瀝，杉子爲珠璣。響誤擊刺鬧，焰疑彗孛飛。傍邊煖白酒，不覺瀑冰垂。

樵歌

此曲太古音，由來無管奏。多云採樵樂，或説林泉候。一唱凝閒雲，再謠悲顧獸。若遇採詩人，無辭收鄙陋。

【校】

〔一〕「自爲伐」，松陵集作「爲自伐」。

酒中十詠 并序

鹿門子性介而行獨，於道無所全，於才無所全，於進無所全，於退無所全，豈天民之惷者邪？然進之與退，天行未覺於余也。則有窮有厄，有病有殆，果安而受邪？未若全於酒也。夫聖人之誡酒禍也大矣，在書爲「沈湎」，在詩爲「童羖」，在禮爲「豢豕」，在史爲「狂藥」。余飲至酣，徒以爲融肌柔神，消沮迷喪。頽然無思，以天地大順爲隄封；傲然不持，以洪荒至化爲爵賞。抑無懷氏之民乎？葛天氏之民乎？苟沈而亂，狂而身，禍而族，真蚩蚩之爲也。若余者，於物無所斥，於性有所適，真全於酒者也。噫！天之不全余也多矣！獨以麴蘗全之，抑天猶幸於遺民焉。太玄曰：「君子在玄則正，在福則沖，在禍則反；小人在玄則邪，在福則驕，在禍則窮。」余之於酒得其樂，人之於酒得其禍，亦若是而已矣。於是徵其具，悉爲之詠。用繼東皋子酒譜之後。夫酒之始名，天有星，地有泉，人有鄉，今總而詠之者，亦古人初終必全之義也。天隨子深於酒道，寄而請之和。

酒星

誰遣酒旗耀，天文列其位，彩微嘗似酣，芒弱偏如醉。唯憂犯帝座，只恐騎天駟。若遇卷舌星，讒君應墮地。

酒泉

羲皇有玄酒，滋味何太薄。玉液是澆漓，金沙乃糟粕。春從野鳥沽，晝仍閒猿酌。我願葬兹泉，醉魂似鳧躍。

酒篘

翠篾初織來，或如古魚器。新從山下買，静向甒中試。輕可網金醅，疎能容玉蟻。自此好成功，無貽我罍恥。

酒牀

糟牀帶松節，酒膩肥如羜。滴滴連有聲，空疑杜康語。開眉既壓後，染指偷嘗處。自此得公田，不過渾種黍。

酒壚

紅壚高幾尺，頗稱幽人意。火作縹醪香，灰爲冬醞氣。有鎗盡龍頭，有主皆犢鼻。倘得作杜根，傭保何足愧。

酒樓

鉤楯跨通衢，喧鬧當九市。金罍瀲灩後，玉斝紛綸起。舞蝶傍應酣，啼鶯聞亦醉。野客莫登臨，相讎多失意。

酒旗

青幟闊數尺，懸於往來道。多爲風所颭，時見酒名號。拂拂野橋幽，翻翻江市好。雙眸復何事，終竟望君老。

酒樽

犧樽一何古，我抱期幽客。少恐消醍醐，滿擬烘琥珀〔一〕。猿窺曾撲瀉，鳥蹋經欹仄。度度醒來看，皆如死生隔。

酒城

萬仞峻爲城，沈酣浸其俗。香侵井幹過，味染濠波淥。朝傾踰百榼，暮壓幾千斛。吾將隸此中，但爲閽者足。

酒鄉

何人置此鄉，杳在天皇外。有事忘哀樂，有時忘顯晦。如尋罔象歸，似與希夷會。從此共君遊，無煩用冠帶。

【校】

〔一〕「擬」，松陵集作「疑」，較勝。

奉和添酒中六詠

酒池

八齊競奔注，不知深幾丈。竹葉島紆徐，鳧花波蕩漾。鳧花，酒名，出梁簡文帝集。醺應爛地軸，浸可柔天壤。以此獻吾君，願銘於几杖。

酒龍

銅爲蚴蟉鱗，鑄作鱙鰺角。吐處百里雷，瀉時千丈壑。初疑潛苑囿，忽似拏寥廓。遂使銅雀臺，香消野花落。

酒甕

堅净不苦窳，陶於醉封疆。臨溪刷舊痕，隔屋聞新香。移來近麴室，倒處臨糟牀。所嗟無比鄰，余亦能偷嘗。

酒船

剡桂復刳蘭，陶陶任行樂。但知涵泳好，不計風濤惡。嘗行麴封内，稍繫糟丘泊。東海如可傾，乘之就斟酌。

酒鎗

象鼎格仍高，其中不烹飪。唯將煮濁醪，用以資酣飲。偏宜旋樵火，稍近餘醒枕。若得伴琴書，吾將著閒品。

酒杯

昔有嵇氏子，龍章而鳳姿。手揮五弦罷，聊復一樽持。但取性澹泊，不知味醇醨。兹器不復見，家家唯玉巵。

茶中雜詠 并序

案周禮，酒正之職，辨四飲之物，其三曰「漿」。又漿人之職，共王之六飲，水、漿、醴、涼、醫、酏，入於酒府。鄭司農云：「以水和酒也。」蓋當時人率以酒醴爲飲，謂乎六漿，酒之醨者也，何得姬公製？爾雅云：「檟，苦荼。」即不擷而飲之。豈聖人純於用乎？抑草木之濟人，取捨有時也？自周已降，及於國朝茶事，竟陵子陸季疵言之詳矣。然季疵以前，稱茗飲者必渾以烹之。與夫瀹蔬而啜者無異也。季疵之始爲經三卷，由是分其源，制其具，教其造，設其器，命其煮，俾飲之者除痟而去癘，雖疾醫之不若也。其爲利也，於人豈小哉？余始得季疵書，以爲備矣。後又獲其顧渚山記二篇，其中多茶事，後又太原温從雲、武威段碻之各補茶事十數節，並存於方册。茶之事，由周至於今，竟無纖遺矣。昔晉杜育有荈賦，季疵有茶歌，余缺然於懷者，謂有其具而不形於詩，亦季疵之餘恨也。遂爲十詠寄天隨子。

茶塢

閒尋堯氏山，遂入深深塢。種荈已成園，栽葭寧記畝。石窪泉似掬，巖罅雲如縷。好是夏初時，白花滿煙雨。茶經云：其花白如薔薇。

茶人

生於顧渚山，老在漫石塢。語氣爲茶荈，衣香是煙霧。庭從擷一作檟，九字反。其木如玉色，渚人以爲杖。子遮，果任獳師虜。日晚相笑歸，腰間佩輕簍。

茶筍

褎然三五寸，生必依巖洞。寒恐結紅鉛，暖疑銷紫汞。圓如玉軸光，脆似瓊英凍。每爲遇之疎，南山挂幽夢。

茶籝

筤篣曉攜去，驀箇山桑塢。開時送紫茗，負處沾清露。歇把傍雲泉，歸將掛煙樹。滿此是生涯，黄金何足數。

茶舍

陽崖枕白屋，幾口嬉嬉活。棚上汲紅泉，焙前蒸紫蕨。乃翁研茗後，中婦拍茶歇。相向掩柴扉，清香滿山月。

茶竈

南山茶事動，竈起巖根傍。水煮石髮氣，薪然杉脂香。青瓊蒸後凝，緑髓炊來光。如何重辛苦，一一輪膏粱。

茶焙

鑿彼碧巖下，恰應深二尺。泥易帶雲根，燒難礙石脈。初能燥金餅，漸見乾瓊液。九里共杉林，皆焙名。相望在山側。

茶鼎

龍舒有良匠，鑄此佳樣成。立作菌蠢勢，煎爲潺湲聲。草堂暮雲陰，松窗殘雪明。此時勺複茗，野語知逾清。

茶甌

邢客與越人，皆能造兹器。圓似月魂墮，輕如雲魄起。棗花勢旋眼，蘋沫香沾齒。松下時一看，支公亦如此。

煮茶

香泉一合乳，煎作連珠沸。時看蟹目濺，乍見魚鱗起。聲疑松帶雨〔一〕，餑恐生煙翠。倘〔二〕把瀝中山，必無千日醉。

【校】

〔一〕「松帶」，松陵集作「帶松」。

〔二〕「倘」，松陵集作「倘」，全唐詩作「尚」。

石榴歌

蟬噪秋枝槐葉黄，石榴香老愁寒霜。流霞包染紫鸚粟，黄蠟紙裹紅瓠房。玉刻冰壺含露濕，斕斑似帶湘娥泣。蕭娘初嫁嗜甘酸，嚼破水精千萬粒。

全唐詩卷六百十二

奉和魯望四明山九題

石窗

窗開自真宰，四達見蒼涯。苔染渾成綺，雲漫便當紗。欞中空吐月，扉際不扃霞。未會通何處，應連〔一〕玉女家。

過雲

粉洞二十里，當中幽客行。片時迷鹿跡，寸步隔人聲。以杖探虛翠，將襟惹薄明。經時未過得，恐是入層城。

雲南

雲南背一川，無雁到峯前。墟里生紅藥，人家發白泉。兒童皆似古，婚嫁盡如仙。共作真官户，無由税石田。

雲北

雲北晝冥冥，空疑背壽星。犬能諳藥氣，人解寫芝形。野歇遇松蓋，醉書逢石屏。焚香住此地，應得入金庭。

鹿亭

鹿羣多此住，因構白雲楣。待侣傍花久，引麛穿竹遲。經時掊玉澗，盡日嗅金芝。爲在石窗下，成仙自不知。

樊榭

主人成列仙，故榭獨依然。石洞鬨人笑，松聲驚鹿眠。井香爲大藥，鶴語是靈篇。欲買重棲隱，雲峯不售錢。

潺湲洞

陰宫何處淵〔二〕，到此洞潺湲。敲碎一輪月，鎔銷半段天。響高吹谷動，勢急歕雲旋。料得深秋夜，臨流盡古仙。

青𥡴子

山風熟異果，應是供真仙。味似雲腴美，形如玉腦圓。銜來多野鶴，落處半靈泉。必供玄都柰，花開不記年。

鞠侯

堪羨鞠侯國，碧巖千萬重，煙蘿爲印綬，雲壑是隄封。泉遣狙公護，果教猑子供。爾徒如不死，應得躡玄蹤。

【校】

〔一〕「連」，全本作「憐」，松陵集作「連」，似作「連」爲勝。

〔二〕「淵」，松陵集作「源」。

五貺詩 并序

毘陵處士魏君不琢，氣真而志放，居毘陵凡二紀，閉門窮學。是乎？里民不得以師之；非乎？里民不得以訾之。用之不難進，利之被人也；捨之不難退，辱非及己也。噫！古君子處乎進退而全者，由此道乎？抑夷之隘，惠之不恭，不能造於是也。江南秋風時，鱸肥而難釣，菰脆而易挽，不過乘短艄，方言曰：船短而深者謂之艄。載一甔酒，加以隱具，由五瀉涇入震澤，穿松陵抵杭越耳。日休嘗聞道於不琢，敢不求雅物，成雅思乎？於是買釣船一，修二丈，闊三尺，施篷以庇煙雨，謂之「五瀉舟」；天台杖一，色黯而力遒，謂之「華頂杖」；有龜頭山疊石硯一，高不二寸，其仞數百，謂之「太湖硯」；有桐廬養和一，怪形拳跼，坐若變去，謂之「烏龍養和」；有南海鱟魚殼樽一，澀鋒齾角，內玄外黃，謂之「訶陵樽」。皆寄於不琢，行以資雲水之興，止以益琴籍之玩。真古人之雅貺也。因思乘韋之義，不過於詞，遂爲五篇，目之曰五貺，兼請魯望同作。

五瀉舟

何事有青錢，因人買釣船。闊容兼餌坐，深許共蓑眠。短好隨朱鷺，輕堪倚白蓮。自知無用處，却寄五湖仙。

華頂杖

金庭仙樹枝，道客自攜持。探洞求丹粟，挑雲覓白芝。量泉將濯足，闌鶴把支頤。以此將爲贈，惟君盡得知。

太湖硯

求於花石間，怪狀乃天然。中瑩五寸劍，外差千疊蓮。月融還似洗，雲濕便堪研。寄與先生後，應添内外篇。

烏龍養和

壽木拳數尺，天生形狀幽。把疑傷虺節，用恐破蛇瘤。置合月觀内，買須雲肆頭。料君攜去處，煙雨太湖舟。

訶陵樽

一片鱟魚殼，其中生翠波。買須能〔一〕紫貝，用合對紅螺。盡瀉判狂藥，禁敲任浩歌。明朝與君後，争那玉山何？

【校】

〔一〕「能」，松陵集作「饒」。

早春病中書事寄魯望

眼暈見雲母，耳虚聞海濤。惜春狂似蝶，養病躁於猱。案静方書古，堂空藥氣高。可憐真宰意，偏解困吾曹。

又寄次前韻

病根冬養得，春到一時生。眼暗憐晨慘，心寒怯夜清。妻仍嫌酒癖，醫只〔一〕禁詩情。應被高人笑，憂身不似名。

【校】

〔一〕「只」，松陵集作「又」，較勝。

秋晚留題魯望郊居二首

竹樹冷濩落，入門神已清。寒蛩傍枕響，秋菜上牆生。黄犬病仍吠，白驢飢不鳴。唯將一杯酒，盡日慰劉楨。

冷卧空齋内，餘酲夕未消。秋花如有恨，寒蝶似無憀。簷上落鬬雀，籬根生晚潮。若論羈旅事，猶自勝皋橋。

初冬章上人院

寒到無妨睡，僧吟不廢禪。尚關經病鶴，猶漉欲枯泉。静案貝多紙，閒爐波律煙。清譚兩三句，相向自翛然。

臨頓里名。爲吴中偏勝之地，陸魯望居之，不出郛郭，曠若郊墅。余每相訪，欵然惜去，因成五言十首，奉題屋壁

一方蕭灑地，之子獨深居。繞屋親栽竹，堆牀手寫書。高風翔砌鳥，暴雨失池魚。暗識歸山計，村邊買鹿車。

籬疏從緑槿，簷亂任黄茅。壓酒移谿石，煎茶拾野巢。静窗懸雨笠，閒壁挂煙匏。支遁今無骨，誰爲世外交。

繭稀初上簇，醅盡未乾牀。盡日留蠶母，移時祭麴王。趁泉澆竹急，候雨種蓮忙。更葺園中景，應爲顧辟彊。

静僻無人到，幽深每自知。鶴來添口數，琴到益家資。壞塹生魚沫，頹簷落燕兒。空將緑

蕉葉，來往寄閒詩。

夏過無擔石，日高開板扉。僧雖與筒簟，人不典蕉衣。鶴靜共眠覺，鷺馴同釣歸。生公石上月，何夕約譚微。

經歲岸烏紗，讀書三十車。水痕侵病竹，蛛網上衰花。詩任傳漁客，衣從遞酒家。知君秋晚事，白幘刈胡麻。

寂歷秋懷動，蕭條夏思殘。久貧空酒庫，多病束魚竿。玄想凝鶴扇，清齋拂鹿冠。夢魂無俗事，夜夜到金壇。

閉門無一事，安穩卧涼天。砌下翹飢鶴，庭陰落病蟬。倚杉閒把易，燒朮靜論玄。賴有包山客，時時寄紫泉。

病起扶靈壽，翛然強到門。與杉除敗葉，爲石整危根。薜蔓任遮壁，蓮莖卧枕盆。明朝有忙事，召客斲桐孫。

緩頰稱無利，低眉號不能。世情都太薄，俗意就中憎。雲態不知驟，鶴情非會徵。晝臣誰奉詔，來此寫姜肱。

遊棲霞寺

不見明居士，空山但寂寥。白蓮吟次缺，青靄坐來銷。泉冷無三伏，松枯有六朝。何時石上月，相對論逍遥。

魯望示廣文先生吴門二章，情格高散，可醒俗態，因追想山中風度，次韻屬和，存於詩編，魯望之命也

我見先生道，休思鄭廣文。鶴翻希作伴，鷗卻覓爲羣。逸好冠清月，高宜著白雲。朝廷未無事，争任醉醺醺？

能諳肉芝様，解講隱書文。終古神仙窟，窮年麋鹿羣。行廚煮白石，卧具拂青雲。應在雷平上，支頤復半醺。

虎丘寺殿前有古杉一本，形狀醜怪，圖之不盡。況百卉競媚，若妬若媚，唯此杉死抱奇節，髐然闖然，不知雨露之可生也，風霜之可瘁也。乃造化者方外之材乎？遂賦三百言以見志

種日應逢晉，枯來必自隋。鱷狂將立處，螭鬬未開時。卓犖擲槍幹，叉牙束戟枝。初驚蟉篆活，復訝獝狂癡。勁質如堯瘦，貞容學舜黴。勢能擒土伯，醜可駭山祇。虎爪拏巖穩，虬身脱

浪欷。槎頭禿似刷，栟觜利於錐。突兀方相脛，鱗皴夏氏胝。根應藏鬼血，柯欲漏龍漦。抝似神荼怒，呀如猰㺄飢。朽癰難可吮，枯瘇不堪治。一炷玄雲拔，三尋黑稍奇。狼頭教卒豎，蠆尾掘攣垂。目燥那逢爟，心開豈中鈹？任苔爲疥癬，從蠹作瘡痍。品格齊遼鶴，年齡等寶龜。將懷縮地力，欲負拔山姿。未倒防風骨，初僵負貳屍。漆書明古本，鐵室抗全師。硍礌還無極，伶俜又莫持。堅應敵駿骨，文定寫彪皮。蟠屈愁凌刹，騰驤恐攫池。搶煙寒𡸣嵂，披蔦靜褵褷。威仰誠難識，句芒恐不知。好燒胡律看，堪共達多期。寡色諸芳笑，無聲衆籟疑。終添八柱位，未要一繩維。盡日來唯我，當春玩更誰？他年如入用，直構太平基。

新秋言懷寄魯望三十韻

新秋入破宅，疏澮若平郊。户牖深如窟，詩書亂似巢。移牀驚蟋蟀，拂匣動蠨蛸。靜把泉華掬，閒拈乳管敲。檜身渾箇矮，石面得能齩。小桂如拳葉，新松似手梢。鶴鳴轉清角，鶻下撲金髇。合藥還慵服，爲文亦懶抄。煩心入夜醒，疾首帶涼抓。杉葉尖如鏃，藤絲韌似鞘。儥田含紫芋，低蔓隱青匏。老柏渾如疥，陰苔忽似膠。王餘落敗塹，胡孟入空庖。度日忘冠帶，經時憶酒肴。有心同木偶，無舌並金鐃。興欲添玄測，狂將換易爻。達人唯落落，俗士自譊譊。底力將排難？何顏用解嘲？欲銷毀後骨，空轉坐來胞。猶豫應難抱，狐疑不易包。等閒逢毒螫，容易遇咆哮。時事方千蠍，公途正二崤。名微甘世棄，性拙任時抛。白日須投分，青雲合定交。

仕應同五柳，歸莫捨三茅。澗鹿從來去，煙蘿任溷殽。狙公鬧後戲，雲母病來攤。從此居方丈，終非競斗筲，道窮應鬼遣，性拙必天教。無限疏慵事，憑君解一匏。

奉和魯望秋日遣懷次韻

高蹈爲時背，幽懷是事兼。神仙君可致，江海我能淹。共守庚申夜，同看乙巳占。藥囊除紫蠹，丹竈拂紅鹽。與物深無競，於生亦太廉。鴻災因足警，魚禍爲稀潛。筆硯秋光洗，衣巾夏蘚霑。酒甑香竹院，魚籠挂茅簷。琴忘因拋譜，詩存爲致籤。茶旗經雨展，石筍帶雲尖。鶴共心情慢，烏同面色黔。向陽裁白帢，終歲憶貂襜。取嶺爲山障，將泉作水簾。溪晴多晚鷺，池廢足秋蟾。破衲雖云補，閒齋未辦苫。共君還有役，竟夕得厭厭。

江南書情二十韻，寄秘閣韋校書貽之、商洛宋先輩垂文二同年

四載加前字，今來未改銜。君批鳳尾詔，我住虎頭巖。季氏唯謀逐，臧倉只擬讒。時訛輕五羖，俗淺重三緘。瘦去形同鶴，憂來態似獑。才非師趙壹，直欲效陳咸。孤竹寧收笛，黃琮未作瑊。作羊寧免狠？爲兔即須毚。枕户槐從亞，侵階草懶芟。壅泉教咽咽，壘石放巉巉。掣釣隨心動，抽書任意杴。茶教弩父摘，酒遣僰童監。默坐看山困，清齋飲水嚴。蘚生天竺屐，煙

外〔一〕洞庭帆。病久新烏帽，閒多著白衫。藥苞陳雨匼，詩草蠹雲函。遺客呼林狖，辭人寄海蝛。室唯搜古器，錢只買秋杉。寡合無深契，相期有至誠。他年如訪問，煙蔦暗髟髟。

【校】

〔一〕「外」，松陵集作「壞」。

憶洞庭觀步十韻

前時登觀步，暑雨正錚摐。上戌看綿蕝，登村度石矼。崦花時有蔟，溪鳥不成雙。遠樹點黑稍，遥峯露碧幢。巖根瘦似殼，杉破腹〔一〕如腔。校衩音絞了。漁人服，筕篖野店窗。多攜白木鍤，愛買紫泉缸。仙犬聲音古，遺民意緒厖。何文堪緯地？底策可經邦？自此將妻子，歸山不姓龐。

【校】

〔一〕「破腹」，松陵集作「腹破」，似勝。

諫議以罷郡將歸，以六韻賜示，因佇酬獻

欲下持衡詔，先容解印歸。露濃春後澤，霜薄霽來威。舊化堪治疾，餘恩可療飢。隔花攀

去櫂，穿柳挽行衣。佐理能無取，酬知力甚微。空將千感淚，異日拜黄扉。

全唐詩卷六百十三

題潼關蘭若

潼津罷警有招提，近百年無戰馬嘶。壯士不言三尺劍，謀臣休道一丸泥。昔時馳道洪波上，今日宸居紫氣西。關吏不勞重借問，棄繻生擬入耶溪。

襄陽閒居，與友生夜會

習隱悠悠世不知，林園幽事遞相期。舊絲再上琴調晚，壞葉重燒酒煖遲。三徑引時寒步月，四鄰偷得夜吟詩。草玄寂淡無人愛，不遇劉歆更語誰？

習池晨起

清曙蕭森載酒來，涼風相引繞亭臺。數聲翡翠背人去，一番芙蓉含日開。茭葉深深埋釣艇，魚兒漾漾逐流杯。竹屏風下登山屐，十宿高陽忘却迴。

秋晚自洞庭湖别業寄穆秀才

破村寥落過重陽，獨自攖寧葺草房。風撘紅蕉仍换葉，雨淋黄菊不成香。野猿偷栗重窺户，落雁疑人更繞塘。他日若修耆舊傳，爲予添取此書堂。

華山李鍊師所居

麻姑古貌上仙才，謫向蓮峯管玉臺。瑞氣染衣金液啓，香煙映面紫文開。孤雲盡日方離洞，雙鶴移時只有苔。深夜寂寥存想歇，月天時下草堂來。

宏詞下第感恩獻兵部侍郎

分明仙籍列清虚，自是還丹九轉疏。畫虎已成翻類狗，登龍纔變即爲魚。空慚季布千金諾，但負劉弘一紙書。猶有報恩方寸在，不知通塞竟何如？

襄州漢陽王故宅

碑字依稀廟已荒，猶聞耆舊憶賢王。園林一半爲他主，山水虚言是故鄉。戟户野蒿生翠瓦，舞樓棲鴿汙雕梁。柱天功業緣何事，不得終身似霍光。

傷盧獻秀才

獻有慜征賦一卷，人爲作注。

慜征新價欲凌空，一首堪欺左太沖。只爲白衣聲過重，且非青漢路難通。貴侯待寫過門下，詞客偷名入卷中。手弄桂枝嫌不折，直教身殁負春風。

南陽

昆陽王氣已蕭疏，依舊山河捧帝居。廢路塌平殘瓦礫，破墳耕出爛圖書。緑莎滿縣年荒後，白鳥盈溪雨霽初。二百年來霸王業，可知今日是丘墟。

秋晚訪李處士所居

門前襄水碧潺潺，静釣歸來不掩關。書閣鼠穿廚簏破，竹園霜後桔槔閒。兒童不許驚幽鳥，藥草須教上假山。莫爲愛詩偏念我，訪君多得醉中還。

李處士郊居

石衣如髮小溪清，溪上柴門架樹成。園裏水流澆竹響，窗中人静下棋聲。幾多狎鳥皆諳性，無限幽花未得名。滿引紅螺詩一首，劉楨失却病心情。

送令狐補闕歸朝

文如日月氣如虹，舉國重生正始風。且願仲山居左掖，只憂徐邈入南宮。朝衣正在天香裏，諫草應焚禁漏中。爲説明年今日事，晉廷新拜黑頭公。

洛中寒食二首

千門萬户掩斜暉，繡幰金銜晚未歸。擊鞠王孫如錦地，鬭雞公子似花衣。嵩雲静對行臺起，洛鳥閒穿上苑飛。唯有路傍無意者，獻書未納問淮肥。

遠近垂楊映鈿車，天津橋影壓神霞。弄春公子正迴首，趁節行人不到家。洛水萬年雲母竹，漢陵千載野棠花。欲知豪貴堪愁處，請看邙山晚照斜。

登第後寒食，杏園有宴，因寄録事宋垂文同年

雨洗清明萬象鮮，滿城車馬簇紅筵。恩榮雖得陪高會，科禁惟憂犯列仙。當醉不知開火日，正貧那似看花年。縱來恐被青娥笑，未納春風一宴錢。

陳先輩故居

杉桂交陰一里餘，逢人渾似洞天居。千株橘樹唯沽酒，十頃蓮塘不買魚。藜杖閒來侵徑竹，角巾端坐滿樓書。襄陽無限煙霞地，難覓幽奇似此殊。

奉和魯望寒夜訪寂上人次韻

院寒青〔一〕靄正沈沈，霜棧乾鳴入古林。數葉貝書松火暗，一聲金磬檜煙深。陶潛見社無妨醉，殷浩譚經不廢吟。何事欲攀塵外契，除君皆有名利心。

【校】

〔一〕「青」，松陵集作「清」。

江南道中懷茅山廣文南陽博士三首

寒嵐依約認華陽，遥想高人卧草堂。半日始齋青飿飯，移時空印白檀香。鶴雛入夜歸雲屋，乳管逢春落石牀。誰道夫君無伴侶，不離窗下見羲皇。

住在華陽第八天，望君唯欲結良緣。堂扃洞裏千秋燕，廚蓋巖根數斗一作井。泉。壇上古松疑度世，觀中幽鳥恐成仙。不知何事迎新歲，烏納裘中一覺眠。烏納裘出王筠集。

五色香煙惹内文，許遠遊燒香五色煙。石飴初熟酒初一作微。醺。將開丹竈那防鶴，欲算碁圖却望雲。海氣平一作半。生當洞見，瀑冰初坼隔山聞。如何世外無交者，許邁與王羲之父子爲世外之交。一卧金壇只有君。

奉和魯望早春雪中作吴體見寄

威仰噤死不敢語，瓊花雲魄清珊珊。溪光冷射觸鸀鳿，柳帶凍脆攢欄杆。竹根乍燒玉節快，酒面新潑金膏寒。全吴縹瓦十萬户，惟君與我如袁安。

吴中言情寄魯望

古來傖父愛吴鄉，一上胥臺不可忘。愛酒有情如手足，除詩無計似膏肓。宴時不輟琅書味，齋日難判玉鱠香。爲説松江堪老處，滿船煙月濕莎裳。

行次野梅

蔦拂蘿捎一樹梅，玉妃無侶獨裴回。好臨王母瑶池發，合傍蕭家粉水開。共月已爲迷眼伴，與春先作斷腸媒，不堪便向多情道，萬片霜華雨損來。

揚州看辛夷花

臘前千朵亞芳叢，細膩偏勝素柰功。螓首不言披曉雪，麝臍無主任春風。一枝拂地成瑤圃，數樹參庭是蕊宮。應爲當時天女服，至今猶未放全紅。

暇日獨處寄魯望

幽慵不覺耗年光，犀柄金徽亂一牀。野客共爲賒酒計，家人同作借書忙。園蔬預遣分僧料，廩粟先教算鶴糧。無限高情好風月，不妨猶得事吾王。

屧步訪魯望不遇

雪晴墟里竹欹斜，蠟屐徐吟到陸家。荒徑掃稀堆柏子，破扉開澀染苔花。壁閒定欲圖雙檜，廚静空如飯一麻。擬受太玄今不遇，可憐遺恨似侯芭。

開元寺客省早景即事

客省蕭條柿葉紅，樓臺如畫倚霜空。銅池數滴桂上雨，金鐸一聲松杪風。鶴静時來珠像側，鴿馴多在寶幡中。如何一作今。塵外虛爲契，不得支公此會同。

奉和魯望獨夜有懷吴體見寄

病鶴帶霧傍獨屋，破巢含雪傾孤梧。濯足將加漢光腹，抵掌欲捋梁武鬚。隱几清吟誰敢敵，枕琴高一作酣。卧真堪圖。此時枉欠高散物，楠瘤作樽石作爐。

病中有人惠海蟹，轉寄魯望

紺甲青筐染菭衣，島夷初寄北人時。離居定有石帆覺，失伴唯應海月知。族類分明連瑣珪，瑣珪似小蚌，有小蟹在腹中，珪出求食。故淮海之人呼爲蟹奴。形容好箇似蟚蜞。病中無用霜螯處，寄與夫君左手持。

病中美景頗阻追遊因寄魯望

瘦牀閒卧晝迢迢，唯把真如慰寂寥。南國不須收薏苡，百年終竟是芭蕉。藥前美祿應難斷，枕上芳辰豈易銷？看取病來多少日，早梅零落玉華焦。

魯望以花翁之什見招，因次韻酬之

九十攜鋤傴僂翁，小園幽事盡能通。斸煙栽藥爲身計，負水澆花是世功。婚嫁定期杉葉紫，蓋藏應待桂枝紅。不知家道能多少，只在句芒一夜風。

病中庭際海石榴花盛發，感而有寄

一夜春光一作工。綻絳囊，碧油枝上晝煌煌。風匀祇似調紅露，日暖唯憂化赤霜。火齊滿枝燒夜月，金津含蕊滴朝陽。不知桂樹知情否？無限同遊阻陸郎。

早春以橘子寄魯望

箇箇和枝葉捧鮮，彩凝一作疑。猶帶洞庭煙。不爲韓嫣金丸重，直是周王玉果圓。剖似日魂初破後，弄如星髓未銷前。知君多病仍中聖，盡送寒苞向枕邊。

病中書情寄上崔諫議 時眼疾未平。

十日來來曠奉公，閉門無事忌春風。蟲絲度日縈琴薦，蛀粉經時落酒筒。馬足歇從殘漏外，魚須抛在亂書中。殷勲莫怪求醫切，只爲山櫻欲放紅。

病孔雀

煙花雖媚思沈冥，猶自擡頭護翠翎。強聽紫簫如欲舞，困眠紅樹似依屏。因思桂蠹傷肌骨，爲憶松鶊損一作换。性靈。盡日春風吹不起，鈿毫金縷一星星。

奉和魯望上元日道室焚修

明真臺上下仙官，玄藻初吟萬籟寒。飆御有聲時杳杳，寶衣無影自珊珊。蘂書乞見齋心易，玉籍求添一作天。拜首難。端簡不知清景暮，靈蕪香燼落金壇。

奉酬魯望惜春見寄

十五日中春日好，可憐沈痼冷如灰。以前雖被愁將去，向後須教醉一作酒。領來。梅片盡飄輕粉靨，柳芽初吐爛金醅。病中無限花番次，爲約東風且住開。

聞魯望遊顔家林園，病中有寄

一夜韶姿著水光，謝家春草滿池塘。細挑泉眼尋新脈，輕把花枝嗅一作换。宿香。蝶欲試飛猶護粉，鶯初學囀尚羞簧。分明不得同君賞，盡日傾心羨索郎。

奉和魯望春雨即事次韻

織恨凝愁映鳥飛，半旬飄灑掩韶暉。山容洗得如煙瘦，地脈流來似乳肥。野客正閒移竹遠，幽人多病探花稀。何年細溼華陽道，兩乘巾車相並歸。

魯望春日多尋野景，日休抱疾杜門，因有是寄

野侶相逢不待期，半緣幽事半緣詩。烏紗任岸穿筋竹，白袷從披趁肉芝。數卷蠹書棋處展，幾升菰米釣前炊。病中不用君相憶，折取山櫻寄一枝。

魯望以躬掇野蔬兼示雅什，用以酬謝

杖擿春煙暖向陽，煩君爲我致盈筐。深挑乍見牛脣液，爾雅云：蕢，牛脣，一名水蕮。細掐徐聞鼠耳香。本草云：葉似鼠耳，莖赤，可生食。紫甲採從泉脈畔，翠牙搜自石根傍。雕胡飯熟餖飿軟，不是高人不合嘗。

臥病感春寄魯望

烏皮几上困騰騰，玉柄清羸愧不能。昨夜眠時稀似鶴，今朝餐數減於僧。藥銷美祿應一作因。夭折，醫過芳辰定鬼憎。任是雨多遊未得，也須收在探花朋。

奉和魯望徐方平後聞赦次韻

金雞煙外上臨軒，紫誥新垂作解恩。涿鹿未消初敗血，新安頓雪已坑魂。空林葉盡蝗來

郡，腐骨花生戰後村。未遣蒲車問幽隱，共君應老抱桐孫。

奉酬魯望見答魚牋之什

輕如隱起膩如飴，除却鮫工解製稀。欲寫恐成河伯詔，試裁疑是水仙衣。毫端白獺脂猶濕，指下冰蠶子欲飛。若用莫將閒處去，好題春思贈江妃。

病後春思

連錢錦暗麝氛氲，荊思多才詠鄂君。孔雀鈿寒窺沼見，石榴紅重墮階聞。牢愁有度應如月，春夢無心祇似雲。應笑病來慚滿願，花牋好作斷腸文。

偶成小酌招魯望不至，以詩爲解，因次韻酬之

醉侶相邀愛早陽，小筵催辦不勝忙。衝深柳駐吴娃幰，倚短花排羯鼓牀。金鳳欲爲鶯引去，鈿蟬疑被蝶勾將。如何共是忘形者，不見漁陽摻一場。

以紗巾寄魯望，因而有作

周家新様替三梁，頭巾起後周武帝。裹髪偏宜白面郎。掩斂乍疑裁黑霧，輕明渾似戴玄霜。

今朝定見看花昃，明日應聞漉酒香。更有一般君未識，虎文巾在絳霄房。

臨頓宅將有歸于一作于歸。之日，魯望以詩見貺，因抒懷酬之

共老林泉忍暫分，此生應不識迴文。幾枚竹筍送德曜，一乘柴車迎少君。舉案品多緣澗藥，承家事少爲谿雲。居然自是幽人事，輒莫教他孫壽聞。

奉和魯望謝惠巨魚之半

釣公來信自松江，三尺春魚撥刺霜。腹内舊鈎苔染澀，腮中新餌藻和香。冷鱗中斷榆錢破，寒骨平分玉筯光。何事貺君偏得所，衹緣同是越航郎。

館娃宫懷古

豔骨已成蘭麝土，宫牆依舊壓層崖。弩臺雨壞逢金鏃，香徑泥銷露玉釵。硯沼只留溪一作山。鳥浴，屧廊空信一作任。野花埋。姑蘇麋鹿真閒事，須爲當時一愴懷。

以紫石硯寄魯望兼酬見贈

樣如金蹙小能輕，微潤將融紫玉英。石墨一研爲鳳尾，寒泉半勺是龍睛。騷人白芷傷心暗，狎客紅箋奪眼明。兩地有期皆好用，不須空把洗溪聲。

奉和魯望同遊北禪院

戚歷杉陰入草堂，老僧相見似相忘。吟多幾轉蓮花漏，坐久重焚柏子香。魚慣齋時分淨食，鴿能閒處傍禪牀。雲林滿眼空羈滯，欲對彌天却自傷。

孫發百篇將遊天台，請詩贈行，因以送之

孫子荆家思有餘，元戎曾薦入公車。百篇宫體喧金屋，一日官銜下玉除。紫府近通齋後夢，赤城新有寄來書。因逢二老如相問，正滯江南爲鮠魚。

奉和魯望薔薇次韻

誰繡連延滿户陳，暫應遮得陸郎貧。紅芳掩斂將迷蝶，翠蔓飄颻欲挂人。低拂地時如墮馬，高臨牆處似窺鄰。祇應是董雙成戲，剪得神霞寸寸新。

聞開元寺開筍園寄章上人

園鎖開聲駭鹿羣，滿林鮮籜水犀文。森森競泫林梢雨，𡾟𡾟争穿石上雲。並出亦如鵝管合，各生還似犬牙分。折煙束露如相遺，何胤明朝不茹葷。

開元寺佛鉢詩 并序

按：釋法顯傳云：佛鉢本在毘舍離，今在乾陀衛。竟若干百年，當復至西月支國。若干百年，至于闐國。若干百年，當至屈茨國。若干百年，當復來漢地。晉建興二年，二聖像浮海而至滬瀆，僧尼輩取之以歸，今存于開元寺。後建興八年，漁者於滬瀆沙汭上獲之，以爲臼類，乃葷而用焉。俄有佛像見於外，漁者始爲異，意滬瀆二聖之遺祥也，乃以鉢供之。迄今尚存。余遂觀而爲之詠，因寄天隨子。

帝青石作緑水姿，佛律云：此鉢，帝青玉石也。四天王所獻也。曾得金人手自持。拘律樹邊齋散後，提羅花下洗來時。乳麋味斷中天覺，麥麨香消大劫知。從此共君親頂戴，斜風應不等閒吹。

夏首病愈，因招魯望

曉入清和尚袷衣，夏陰初合掩雙扉。一聲撥穀桑柘晚，數點舂鋤煙雨微。貧養山禽能箇瘦，病關芳草就中肥。明朝早起非無事，買得蓴絲待陸機。

奉和魯望新夏東郊閒泛 一本此下有見懷次韻四字。

水物輕明淡似秋，多情才子倚蘭舟。碧莎裳下攜詩草，黄篾樓中挂酒篘。蓮葉蘸波初轉櫂，魚兒簇餌未諳鈎。共君莫問當時事，一點沙禽一作鷗。勝五侯。

奉和魯望四月十五日道室書事

望朝齋戒是尋常，静一作盡。啓金根經名。第幾章。竹葉飲爲甘露色，蓮花鮓作肉芝香。松膏背日一作雨。凝雲磴，丹粉經年染石牀。剩欲與君終此志，頑仙唯恐鬢成霜。

奉和魯望看壓新醅 一本此下有次韻二字。

一簀松花細有聲，旋將渠椀撇寒清。秦吴只恐篘來近，劉項真能釀得平。酒德有神多客頌，醉鄉無貨没人争。五湖煙水郎山月，合向樽前問底名。

登初陽樓寄懷北平郎中

危樓新製號初陽，白粉青菱射沼光。避酒幾浮輕舴艋，下棋曾覺睡鴛鴦。投鈎列坐圍華燭，格簺分朋占靚妝。莫怪重登頻有恨，二年曾侍一作待。舊吴王。

夏初訪魯望偶題小齋

半里芳陰到陸家，藜牀相勸飯胡麻。林間度宿抛棋局，壁上經旬挂釣車。野客病時分竹米，鄰翁齋日乞藤花。踟蹰未放閒人去，半岸紗帩待月華。

所居首夏水木尤清，適然有作

病來無事草堂空，晝水一作永。休聞十二筩。桂静似逢青眼客，松閒如見緑毛翁。潮期暗動庭泉碧，梅信微侵地障紅。盡日枕書慵起得，被君猶自笑從公。

重玄寺元達年逾八十，好種名藥，凡所植者，多至自天台、四明、包山、句曲，叢翠紛糅，各可指名。余奇而訪之，因題二章

雨滌煙鋤傴僂賫，一作偃破籬。紺牙紅甲兩三畦。藥名却笑桐君少，年紀翻嫌竹祖低。白石静敲蒸朮火，清泉閒洗種花泥。怪來昨日休持鉢，一尺雕胡似掌齊。

香蔓蒙蘢覆昔邪，桂煙杉露濕袈裟。石盆换水撈松葉，竹徑穿牀避筍芽。藜杖移時挑細

藥，銅鉼盡日灌幽花。文公謾道憐神駿，不及今朝種一麻。

全唐詩卷六百十四

懷華陽潤卿博士三首

先生一向事虚皇，天市壇西與世忘。環堵養龜看氣訣，刀圭餌犬試仙方。静探石腦衣裾潤，閒鍊松脂院落香。聞道徵賢須有詔，不知何日到良常。

冥心唯事白英君，不問人間爵與勳。林下醉眠仙鹿見，洞中閒話隱芝聞。石牀卧苦渾無蘚，藤篋開稀恐有雲。料得虚皇新詔樣，青瓊板上緑爲文。

鳳骨輕來稱瘦容，華陽館主未成翁。陶隱君〔一〕昔爲華陽館主。數行玉札存心久，一掬雲漿漱齒空。白石煮多熏屋黑，丹砂埋久染泉紅。他年欲事先生去，十賚須加陸逸沖。逸沖嘗事隱居，隱居錫名棲静處士。十賚，猶人間九錫也。

【校】

〔一〕「君」，松陵集作「居」。

魯望以竹夾膝見寄，因次韻酬謝

圓於玉柱滑於龍，來自衡陽彩翠中。拂潤恐飛清夏雨，叩虚疑貯碧湘風。大勝書客裁成柬，頗賽谿翁截竹筒。從此角巾因爾戴，俗人相訪若爲通。

夏景無事，因懷章、來二上人二首

澹景微陰正送梅，幽人逃暑癭楠杯。水花移得和魚子，山蕨收時帶竹胎。嘯館大都偏見月，醉鄉終竟不聞雷。更無一事唯留客，却被高僧怕不來。

佳樹盤珊枕草堂，此中隨分亦閒忙。平鋪風簟尋琴譜，静掃煙窗著藥方。幽鳥見貧留好語，白蓮知卧送清香。從今有計消閒日，更爲支公置一牀。

寄瓊州楊舍人

德星芒彩瘴天涯，酒樹堪消謫宦嗟。行遇竹王因設奠，居逢木客又遷家。清齋浄溲桄榔麪，遠信閒封荳蔻花。清切會須歸有日，莫貪句漏足丹砂。

魯望以輪鈎相示，緬懷高致，因作三篇

角柄孤輪細膩輕，翠篷十載伴君行。撚時解轉蟾蜍魄，抛處能啼絡緯聲。七里灘波喧一舍，五雲溪月静三更。朱衣鮒足和蓑睡，誰信人間有利名。

一線飄然下碧塘，溪翁無語遠相望。蓑衣舊去煙披重，篛笠新來雨打香。白鳥白蓮爲夢寐，清風清月是家鄉。明朝有物充君信，𣘻酒三缾寄夜航。𣘻酒出沈約集。

盡日悠然舴艋輕，小輪聲細雨溟溟。三尋絲帶桐江爛，一寸鈎含笠澤腥。用近詹何傳釣法，收和范蠡養魚經。孤篷半夜無餘事，應被嚴灘聒酒醒。

吴中書事，寄漢南裴尚書

萬家無事鎖蘭橈，鄉味腥多厭紫蘸。江文通集云：紫蘸，石劫也。水似棋文交度郭，柳如行障儼遮橋。青梅蒂重初迎雨，白鳥羣高欲避潮。唯望舊知憐此意，得爲傖鬼也逍遥。

夏景沖澹偶然作二首

祇隈蒲褥岸烏紗，味道澄懷景便斜。紅印寄泉慚郡守，青筐與筍愧僧家。茗爐盡日燒松子，書案經時剥瓦花。園吏暫棲君莫笑，不妨猶更著南華。

一室無喧事事幽，還如貞白在高樓。天台畫得千迴看，湖目一作月。芳來百度遊。湖目，蓮子也。無限世機吟處息，幾多身計釣前休。他年謁帝言何事，請贈劉伶作醉侯。

送李明府之任海南

五羊城在蜃樓邊，墨綬垂腰正少年。山静不應聞屈鳥，草深從使翳貪泉。蟹奴晴上臨潮檻，燕婢秋隨過海船。一事與君消遠宦，乳蕉花發訟庭前。

寄題羅浮軒轅先生所居

亂峯四百三十二，羅浮山峯數。欲問徵君何處尋。紅翠山鳥名。數聲瑶室響，山有璇房瑶室七十有二。真檀一炷石樓深。山都遺負沽來酒，樵客容看化後金。從此謁師知不遠，求官先有葛洪心。

宿報恩寺水閣

寺鎖雙峯寂不開，幽人中夜獨裴回。池文帶月鋪金簟，蓮朵含風動玉杯。往往竹梢摇翡翠，時時杉子擲莓苔。可憐此際誰曾見，唯有支公盡看來。

醉中偶作呈魯望

谿雲澗鳥本吾儕，剛爲浮名事事乖。十里尋山爲思役。五更看月是情差。分將吟詠華雙鬢，力以壺觴固百骸。争得草堂歸卧去，共君同作太常齋。

寄滑州李副使員外

兵繞臨淮數十重，鐵衣才子正從公。軍前草奏旄頭下，城上封書箭簳中。圍合只應聞曉雁，血腥何處避春風。故人勳重金章貴，猶在江湖積劍功。

傷史拱山人

一緘幽信自襄陽，上報先生去歲亡。山客爲醫翻貰藥，野僧因弔却焚香。峯頭孤冢爲雲穴，松下靈筵是石牀。宗炳死來君又去，終身不復到柴桑。

吴中言懷寄南海二同年

曲水分飛歲已賒，東南爲客各天涯。退公祇傍蘇勞竹，移宴多隨末利花。銅鼓夜敲溪上月，布帆晴照海邊霞。三年謾被鱸魚累，不得横經侍絳紗。

奉和魯望白鷗詩

雪羽襹褷半惹泥，海雲深處舊巢迷。池無飛浪争教舞？洲少輕沙若遺棲？煙外失羣慚雁鶩，波中得志羨鳧鷖。主人恩重真難遇，莫爲心孤憶舊溪！

奉和魯望懷楊台文楊鼎文二秀才

羊曇留我昔經春，各以篇章鬭五雲。賓草每容閒處見，擊琴多任醉中聞。釣前青翰交加倚，醉後紅魚取次分。爲説風標曾入夢，上仙初著翠霞裙。

友人以人參見惠，因以詩謝之

神草延年出道家，神草，別名。是誰披露記三椏。開時的定涵雲液，斸後還應帶石花。名士寄來消酒渴，野人煎處撇泉華。從今湯劑如相續，不用金山焙上茶。

傷進士嚴子重詩 并序

余爲童在鄉校時，簡上抄杜舍人牧之集，見有與進士嚴惲詩。後至吴，一日，有客曰嚴某，余志其名久矣，遽懷文見造，於是樂得禮而觀之。其所爲，工於七字，往往有清便柔媚，時可軼駭於常軌。其佳者曰：「春光冉冉歸何處，更向花前把一杯。盡日問花花不語，爲誰零落爲誰開？」余美之，諷而未嘗怠。生舉進士，亦十餘計偕，余方冤之，謂乎竟有得於時也。未幾，歸吴興，後兩月咸通十一年也。訃人至，云：「生以疾亡於所居矣！」噫！生徒以詞聞於士大夫，竟不名而逝，豈止此而湮没耶？江湖間多美材，士君子苟樂退而有文者死，無不爲時惜，可勝言耶？於是哭而爲詩。魯望，生之友也，當爲我同作。

十哭都門牓上塵，蓋棺終是五湖人。生前有敵唯丹桂，没後無家祇白蘋。箬下斬新醒處月，江南依舊詠來春。知君精爽應無盡，必在酆都頌帝晨。梁成酆都官頌：紂絶標帝晨。

奉和魯望早秋吴體次韻

書淫傳癖窮欲死，譊譊何必頻相仍。日乾陰蘚厚堪剥，藤把欹松牢似繩。擣藥香侵白袷袖，穿雲潤破烏紗稜。安得瑶池飲殘酒，半醉騎下垂天鵬。

奉和魯望秋賦有期次韻

十載江湖一作南。盡是閒，客兒詩句滿人間。郡侯聞譽親邀得，鄉老知名不放還。應帶瓦花經汴水，更攜雲實出包山。太微宮裏環岡樹，無限瑶枝待爾攀。

奉和魯望病中秋懷次韻

貧病於君亦太兼，才高應亦被天嫌。因分鶴料家資減，爲置僧餐口數添。静裏改詩空凭几，寒中注易不開簾。清詞一一侵真宰，甘取窮愁不用占。

新秋即事三首

癡號多於顧愷之，更無餘事可從知。酒坊吏到常先見，鶴料符來每探支。吴郡有鶴料案。凉後每謀清月社，晚來專赴白蓮期。共君無事堪相賀，又到金虀玉鱠時。

堪笑高陽病酒徒，幅巾瀟灑在東吴。秋期净掃雲根瘦，山信迴緘乳管粗。白月半窗抄术序，清泉一器授芝圖。乞求待得西風起，盡挽煙帆入太湖。

露槿風杉滿曲除，高秋無事似雲廬。醉多已任家人厭，病久還甘吏道疏。青桂巾箱時寄藥，白綸卧具半抛書。君卿脣舌非吾事，且向江南問鰒魚。

南陽潤卿將歸雷平，因而有贈

借問山中許道士，此迴歸去復何如？竹屏風扇抄遺事，柘步輿竿繫隱書。絳樹實多分紫鹿，丹沙泉淺種紅魚。東卿旄節看看至，静啓茅齋慎掃除。

訪寂上人不遇

何處尋雲暫廢禪，客來還寄草堂眠。桂寒自落翻經案，石冷空消洗鉢泉。爐裏尚飄殘玉篆，龕中仍鎖小金仙。須將二百籤迴去，待得支公恐隔年。

顧道士亡，弟子以束帛乞銘于余，魯望因賦戲贈，日休奉和

師去東華却鍊形，門人求我誌金庭。大椿枯後新爲記，仙鶴亡來始有銘。前朝文集，未有道士銘誌。瓊板欲刊知不朽，冰紈將受恐通靈。君才莫歎無茲分，合注神玄劍解經。

秋夕文宴得遥字

啼螿衰葉共蕭蕭，文宴無喧夜轉遥。高韻最宜題雪讚，逸才偏稱和雲謡。風吹翠蠟應難刻，月照清香太易消。無限玄言一杯酒，可能容得蓋寛饒？

南陽廣文欲於荆襄卜居，因而有贈

地脈從來是福鄉，廣文高致更無雙。青精飯熟雲侵竈，白袷裘成雪濺窗。度日竹書千萬字，經冬朮煎兩三缸。鱸魚自是君家味，莫背松江憶漢江。

寄毘陵魏處士朴

文籍先生不肯官，絮巾衝雪把魚竿。一堆方册爲侯印，三級幽巖是將壇。醉少最因吟月冷，瘦多偏爲卧雲寒。兔皮衾暖篷舟穩，欲共誰遊七里灘？

初冬偶作，寄南陽潤卿

寓居無事入清冬，雖設樽罍酒半空。白菊爲霜翻帶紫，蒼苔因雨却成紅。迎潮預遣收魚笱，防雪先教蓋鶴籠。唯待支硎最寒夜，共君披氅訪林公。

冬曉章上人院

山堂冬曉寂無聞，一句清言憶領軍。琥珀珠黏行處雪，棕櫚箒掃卧來雲。松扉欲啓如鳴鶴，石鼎初煎若聚蚊。不是戀師終去晚，陸機茸内足毛羣。

寄題鏡巖周尊師所居 并序

處州仙都山，山之半有洞口，下望之如鑑，目之曰「鏡巖」。下去地二百尺，上者以竹梯爲級，中如方丈，内有乳水，滴瀝嵌罅。黄老徒周君景復居焉，迨八十年，不食乎粟，日唯焚降真香一炷，讀靈寶度人經而已。東牟段公柯昔爲州日，聞其名，梯其室以造之。且曰：「君居此久矣，乳水之滴，晝夜可知量乎？」周君曰：「某常揣之，盡晝與夜，一斛加半焉。」公異而禮之。後柯別十二年，日休至吴，處人過，說周君尚存，吟想其道，無由以睹，因寄題是詩云。

八十餘年住鏡巖，鹿皮巾下雪髟髟。牀寒不奈雲縈枕，經潤何妨雨滴函。飲澗猿迴窺絶洞，緣梯人歇倚危杉。如何計吏窮於鳥，欲望仙都舉一帆。

寒夜文宴得泉字

分明競襞七香牋，王朗風姿盡列仙。盈篋共開華頂藥，滿缾同坼惠山泉。蟹因霜重金膏溢，橘爲風多玉腦鮮。吟罷不知詩首數，隔林明月過中天。

庚寅歲十一月，新羅弘惠上人與本國同書請日休爲靈鷲山周禪師碑，將還，以詩送之

三十麻衣弄渚禽，豈知名子徹雞林。勒銘雖即多遺草，越海還能抵萬金。鯨鬣曉掀峯正燒，鼇睛夜没島還陰。二千餘字終天别，東望辰韓淚灑襟。

送潤卿博士還華陽

雪打篷舟離酒旗，華陽居士半酣歸。逍遥只恐逢雲將，恬澹真應降月妃。仙市鹿胎如錦嫩，陰宫燕肉似酥肥。公車草合蒲輪壞，争不教他白日飛？

寒日書齋即事三首

參佐三間似草堂，恬然無事可成忙。移時寂歷燒松子，盡日殷勤拂乳床。將近道齋先衣褐，欲清詩思更焚香。空庭好待中宵月，獨禮星辰學步罡。

不知何事有生涯，皮褐親裁學道家。深夜數甌唯柏葉，清晨一器是雲華。盆池有鷺窺蘋沫，石版無人掃桂花。江漢欲歸應未得，夜來頻夢赤城霞。

方朔家貧未有車，肯從榮利捨樵漁。從公未怪多侵酒，見客唯求轉借書。暫聽松風生意足，偶看溪月世情疏。如鉤得貴非吾事，合向煙波爲玉魚〔一〕。松江有玉魚。

【校】

〔一〕「玉魚」，全本作「五魚」，今據松陵集改。

臘後送内大德從勗遊天台

講散重雲下九天，大君恩賜許隨緣。霜中一鉢無辭乞，湖上孤舟不廢禪。夢入瓊樓寒有月，天台山有金庭不死之鄉，及瓊樓玉室。行過石樹凍無煙。按消山有石樓樹。吴大皇元年，郡吏伍曜於海際得之，枝莖紫色有光，南越謂之石連理也。他時瓜鏡知何用，吴越風光滿御筵。

寄題玉霄峯葉涵象尊師所居

青冥向上玉霄峯，元始先生戴紫蓉。曉案瓊文光洞壑，夜壇香氣惹杉松。閒迎仙客來爲鶴，静噀靈符去是龍。子細捫心無偃骨，偃骨在胸者，名入星骨。欲隨師去肯相容？

奉和魯望寄南陽廣文

一本此下有還雷平三字。

次韻

春彩融融釋凍塘，日精閒嗞坐巖房。瓊函静啓從猿覷，金液初開與鶴嘗。八會舊文多搭一作榻。寫，七真遺語剩思量。不知夢到爲一作驚。何處，紅藥滿山煙月香。

題支山南峯僧

雲侵壞衲重隈肩，不下南峯不記年。池裏群魚曾受戒，林間孤鶴欲參禪。雞頭竹上開危徑，鴨脚花中擿廢泉。無限吳都堪賞事，何如來此看師眠？

送董少卿游茅山

名卿風度足杓斜，一舸閒尋二許家。天影曉通金井水，山靈深護玉門沙。空壇禮後銷香母，陰洞緣時觸乳花。盡待于公作廷尉，卿嘗爲大理，用法有廉平之稱。不須從此便餐霞。

酬魯望見迎緑罽次韻

輕裁鴨緑任金刀，不怕西風斷野蒿。酬贈既無青玉案，纖華猶欠赤霜袍。煙披怪石難同逸，竹映仙禽未勝高。成後料君無別事，只應酣飲詠離騷。

寄懷南陽潤卿

鹿門山下捕魚郎，今向江南作渴羌。無事只陪看藕樣，有錢唯欲買湖光。醉來渾忘移花處，病起空聞焙藥香。何事對君猶有愧，一篷衝雪返華陽。

魯望憫承吉之孤，爲詩序，邀予屬和，欲用予道振其孤而利之。噫！承吉之困身後乎？魯望視予困與承吉生前孰若一作苦。哉？未有已困而能振人者。抑爲之辭，用塞良友之意〔一〕

先生清骨葬煙霞，業破孤存孰爲嗟？幾篋詩編分貴位，一林石筍散豪家。兒過舊宅啼楓影，姬繞荒田泣稗花。唯我共君堪便戒，莫將文譽作生涯！

【校】

〔一〕全本，「良友」之下無「之意」二字。據松陵集補。

寄潤卿博士

高眠可爲要玄纁，鵲尾金爐一世焚。陶貞白有金鵲尾香爐。塵外鄉人爲許掾，山中地主是茅君。將收芝菌唯防雪，欲曬圖書不奈雲。若便華陽終卧去，漢家封禪用誰文？

奉和魯望白菊

已過重陽半月天，琅華千點照寒煙。蘂香亦似浮金靨，花樣還如鏤玉錢。玩影馮妃堪比豔，鍊形蕭史好爭妍。無由擿向牙箱裏，飛上方諸贈列仙。

華亭鶴，聞之舊矣。及來吴中，以錢半千得一隻養之，殆經歲，不幸爲飲啄所誤，經夕而卒。悼之不已，遂繼以詩。南陽潤卿博士、浙東德師侍御、毘陵魏不琢處士、東吴陸魯望秀才及厚於予者，悉寄之，請垂見和

池上低摧病不行，誰教仙魄反層城。陰苔尚有前朝跡，皎月新無昨夜聲。菰米正殘三日料，筠籠休礙九霄程。不知此恨何時盡，遇著雲泉即愴情。

傷開元觀顧道士

協晨宫上啓金扉，詔使先生坐蜕歸。鶴有一聲應是哭，丹無餘粒恐潛飛。煙淒玉笥封雲篆，月慘琪花葬羽衣。腸斷雷平舊遊處，五芝無影草微微。

醉中即席贈潤卿博士

適越遊吴一散仙，銀缾玉柄兩翛然。茅山頂上攜書簏，笠澤心中漾酒船。桐木布温吟倦後，桃花飯熟醉醒前。謝安四十餘方起，猶自高閑得數年。

偶留羊振文先輩及一二文友小飲，日休以眼病初平，不敢飲酒，遣侍密歡，因成四韻

謝莊初起恰花晴，强侍紅筵不避觥。久斷杯盂華蓋喜，忽聞歌吹谷神驚。襹褷正重新開柳，呫囁難通乍囀鶯。猶有僧虔多蜜炬，不辭相伴到天明。

奉送浙東德師侍御罷府西歸

建安才子太微仙，暫上金臺許二年。形影欲歸温室樹，夢魂猶傍越溪蓮。空將海月爲京信，尚使樵風送酒船。從此受恩知有處，免爲傖鬼恨吴天。

送羊振文先輩往桂陽歸覲

桂陽新命下彤墀，彩服行當欲雪時。登第已聞傳禰賦，問安猶聽講韓詩。竹人臨水迎符

節，曹毗湘中賦云：篔簹中實，内有實，狀如人也。風母穿雲避信旗。桂陽山中有風母獸，擊殺，見風輒活。無限湘中悼騷恨，憑君此去謝江蘺。

褚家林亭

廣亭遥對舊娃宫，竹島蘿溪委曲通。茂苑樓臺低檻外，太湖魚鳥徹池中。蕭疏桂影移茶具，狼籍蘋花上釣筒。争得共君來此住，便披鶴氅對清風。

送圓載上人歸日本國

講殿談餘著賜衣，椰帆却返舊禪扉。貝多紙上經文動，如意鉼中佛爪飛。颶母影邊持戒宿，波神宫裏受齋歸。家山到日將何入，白象新秋十二圍。

重送

雲濤萬里最東頭，射馬臺深玉署秋。射馬臺即今王城也。無限屬城爲裸國，幾多分界是亶州。亶州在會稽海外，傳是徐福之裔。取經海底開龍藏，誦咒空中散蜃樓。不奈此時貧且病，乘桴直欲伴師遊。

潤卿遺青飿飯，兼之一絶，聊用答謝

傳是三元飿飯名，大宛聞説有仙卿。案西梁子文撰黄錦素書十通，其二傳大宛北谷子，自號青精先生。分泉過屋春青稻，此飯以青龍稻爲之。拂霧影衣折紫莖。南稻莖微紫色。蒸處不教雙鶴見，服來唯怕五雲生。草堂空坐無飢色，時把金津漱一聲。

鴛鴦二首

雙絲絹上爲新様，連理枝頭是故園。翠浪萬迴同過影，玉沙千處共棲痕。若非足恨佳人魄，即是多情年少魂。應念孤飛争别宿，蘆花蕭瑟雨黄昏。

鈿籠雕鏤費深功，舞妓衣邊繡莫窮。無日不來湘渚上，有時還在鏡湖中。煙濃共拂芭蕉雨，浪細雙遊菡萏風。應笑豪家鸚鵡伴，年年徒被鎖金籠。

全唐詩卷六百十五

傷小女

一歲猶未滿，九泉何太深。唯餘卷書一作施。草，相對共傷心。

和魯望風人詩三首

刻石書離恨，因成别後悲。莫言春繭薄，猶有萬重思。

鏤出容刀飾，親逢巧笑難。日中騷客佩，争奈即闌干。

江上秋聲起，從來浪得名。逆風猶挂席，苦不會凡一作帆。情。

古函關

破落古關城，猶能扼帝京。今朝行客過，不待曉雞鳴。

聰明泉

一勺如瓊液，將愚擬望賢。欲知心不變，還似飲貪泉。

史處士

山期須早赴，世累莫遲留。忽遇狂風起，閒心不自由。

芳草渡

溪南越鄉音，古柳渡江深。日晚無來客，閒船繫緑陰。

古宫詞三首

樓殿倚明月，參差如亂峯。宫花半夜發，不待景陽鐘。
閒騎小步馬，獨遶萬年枝。盡日看花足，君王自不知。
玉枕寐不足，宫花空觸簷。梁間燕不睡，應怪夜明簾。

春日陪崔諫議櫻桃園宴

萬樹香飄水麝風，蠟燻花雪盡成紅。夜深歡態狀不得，醉客圖開明月中。衞協畫醉客圖。

松江早春

松陵清淨雪消初，見底新安恐未如。穩凭船舷無一事，分明數得鱠殘魚。

女墳湖 即吴王葬女之所。

萬貴千奢已寂寥，可憐幽憤爲誰嬌。須知韓重相思骨，直在芙蓉向下消。

泰伯廟

一廟争祠兩讓君，幾千年後轉清芬。當時盡解稱高義，誰敢教他莽卓聞？

宿木蘭院

木蘭院裏雙棲鶴，長被金鉦聒不眠。今夜宿來還似爾，到明無計夢雲泉。

重題薔薇

濃似猩猩初染素，輕如燕燕欲凌空。可憐細麗難勝日，照得深紅作淺紅。

春夕酒醒

四弦纔罷醉蠻奴，䣽醁餘香在翠爐。夜半醒來紅蠟短，一枝寒淚作珊瑚。

青一作胥。門閒泛

青翰虛徐夏思清，愁煙漠漠荇花平。醉來欲把田田葉，盡裏當時醒酒鯖。

木蘭後池三詠

重臺蓮花

欹紅婑媠力難任，每葉頭邊半米金。可得教他水妃見，兩重元是一重心。

浮萍

嫩似金脂颺似煙，多情渾欲擁紅蓮。明朝擬附南風信，寄與湘妃作翠鈿。

白蓮

但恐醍醐難並潔，祇應薝蔔可齊香。半垂金粉知何似，静婉臨溪照額黄。

重題後池

細雨闌珊眠鷺覺，鈿波悠漾並鴛嬌。適來會得荆王意，祇爲蓮莖重細腰。

庭中初植松桂，魯望偶題，奉和次韻

毵毵緑髮垂輕露，獵獵丹華動細風。恰似青童君欲會，儼然相向立庭中。

魯望戲題書印囊，奉和次韻

金篆方圓一寸餘，可憐銀艾未思渠。不知夫子將心印，印破人間萬卷書。

館娃宫懷古五絶

綺閣飄香下太湖，亂兵侵曉上姑蘇。越王大有堪羞處，衹把西施賺得吴。

鄭妲無言下玉墀，夜來飛箭滿罘罳。越王定指高臺笑，却見當時金鏤楣。

半夜娃宫作戰場，血腥猶雜宴時香。西施不及燒殘蠟，猶爲君王泣數行。

素襪雖遮未掩羞，越王猶怕伍員頭。吴王恨魄今如在，只合西施瀨上遊。

響屧廊中金玉步，采蘋一作蘭。山上綺羅身。不知水葬今何處，溪月彎彎欲笑顰。

虎丘寺西小溪閒泛三絶

鼓子花明白石岸，桃枝竹覆翠嵐溪。分明似對天台洞，應厭頑仙不肯迷。

絶壑祇憐白羽傲，窮溪唯覺錦鱗癡。更深尚有通樵處，或是秦人未可知。

高下不驚紅翡翠，淺深還礙白薔薇。船頭繫箇松根上，欲待逢仙不擬歸。

天竺寺八月十五日夜桂子

玉顆珊珊下月輪，殿前拾得露華新。至今不會天中事，應是嫦一作姮。娥擲與人。

釣侣二章

趁眠無事避風濤，一斗霜鱗換濁醪。吴中賣魚論斗。驚怪兒童呼不得，盡衝煙雨漉車螯。

嚴陵灘勢似雲崩，釣具歸來放石層。煙浪濺篷寒不睡，更將枯蚌點漁燈。

寄同年韋校書

二年疏放飽江潭，水物山容盡足躭。唯有故人憐未替，欲封乾鱠寄終南。

初冬偶作

豹皮茵下百餘錢，劉墮閒沽盡醉眠。酒病校來無一事，鶴亡松老似經年。

醉中寄魯望一壺并一絶

門巷寥寥空紫苔，先生應渴解醒杯。醉中不得親相倚，故遣青州從事來。

更次來韻寄魯望

蕭蕭紅葉擲蒼苔，玄晏先生欠一杯。從此問君還酒債，顔延之送幾錢來？

重玄寺雙矮檜

撲地枝回是翠鈿，碧絲籠細不成煙。應如天竺難陀寺，一對狻猊相枕眠。

奉酬魯望醉中戲贈

秦吴風俗昔難同，唯有才情一作清。事事通。剛戀水雲歸不得，前身應是太湖公。

皋橋

皋橋依舊緑楊中，閭里猶生隱士風。唯我到來居上館，不知何道勝梁鴻。

軍事院霜菊盛開，因書一絶，寄上諫議一本無寄字。

金華千點曉霜凝，獨對壺觴又不能。已過重陽三十日，至今猶自待王弘。

悼鶴

莫怪朝來淚滿衣，墜毛猶傍水花飛。遼東舊事今千古，却向人間葬令威。

醉中先起，李縠戲贈，走筆奉酬

麝煙苒苒生銀兔，蠟淚漣漣滴繡閨。舞袖莫欺先醉去，醒來還解驗金泥。

奉和魯望招潤卿博士辭以道侣將至之作

瘿木樽前地胏圖，爲君偏輟俗功夫。靈真散盡光一作先。來此，莫戀安妃在後無。

奉和再招一作文燕招潤卿。

飆御已應歸杳眇，博山猶自對氛氳。不知入夜能來否？紅蠟先教刻五分。

酒病偶作

鬱林步障晝遮明，一炷濃香養病酲。何事晚來還欲飲，隔牆聞賣蛤蜊聲。

潤卿魯望寒夜見訪，各惜其志，遂成一絶

世外爲交不是親，醉吟俱岸白綸巾。清風月白更三點，未放華陽鶴上人。

奉和魯望玩金鸂鶒戲贈

鏤羽雕毛迥出羣，温馨飄出麝臍熏。夜來曾吐紅茵畔，猶似一作自。溪邊睡不聞。

友人許惠酒以詩徵之

野客蕭然訪我家，霜威白菊兩三花。子山病起無餘事，只望蒲臺酒一車。庾信集云：蒲州刺史中山公許酒一車未送。

寒夜文讌潤卿有期不至

草堂虛灑待高真，不意清齋避世塵。料得焚香無別事，存心應降月夫人。

汴河懷古二首

萬艘龍舸緑絲間，載到揚州盡不還。應是天教開汴水，一千餘里地無山。

盡道隋亡爲此河，至今千里賴通波。若無水殿龍舟事，共禹論功不較多。

寄題天台國清寺齊梁體

十里松門國清路，飯猨臺上菩提樹。怪來煙雨落晴天，元是海風吹瀑布。

詠蟹

未遊滄海早知名，有骨還從肉上生。莫道無心畏雷電，海龍王處也横行。

金錢花

陰陽爲炭地爲爐，鑄出金錢不用模。莫向人間逞顔色，不知還解濟貧無？

惠山聽松菴

千葉蓮花舊有香，半山金刹照方塘。殿前日暮高風起，松子聲聲打石牀。

全唐詩卷六百十六

雜體詩 并序

案舜典：「帝曰：夔，命汝典樂，教冑子。」「詩言志，歌永言」在焉。周禮，太師之職掌教六詩。諷賦既興，風雅互作，雜體遂生焉。後係之於樂府，蓋典樂之職也。在漢代李延年爲協律，造新聲，雅道雖缺，樂府乃盛。鐃歌、鼓吹、拂舞、予、俞，因斯而興。詞之體不得不因時而易也。古樂書論之甚詳，今不能備載。載其他見者。案漢武集，元封三年，作柏梁臺，詔羣臣二千石有能爲七言詩者乃得上坐。帝曰：「日月星辰和四時。」梁王曰：「驂駕駟馬從梁來。」由是聯句興焉。孔融詩曰：「漁父屈節，水潛匿方。」作郡姓名字離合也。由是離合興焉。晉傅咸有迴文反覆詩二首，云反覆其文者，以示憂心展轉也。「悠悠遠邁獨煢煢」是也。由是反覆興焉。晉温嶠有迴文虛言詩云：「寧神静泊，損有崇亡。」由是迴文興焉。梁武帝云：「後牖有朽柳。」沈約云：「偏眠船舷邊。」由是疊韻興焉。詩云：「蠨蛕在東。」又曰：「鴛鴦在梁。」由是雙聲興焉。詩云：「維南有箕，不可以簸揚；維北有斗，不可以挹酒漿。」近乎戲也。古詩或爲之，蓋風俗之言也。古有采詩官，命之曰「風人」，「圍棋燒敗襖，看子故依然。」由是風人之作興焉。梁書云：「昭明善賦短韻，吴均善壓強韻。」今亦效而爲之，存於編中。陸生與余各有是爲，凡八十六首。至如四聲詩、三字離合、全篇雙聲疊韻之作，悉陸生所爲，又足見其多能也。案齊竟陵王郡縣詩曰：「追芳承荔浦，揖道信雲丘。」縣名由是興焉。案梁元藥名詩曰：「戍客恒山下，當思衣錦歸。」藥名由是興焉。陸與予亦有是作。至如鮑照之建除，沈炯之六甲、十二屬，梁簡文之卦名，陸惠曉之百姓，梁元帝之鳥名、龜兆，蔡黄門之口字。古兩頭纖纖、藁砧、五雜組已降，非不能也，皆鄙而不爲。噫！由古至律，由律至雜，詩之道盡乎此也。近代作雜體，唯劉賓客集中有迴文、離合、雙聲、疊韻。如聯句則莫若孟東野與韓文公之多，他集罕見。足知爲之之難也。陸與予竊慕其爲人，遂合己作，爲雜體一卷，屬予序雜體之始云。

苦雨雜言寄魯望

吴中十日涔涔雨，歊蒸庳下豪家苦。可憐臨頓陸先生，獨自翛然守環堵。兒飢僕病漏空廚，無人肯典破衣裾。壘贏時時上几案，黿鼉往往跳琴書。桃花米斗半百錢，枯荒溼壞炊不然。兩牀菰席一素几，仰卧高聲吟太玄。知君志氣如鐵石，甌冶〔二〕雖神銷不得。乃知苦雨不復侵，枉費畢星無限力。鹿門人作州從事，周章似鼠唯知醉。府金廩粟虚請來，憶著先生便知愧。愧多饋少真徒然，相見唯知攜酒錢。豪華滿眼語不信，不如直上天公牋。天公牋，方修次，且榜鳴篷來一醉。

【校】

〔一〕按「甌」當作「歐」，歐冶子春秋時人，善鑄劍。事見吴越春秋。

奉和魯望齊梁怨别次韻

芙蓉泣恨紅鉛落，一朵别時煙似幕。鴛鴦剛解惱離心，夜夜飛來棹邊泊。

奉和魯望曉起迴文

孤煙曉起初原曲，碎樹微分半浪中。湖後釣筒移夜雨，竹傍眠几側晨風。圖梅帶潤輕霑墨，畫蘚經蒸半失紅。無事有杯持永日，共君唯好隱牆東。

奉酬魯望夏日四聲四首

平聲

塘平芙蓉低，庭閒梧桐高。清煙埋陽烏，藍空含秋毫。冠傾慵移簪，杯乾將餔糟。翛然非隨時，夫君真吾曹。

平上聲

溝渠通疏荷，浦嶼隱淺篠。舟閒攢輕蘋，槳動起静鳥。陰稀餘桑閒，縷盡晚繭小。吾徒當斯時，此道可以了。

平去聲

怡神時高吟，快意乍四顧。村深啼愁鴂，浪霽醒睡鷺。書疲行終朝，罩困卧至暮。吁嗟當今交，暫貴便異路。

平入聲

先生何違時？一室習寂歷。松聲將飄堂，岳色欲壓席。彈琴奔玄雲，斸藥折白石。如教題君詩，若得札玉册。

苦雨中又作四聲詩寄魯望

平聲

滂滂將經旬，昏昏空迷天。鸕鷀成羣嬉，芙蓉相偎眠。魚通簑衣城，帆過菱花田。秋收吾無望，悲之真徒然。

平上聲

河平州橋危，壘晚水鳥上。衝崖搜松根，點沼寫芡響。舟輕通縈紆，棧墮阻指掌。攜榜將尋君，渚滿坐可往。

平去聲

狂霖昏悲吟，瘦桂對病卧。檐虚能彯斜，舍蠹易漏破。宵愁將琴攻，晝悶用睡過。堆書仍傾觴，富貴未换箇。

平入聲

羃棲愁霖中，缺宅屋木惡。荷傾還驚魚，竹滴復觸鶴。閒僧千聲琴，宿客一笈藥，悠然思夫君，忽憶蠟屐著。

奉和魯望疊韻雙聲二首

疊韻山中吟

穿煙泉潺湲，觸竹犢觳觫。荒篁香牆匡，熟鹿伏屋一作屈。曲。

雙聲溪上思

疏杉低通灘，冷鷺立亂浪。草彩欲夷猶，雲容空澹蕩。

奉和魯望疊韻吴宫詞二首

侵深尋嶔岑，勢厲衛睥睨。荒王將鄉亡，細麗蔽袂逝。

枍栺替製曳，康莊傷荒凉。主虜部伍苦，嬙亡房廊香。

奉和魯望閒居雜題五首

晚秋吟 以題十五字離合。

東皋煙雨歸耕日，免去玄一作黄。冠手刈禾。火滿酒爐詩在口，今人無計奈儂何？

好詩景

青盤香露傾荷女，子墨風流更不言。寺寺雲蘿堪度日，京塵到死撲侯門。

醒聞檜

解洗餘酲晨半酉，一作酒。星星仙吹起雲門。耳根無一作莫。厭聽佳木，會盡山中寂静源。

寺鐘暝

百緣斗藪無塵土，寸地章煌欲布金。重擊蒲牢唅山日，冥冥煙樹睹棲禽。

砌思步

纚纚古薜綳危石，切切陰螿應晚田。心事萬端何處止？少夷峯下舊雲泉。

奉和魯望藥名離合夏月即事三首

季春人病抛芳杜，仲夏溪波繞壞垣。衣典濁醪身倚桂，心中無事到雲昏。

數曲急溪衝細竹，葉舟來往盡能通。草香石冷無辭遠，志在天台一遇中。

桂葉似茸含露紫，葛花如綬蘸溪黃。連雲更入幽深地，骨録閒攜相獵郎。

懷錫山藥名離合二首

暗竇養泉容決決，明園護桂放亭亭。歷山居處當天半，夏裏松風盡足聽。

曉景半和山氣白，薇香清淨雜纖雲。實頭自一作事。是眠平石，腦側空林看虎羣。

懷鹿門縣名離合二首

山瘦更培秋後桂，溪澄閒數晚來魚。臺前過雁盈千百，泉石無情不寄書。

十里松蘿陰亂石，門前幽事雨來新。野霜濃處憐殘菊，潭上花開不見人。

奉和魯望寒日古人名一絶

北顧歡遊悲沈宋，梁武改爲北顧。南徐陵寢歎齊梁。水邊韶景無窮柳，寒被江淹一半黄。

胥口即事六言二首

波光杳杳不極，霽景澹澹初斜。黑蛺蝶粘蓮蕊，紅蜻蜓裹菱花。鴛鴦一處兩處，舴艋三家五家。會把酒船偎荻，共君作箇生涯。

拂釣清風細麗，飄蓑暑雨霏微。湖雲欲散未散，嶼鳥將飛不飛。换酒艄頭把看，載蓮艇子撑歸。斯人到死還樂，誰道剛須用機？

夜會問答十

寒夜清，日休問龜蒙。簾外迢迢星斗明。況有蕭閒洞中客，吟爲紫鳳呼凰聲。時華陽廣文先生在焉。

瘿木杯，龜蒙問日休。杉贅楠瘤刳得來。莫怪家人畔邊笑，渠心祇愛黄金罍。

落霞琴，日休問賁。寥寥山水揚清音。玉皇仙馭碧雲遠，空使松風終日吟。

蓮花燭，賁問日休。亭亭嫩蘂生紅玉。不知含淚怨何人，欲問無由得心曲。

金火障，日休問龜蒙。紅獸飛來射羅幌。夜來斜展掩深爐，半睡芙蓉香蕩漾。憶山月，龜蒙問賁。前溪後溪清復絶。看看又及桂花時，空寄子規啼處血。錦鯨薦，賁問日休。碧香紅膩承君宴。幾度閒眠却覺來，彩鱗飛出雲濤面。懷溪雲，日休問龜蒙。漠漠閒籠鷗鷺羣。有時日暮碧將合，還被魚舟來觸分。霜中笛，龜蒙問日休。落梅一曲瑶華滴。不知青女是何人，三奏未終頭已白。月下橋，日休問龜蒙。風外拂殘衰柳條。倚欄杆處獨自立，青翰何人吹玉簫？

全唐詩卷七百九十三

北禪院避暑聯句

院昔爲戴顒宅，後司勳陸郎中居之。

皮日休　陸龜蒙

歊蒸何處避，來入戴顒宅。逍遥脱單絞，放曠抛輕策。爬搔林下風，偃仰澗中石。日休殘蟬煙外響，野鶴沙中跡。到此失煩襟，蕭然揖禪伯。藤懸疊霜蜕，桂倚支雲錫。龜蒙清陰豎毛髮，爽氣舒筋脈。逐幽隨竹書，選勝鋪茄席。魚跳上紫芡，蝶化緣青壁。日休心是玉蓮徒，耳爲金磬敵。吾宗昔高尚，志在羲皇易。豈獨斷韋編，幾將刓鐵擿。龜蒙天書既屢降，野抱難自適。一入承明廬，盱衡論今昔。流光不容寸，斯道甘枉尺。日休既起謝儒玄，亦翻商羽翼。封章帷幄徧，夢寐江湖白〔一〕。擺落函谷塵，高皷華陽幘。龜蒙詔去雲無信，歸來鶴相識。半病奪牛公，全慵捕魚客。少微光一點，落此芒碟索。日休釋子問池塘，門人廢幽頤。堪悲東序寶，忽變西方籍。不見步兵詩，空懷康樂屐。龜蒙高名不可效，勝境徒堪惜。墨沼轉疏蕪，玄齋踰闃寂。遲遲不可〔二〕去，涼颸滿杉柏。日休日下洲島清，煙生苾蒻碧。俱懷出塵想，共有吟詩癖。終與淨名遊，還來雪山覓。龜蒙

【校】

〔一〕「白」，松陵集作「日」。

〔二〕「可」，松陵集作「能」。

寂上人院聯句

皮日休　陸龜蒙

瘦牀空默坐，清景不知斜。暗數菩提子，閒看薜荔花。日休有情惟墨客，無語是禪家。背日聊依桂，嘗泉欲試茶。龜蒙石形蹲玉虎，池影閃金蛇。經笥安巖匼，缾囊挂樹椏。日休書傳滄海外，龕寄白雲涯。竹色寒凌箔，燈光靜隔紗。龜蒙趁幽翻小品，逐勝講南華。莎彩融黃露，蓮衣

染素霞。日休 水堪傷聚沫，風合落天葩。若許傳心印，何辭古堞賒。龜蒙

獨在開元寺避暑，頗懷魯望，因飛筆聯句

皮日休　陸龜蒙

煩暑雖難避，僧家自有期。泉甘於馬乳，苔滑似龍漦。日休 任誕襟全散，臨幽榻旋移。松行將雅拜，篁陣欲交麾。龜蒙 望塔青髐識，登樓白鴿知。石經森欲動，珠像儼將怡。筠簟臨杉穗，紗巾透雨絲。靜譚蟬噪少，涼步鶴隨遲。日休 煙重迴蕉扇，輕風拂桂帷。對碑吳地説，開卷梵天詞。積水魚梁壞，殘花病枕攲。懷君瀟灑處，孤夢繞罘罳。龜蒙

寒夜文宴聯句

皮日休　張賁　陸龜蒙

文星今夜聚，應在斗牛間。日休 載石人方至，乘槎客未還。賁 送觴繁露曲，徵句白雲顏。龜蒙 節奏惟聽竹，從容只話山。日休 理窮傾祕藏，論猛折玄關。賁 酃酒分中緑，巴箋擘處殷。龜蒙 清言聞後醒，強韻壓來艱〔一〕。日休 犀柄當風揖，瓊枝向月攀。賁 松吟方嚓嚓，泉夢憶潺潺。龜蒙 一會文章草，昭明不可刪。日休

【校】

〔一〕「艱」，松陵集作「閒」。

藥名聯句

皮日休　張賁　陸龜蒙

爲待防風餅，須添薏苡杯。賁　香然柏子後，尊泛菊花來。日休　石耳泉能洗，垣衣雨爲裁。龜蒙　從容犀局静，斷續玉琴哀。賁　白芷寒猶采，青箱醉尚開。日休　馬銜衰草卧，烏啄蠹根迴。龜蒙　雨過蘭芳好，霜多桂末摧。賁　朱兒應作粉，雲母詎成灰。日休　藝可屠龍膽，家曾近燕胎。龜蒙　牆高牽薜荔，障軟撼玫瑰。賁　鸓鼠啼書户，蝸牛上研臺。日休　誰能將藁本，封與玉泉才。龜蒙

寒夜聯句

陸龜蒙　皮日休

静境揖神凝，寒華射林缺。龜蒙　清知思緒斷，爽覺心源徹。日休　高唱戛金奏，朗詠鏗玉節。龜蒙　我思方泬寥，君詞復凄切。日休　況聞風篁上，擺落殘凍雪。龜蒙　寂爾萬籟清，皎然諸靄滅。日休　西窗客無夢，南浦波應結。龜蒙　河光正如劍，月魄方似玦。日休　短燼不禁挑，冷毫看欲折。龜蒙　何夕重相期，濁醪還爲設。日休

開元寺樓看雨聯句

陸龜蒙　皮日休

海上風雨來，掀轟雜飛電。登樓一凭檻，滿眼蛟龍戰。龜蒙　須臾造化慘，倐忽堪輿變。萬户響戈鋋，千家披組練。日休　羣飛抛輪石，雜下攻城箭。點急似摧胸，行斜如中面。龜蒙　細灑魂空

冷，横飄目能眩。垂簷珂珮喧，㩧瓦珠璣濺。日休 無言九陔遠，瞬息馳應徧。密處正垂組，微時又懸綫。龜蒙 寫作玉界破，吹爲羽林旋。日休 翻傷列缺勞，却怕豐隆倦。日休 遥瞻山露色，漸覺雲成片。遠樹欲鳴蟬，深簷尚藏燕。龜蒙 殘雷隱轔盡，反照依微見。天光潔似磨，湖彩熟於練。日休 疏帆逗前渚，晚磬分涼殿。接思強揮毫，窺詞幾焚研。龜蒙 佶栗烏皮几，輕明白羽扇。畢景好疏吟，餘涼可清宴。日休 君攜下高磴，僧引還深院。駮蘚浄鋪筵，低松濕垂髩。龜蒙 齋明乍虚豁，林霽逾葱蒨。早晚重登臨，欲去多離戀。日休

報恩寺南池聯句 第四句缺一字，第八句缺三字。

陸龜蒙　嵩起失姓。　皮日休

古岸涵碧落，龜蒙 虚軒明素波。坐來魚陣變，日休 吟久菊□多。秋草分杉露，嵩起 危橋下竹坡。遠峯青髻並，龜蒙 □□□髯和。趙論寒仍講，日休 支硎僻亦過。齋心曾養鶴，嵩起 揮翰好邀鵝。南峯院即故相國裴公書額。 倚石收奇藥，龜蒙 臨溪藉淺莎。桂花晴似拭，日休 荷鏡曉如磨。翠出牛頭聳，嵩起 苔深馬跡跛。石上有支公馬跡。 織敧從野醉，龜蒙 巾側任田歌。跁跒松形矮，日休 般跚檜樾矬。香飛僧印火，嵩起 泉急使鑣珂。菱鈿真堪帖，龜蒙 蓴絲亦好拖。幾時無一事，日休 相伴著煙蘿。嵩起

全唐詩卷八百七十

嘲歸仁紹龜詩

日休謁仁紹，數往不得見，因作詠龜詩云。

硬骨殘形知幾秋，屍骸終是不風流。頑皮死後鑽須徧，都爲平生不出頭。

全唐詩卷八百八十五

櫻桃花

婀娜枝香拂酒壺，向陽疑是不融酥。晚來嵬峨渾如醉，惟有春風獨自扶。

夜看櫻桃花

纖枝瑶月弄圓霜，半入鄰家半入牆。劉阮不知人獨立，滿衣清露到明香。

詠白蓮

膩於瓊粉白於脂，京兆夫人未畫眉。静婉舞偷將動處，西施嚬效半開時。通宵帶露妝難洗，盡日凌波步不移。願作水仙無別意，年年圖與此花期。

細嗅深看暗斷腸，從今無意愛紅芳。折來只合瓊爲客，把種應須玉甃塘。向日但疑酥滴水，含風渾訝雪生香。吴王臺下開多少，遥似西施上素妝。

赤門堰白蓮花

縞帶與綸巾，輕舟漾赤門。千迴紫萍岸，萬頃白蓮村。荷露傾衣袖，松風入髩根。瀟疏今若此，争不盡餘尊。

以上爲集外詩

全唐文卷七百九十六

松陵集序

詩有六藝，其一曰「比」，比者，定物之情狀也。則必謂之才，才之備者，於聖爲六藝，於賢爲聲詩。噫！春秋之後，頌聲亡寢，降及漢氏，詩道洊作，然二雅之風，委而不興矣。在詩有三言、四言、五言、六言、七言、九言〔一〕之作。三言者，曰「振振鷺，鷺于飛」是也；五言者，曰「誰謂雀無角，何以穿我屋」是也；六言者，曰〔二〕「我姑酌彼金罍」是也；七言者，曰〔三〕「交交黃鳥止於桑」是也；九言者，曰「洞酌彼行潦挹彼注茲」是也。蓋古詩率以四言爲本，而漢氏方以五言七言爲之也。其句亦出於周詩。五言者，李陵曰：「攜手上河梁」是也；七言者，漢武曰：「日月星辰和四時」是也。爾後盛於建安，建安〔四〕以降，江左君臣得其浮豔，然詩之六藝微矣。逮及吾唐開元之世，易其體爲律焉，始切於儷偶，拘於聲勢。詩云：「覯閔既多，受侮不少。」其對也工矣。堯典曰：「聲依永，律和聲。」其爲律也甚矣。由漢及唐，詩之道盡矣。吾又不知千祀之後，詩之道止於斯而已，即後有變，而作者，余〔五〕不得以知之。

夫才之備者，猶天地之氣乎？氣者止乎一也，分而爲四時，其爲春，則煦枯發枿，如育如護〔六〕，百物融洽〔七〕，酣人肌骨；其爲夏，則赫曦朝升，天地如窑，草焦木暍，若燎毛髮；其爲秋，則涼颸高瞥，若露天骨，景爽夕清，神不蔽形；其爲冬，則霜陣一淒，萬物皆瘁，雲沮日慘，若憚天責。夫如是，豈拘於一哉？亦變之而已。人之有才者，不變則已，苟變之，豈異於是乎？故才之用也，廣之爲滄溟，細之爲溝竇；高之爲山嶽，碎之爲瓦礫；美之爲西子，惡之爲敦洽；壯之爲武賁，弱之爲處女。大則八荒之外不可窮，小則一毫之末不可見。苟其才如是，復能善用之，則庖丁之牛，扁之輪，郢之斤，不足謂神解也。

噫！古之士窮達必形於歌詠，苟欲見乎志，非文不能宣也，於是爲其詞。詞之作固不能獨善，必須人以成之。昔周公爲詩，以遺成王；吉甫作誦，以贈申伯。詩之酬贈，其來尚矣。後每爲詩，必多以斯〔八〕爲事〔九〕。咸通七年，今兵部令狐員外在淮南，今中書舍人弘農〔一〇〕公守昆陵，日休皆以詞獲幸，悉蒙以所製命之和，各盈編〔一一〕軸，亦有名其首〔一二〕者。十年，大司諫清河公出牧於吴，日休爲郡從事，居一月，有進士陸龜蒙字魯望者，以其業見造，凡數編。其才之變，真天地之氣也。近代稱温飛卿、李義山爲之最，俾生參之，未知其孰爲之後先也〔一三〕。太玄曰：「稽其門，闢其户，眼其鍵，然後乃應，況其不者乎？」余遂以詞誘之，果復之，不移刻。由是風雨晦冥，蓬蒿翳薈，未嘗不以其應而爲事，苟其詞之來，食則輟之而自飫；寢則聞之而必驚。凡一年，爲往體各九十三首，今體各一百九十三首，雜體各三十八首，聯句問答十有八篇在其外，合之凡六百五十八首。南陽廣文潤卿、隴西侍御德師，或旅泊之際，善其所爲，皆以詞致，師詞之不多，去之速也。大司諫清河公有作，或命之和，亦著焉。其餘則吴中名士，又得三十首。除詩外，有序十九首，總録之得十通，載詩六百八十五首。漢書曰：「古者，諸侯、卿大夫交以鄰國，以微言相感，當揖讓之時，必稱詩，以喻其志。蓋以别賢不肖也。」余之與生，道義志氣，窮達是非，莫不見於是。士君子或爲之覽，賢不肖可不别乎哉？

噫！古之將有交綏而退者，今生之於余豈是耶？生既編其詞，請於余曰：「爾有文，當爲我序，詩道兼十通以名之。」日休曰：「諾。」由是爲之序。松江，吴之望也，别名曰「松陵」，請目之曰松陵集。

【校】

〔一〕「九言」二字原脱，據松陵集補。

〔二〕〔三〕全本無「曰」字，據松陵集補。

〔四〕「建安」二字原脱，據松陵集補。

〔五〕全本無「余」字，據松陵集補。

〔六〕「如育如護」，全本作「如棄如濩」，文粹本作「如渫如濩」。「育」古文作「淯」。全本、文粹本恐係訛誤。今據松陵集改。

〔七〕「百物融洽」，松陵集作「百藹融洽」。

〔八〕「以斯」，全本闕，今據松陵集補。
〔九〕「事」，全本闕，今據松陵集補。
〔一〇〕「弘農」，全本闕，今據松陵集補。
〔一一〕「盈編」，全本闕，今據松陵集補。
〔一二〕「首」，全本作「守」，恐係音近而訛。據松陵集改。
〔一三〕「也」字以下，至文末，全唐文、唐文粹均删，今據松陵集增補。

續酒具詩序

予暇日曾作酒具詩三十首，有引曰：咸通中皮襲美著酒中十詠，其自序云：「夫聖人之誡酒禍也深矣。在書爲『沉湎』；在詩爲『童羖』；在禮爲『豢豕』；在史爲『狂藥』。余飲至酣，徒以爲融肌柔神，消沮迷喪。頹然無思，以天地大順爲隄封；傲然不恃，以洪荒至化爲爵賞。抑無懷氏之民乎？葛天氏之臣乎？」「噫！天之不全余也多矣，獨以麴蘗全之。」「於是徵其具，悉爲之詠，以繼東皋子酒譜之後。」而有酒星、酒泉、酒篘、酒牀、酒罏、酒樓、酒旗、酒樽、酒城、酒鄉之詠，以示吴中陸魯望。魯望和之，且曰：「昔人之於酒，有注爲池而飲之者；有象爲龍而吐之者；親盜甕間而卧，將實舟中而浮者。徐景山有酒鎗，嵇叔夜有酒杯，皆傳於世，故復添六詠。」予覽之，慨然歎曰：予亦嗜酒而好詩者也。昔退之有言送王含曰：「少時讀醉鄉記，私怪隱居者，無所累於世，而猶有是言，豈誠旨於味耶？及讀阮籍、陶潛詩，然後知彼雖偃蹇不欲與世接，然猶未能平其心，或爲事物是非相感發，於是有託而逃焉者也。」雖然尚未有盡者，中古之時，未知麴糵，杜康肇造，爰作酒醴，可名「酒后」。近世以來，人徒酣酗，李白一斗，爲詩百篇，自名「酒仙」。酈食其辨士也，初見沛公，稱高陽酒徒。杜根賢者也，逃難宜城，爲酒家傭保。鄭廣文貧而好飲，蘇司業送酒錢。杜子美無錢賒酒，而詩言酒債。周官有酒正，則掌之者必有其人；以法式授酒材，則醞之者必有其物。翰林詩曰：「鸕鷀杓，鸚鵡杯。」夫杓者，勺也。勺酒而錯之杯中者也。杜工部詩曰：「莫笑田家老瓦盆，自從盛酒長兒孫。」夫盆者，槃也，載酒而寘之座中也。韓奕詩云：「顯父餞之，清酒百壺。」壺便提挈，故陶令掛之於車上，吕公負之於仗頭，遇興則傾之，鴟夷之異名者耳。詩云：「兕觥其觩，旨酒思柔。」觥爲爵罰。而于定國飲至一石不亂，劉伯倫既醉，以五斗解醒，快飲痛嚼則用之，蓋觚角之出類者耳。注云：觚受二升，觶三升，角四升，散五升，而觥七升。又兕角爲之形器，特異於是。更作酒后、酒仙、酒徒、酒保、酒錢、酒債、酒正、酒材、酒勺、酒盆、酒壺、酒觥一十二詩，而附益之。庶古今同志而始終相成之義耶。

全唐文卷七百九十七

襄州孔子廟學記

天地，吾知其至廣也，以其無所不覆載；日月，吾知其至明也，以其無所不照臨；江海，吾知其至大也，以其無所不容納。料廣以寸管；測景以尺圭；航大以一葦。廣不能逃其數；明不能私其質；大不能忘其險。偉哉！夫子後天地而生，知天地之始；先天地而没，知天地而終。非日非月，光之所及者遠；不江不海，浸之所及者溥。三代禮樂，吾知其損益，百王憲章，吾知其消息。君臣以位，父子以親，家國以肥，鬼神以享。道未可詮其有物；釋未可證其無生。一以貫之，我先師夫子聖人也。帝之聖者曰堯；王之聖者曰禹；師之聖者曰夫子。堯之德有時而息；禹之功有時而窮；夫子之道久而彌芳，遠而彌光。用之則昌，舍之則亡。昔否於周，今泰於唐。不然，何被衮而垂裳，冕旒而王者哉！

破山龍堂記

禮：「山林、川谷、邱陵，能出雲，爲風雨，見怪物，皆曰神。」若然者，龍亦能爲風雨，見怪物，則其澤之在民厚矣。神而祀之，又宜矣。常熟，澤國也，風雨怪物日作於民。在有其地者，苟祀之至，民被其利；祀之不至，民受其禍。汝南周君爲令之初，年夏且旱，禜其神於破山之潭上，果雨以應。君曰：「受其賜，徒禜以報不可也。」於是命工以土木介其象，爲寶宫以蔭之，著之於典以潔其祀。於是風雨時，怪物止，水旱不爲厲。民經大荒，連歲以穰，其神之澤乎？君之祀乎？凡雩者，春秋之道皆書之，勤民之祀也。君爲其祠已，乞文其事。日休佳君之爲，志在民，故從之。咸通十三年二月十九日，襄陽皮日休記。

論白居易薦徐凝屈張祜

祜元和中作宫體詩，詞曲豔發，當時輕薄之流重其才，合譟得譽。及老大，稍窺建安風格，誦樂府録，知作者本意，講諷怨譎時，與六義相左右，此爲才之最也。祜初得名，乃作樂府豔發之詞，其不羈之狀，往往間見。凝之操履，不見於史。然方干學詩於凝，贈之詩曰：「吟得新詩草裏論。」戲反其詞，謂朴裏老也。方干世所謂簡古者，且能譏凝，則凝之朴略稚魯從可知矣。樂天方以實行求才，薦凝而抑祜，其在當時，理其然也。令狐楚以祜詩三百篇上之，元稹曰：「雕蟲小技，或獎激之，恐害風教。」祜在元、白時，其譽不甚持重。杜牧之刺池州，祜且老矣，詩益高，名益重。然牧之少年，所爲亦近於祜，爲祜恨白，理亦有之。余嘗謂文章之難，在發源之難也。元、白之心，本乎立教，乃寓意於樂府，雍容宛轉之詞，謂之「諷諭」，謂之「閒適」。既持是取大名，時士翕然從之，師其詞，失其旨。凡言之浮靡豔麗者，謂之「元白體」。二子規規攘臂解辯，而習俗既深，牢不可破。非二子之心也，所以發源者非也。可不戒哉！

全唐文卷七百九十九

題同官縣壁

余行邑過此，偶無令長，遂寄榻縣宇，步履後圃，荒蕪不治。獨有四小柏鬱然於草莽間，與菅茅並處，良可歎者！後之來者，當有瘦馬長官，定能爲四柏主人，幸無忽此語也。中和三年三月望日，日休書。

狄梁公祠碑

嗚呼！天后革大命，垂二十年，天下晏如，不讓貞觀之世。是遵何道哉？非以敬任公乎？不然者，來俊臣之酷不能誣；諸武之猜不能害；房齡之諫不能逆。闕進士皮日休游江左至彭澤，當河東公觀察之四年，贊皇公刺史之二年，下闕。其詞曰：

惟唐中否，帝室如燬。闕一字。后持權，式人端委。書誡牝雞，易稱羸豕。大樹得蕣，崇臺欲墜。便藩諸武，作我蝪虺。泉深兮東宫已矣，闕北極，縮我神璽。媧皇肇命，吕君函紀，周德方木，秦運爲水。杜闕與化，宫闕致治，天將啓唐，載誕忠良。闕爲道，如勃木强。乃寫大辯，對彼明颺。一言苟悖，視死如鄉。少海既闊，少陽既光。五公始昌，共交玉堂。闕

以上爲集外文

附録二　皮子文藪的有關序跋

刻文藪小引

天隨先生隱居松江之上，名傾一時。同時襄陽皮襲美來爲州幕，與陸子相得甚歡，唱和最多，今所存松陵集可按而睹也。陸天隨集不佞已校而梓之。獨皮集未見其全，郡中袁氏始獲宋版文藪，刻之家塾。文藪者蓋皮子之行卷也。寥寥數十年，漫漶不傳，書亦漸堙，人未有求之者。嗟乎！皮、陸二子在唐雖爲晚格，其學識淵茂，結構縝密，楚騷、漢賦、魏詩、唐律，咸卓然可觀，自出機軸，不隨人脚踵，恐不得以晚唐少之。不佞故既刻甫里，復刻文藪，不必求合於睚目，惟求不泥於先哲。楂梨橘柚，菖歜羊棗，必有嗜之者。何況人品超逸俊邁，有足與詩並傳也者。皮公子光業仕吴越錢氏，爲丞相，頗有聲，儻所謂弓冶箕裘者非耶？吴越史具有其傳，兹不及贅。

萬曆戊申冬日，吴門許自昌書。

題皮子文藪後

唐文三變，變而至于道者，不可多得。其以文名世，不下數百家。若皮子日休文，善變而至道者，竟不盡傳，良欠事也。按馬端臨書考，晁無咎曰：日休字襲美，一字逸少，襄陽人，隱鹿門山，自號醉吟先生。以文章自負，尤善箴銘。咸通八年，登進士第，爲著作佐郎、太常博士。乾符喪亂，東出關，爲毗陵副使，陷巢賊中，賊遣爲讖文，疑其譏己，遂害之。集乃咸通丙戌年居州里所編。陳氏又曰：黄巢之難，日休陷賊中，爲「果頭三屈律」之讖，賊疑譏己髮拳，遂見害。陸游筆記以皮光業碑，辨其不然，恐有所諱也。要之，子不特以文章自負，而氣節尤不凡。余偶見舍弟褧摹本，盡讀而奇之，因文愈重其人，遂同諸弟衮、袠勘校鋟棗，與博古者共。子亦少慰矣。文藪之名義，皮氏之譜牒，詳自序並世録中。於戲！子負有用之學，生衰亂之世，終爲鹿門之隱，竟陵之農，不既多乎？徒出無所裨益，卒死賊難。惜哉！所幸者兹集之存而已。

皇明正德庚辰夏六月望，吴下袁表邦正識。

四庫全書文藪提要

文藪十卷，唐皮日休撰。日休字襲美，襄陽人，隱鹿門山，自號醉吟先生，登咸通八年進士，官太常博士。舊傳其降於黄巢，後爲所害。而陸游老學菴筆記獨據皮光業碑，以爲日休終於吴越，並無陷賊之事，舊傳説疑失實也。是編乃其文集，自序稱咸通丙戌不上第，退歸州墅，編次其文，發篋叢萃，繁如藪澤，因名文藪，凡二百篇，宋晁公武謂其尤善箴銘。今觀集中書、序、論、辨諸作，亦多能原本經術，其請孟子爲學科、請韓愈配饗太學二書，在唐人尤爲卓識，不得謹以詞章目之。集中詩僅一卷，蓋已見松陵唱和集者，不復重編，亦如笠澤叢書之例耳。乾隆四十九年五月。

觀皮日休集

愛新覺羅弘曆

襄陽閒氣自標擬，隱居鹿門期不仕。天隨子與相倡和，二十八卷詞誠美。居然進士登咸通，幕府朝銜已委靡。何至學士署黄巢，爲去聲。作讖詞翻害己。進退無據羞斯文，然似斯者不少矣。吁嗟末路其誠難，適百里半九十里。

讀皮日休集

愛新覺羅弘曆

鍊意清新選字奇，鹿門曾亦隱居之。黄巢僞署公然受，朱祐謬稱所弗辭。閒去聲。氣誠當如是否？醉吟何謂不孤斯。閒氣布衣、醉吟先生皆日休自取之號。與其及禍因文字，罵賊奚如死節宜。

按皮日休與陸龜蒙爲友，二人風度詩詞頗堪伯仲，然陸始終高放，皮則曾受黄巢僞職，二人品格於斯可判矣。黃巢賊也，賊而從之，直非人類，較褚淵之事二姓，尤可耻矣。猶有爲諱者曰：「使爲讖文，疑其譏己，遂遇害。」夫爲賊讖文，豈士君子宜有之事，此而憐其及禍，公論何在？唐文録陸而不及皮，尚可謂不孤狐筆耳。

按：以上二則載四庫全書文藪提要前。

重刊宋本文藪序

文以載道，屬文者必能明道知道，斯有以異於才人浮誇之爲。曠古文章之盛，嬴秦、兩漢氏而後，首推李唐。其間握瑜懷瑾之士，軼羣出類之才，名暴當時而文炳後世卓然自樹立者，無慮數十家。然文勝而理弱；詞繁而義儉。求其知言知人，識洙泗之傳，而窺聖學之統，可語明道知道，實能因文見道者，則自昌黎韓氏、李翺習之而外，蓋未能有也，而鮮聞焉。晚唐皮子襲美，生懿、僖戎馬之代，道隱榛蕪而學競聲律。當時聞人如司空表聖之全節，羅昭諫、韓冬郎輩之忠憤，文人中固不可謂無人。然月露風雲，彫鏤爲工，大義微言，渺焉耗矣。皮子文藝雖能原本經術，要亦猶是咸通、廣明之常，未足方駕貞元、元和而上。獨其請立孟子於學科、配饗韓文公於太學，偉論卓識，唐人中未有及焉。且夫君如堯、舜之大，臣若臯、益之賢，聖如周公、孔子之盛，聞望德業，定論久昭，則隨聲讚美，附和揄揚，人盡能之。巖巖鄒嶧，聖亞尼山，功不在禹下。然當時疑之詆之，後世亦非之刺之。甚或取其書妄加删節，比于忍人辯士儀、秦之流。至若泰山北斗，昌黎氏千載獨步矣。然方其喟然引聖，訕笑争加，同時諸公既以文士一例相視，門下士服其教者，亦第讚其文之獨至，初不知其詣之絶而道之高。他更何論焉？皮子起衰周後千餘年，當韓子道未大光之時，獨能高出李泰伯、司馬君實諸公所見，而創其説，繼李漢、皇甫持正諸人，而力致其尊崇。非知孟、韓之深，而具有知言知人之識者，能乎？昔范文正以中庸授横渠張子，論者謂：「有宋一代道學實自文正唱之。」然則孟子之得繼孔、曾、思，而稱「四子」，韓子之能超軼荀、揚，而上配孟子，雖經程、朱、歐、蘇諸公表章論定，即謂其議，實自皮子開之，可也。皮子自編其集曰文藪。

四庫雖曾著録，而坊行未盛。余家故藏有宋槧本，爰付影雕，以公同好。書成，並略引伸舊説，著之簡端，聊自附於知人論世焉。光緒二十有一年太歲乙未冬十月朔日，合肥李松壽題於蘭雪堂。

此本爲宋槧舊帙，櫽刊既竟，以明正統袁氏本及欽定全唐詩、文，許刻唐文粹校之，字句間頗多異同，然各有意義，未敢是今非古。惟鹿門隱書六十篇：「今道有赤子」、「伯夷弗仕非君」、「勇多於人謂之暴」、「周公爲天子，下白屋之士」、「鵷鸞不常見」、「弓箕之家」等句，諸本皆提頭别爲篇，數適相符。此則連蜷爲之，按其數才五十四篇，顧意亦有不盡相屬者，古人鉛槧草草，類如此。今沿其故。特以舊物而惜之，亦比於歐公舊本韓文也。同日又記。

四庫全書總目提要

皮子文藪十卷浙江鮑士恭家藏本。唐皮日休撰，日休字襲美，襄陽人，居於鹿門山，自號醉吟先生，登咸通八年進士，官太常博士。唐書稱其降於黄巢，後爲所害。尹洙河南集有大理寺丞皮子良墓誌，則稱日休避廣明之難，奔錢氏，子光業爲吴越丞相，生璨爲元帥判官，子良即璨之子。陸游老學菴筆記亦據皮光業碑，以爲日休終於吴越，並無陷賊之事。皆與史全異，未知果誰是也。是編乃其文集，自序稱咸通丙戌不上第，退歸州墅，編次其文，發篋叢萃，繁如藪澤，因名文藪，凡二百篇，宋晁公武謂其尤善箴銘。今觀集中書、序、論、辨諸作，亦多能原本經術，其請孟子立學科、請韓愈配饗太學二書，在唐人尤爲卓識，不得僅以詞章目之。集中詩僅一卷，蓋已見松陵唱和集者，不復重編，亦如笠澤叢書之例耳。王士禎池北偶談嘗摘其中鹿門隱書一條，與元徵君書一條，皆「世民」二字句中連用，以爲不避太宗之諱。今考之信然。然後人傳寫古書，往往改易其諱字，安知皮日休原本，非「世」本作「代」，「民」本作「人」，而今本易之耶？是固未足爲日休病也。

龔自珍詩集編年校注	[清]龔自珍著	劉逸生、周錫䪖校注
水雲樓詩詞箋注	[清]蔣春霖著	劉勇剛箋注
人境廬詩草箋注	[清]黄遵憲著	錢仲聯箋注
嶺雲海日樓詩鈔	[清]丘逢甲著	丘鑄昌標點

龔鼎孳詞校注	[清]龔鼎孳著　孫克强、鄧妙慈校注
吴嘉紀詩箋校	[清]吴嘉紀著　楊積慶箋校
陳維崧集	[清]陳維崧著　陳振鵬標點　李學穎校補
屈大均詩詞編年校箋	[清]屈大均著　陳永正等校箋
秋笳集	[清]吴兆騫撰　麻守中校點
漁洋精華録集釋	[清]王士禛著　李毓芙、牟通、李茂肅整理
聊齋志異會校會注會評本	[清]蒲松齡著　張友鶴輯校
敬業堂詩集	[清]查慎行著　周劭標點
納蘭詞箋注	[清]納蘭性德著　張草紉箋注
方苞集	[清]方苞著　劉季高校點
樊榭山房集	[清]厲鶚著　[清]董兆熊注　陳九思標校
劉大櫆集	[清]劉大櫆著　吴孟復標點
儒林外史彙校彙評(增訂版)	[清]吴敬梓著　李漢秋輯校
小倉山房詩文集	[清]袁枚著　周本淳標校
忠雅堂集校箋	[清]蔣士銓著　邵海清校　李夢生箋
甌北集	[清]趙翼著　李學穎、曹光甫校點
惜抱軒詩文集	[清]姚鼐著　劉季高標校
兩當軒集	[清]黄景仁著　李國章校點
惲敬集	[清]惲敬著　萬陸、謝珊珊、林振岳標校　林振岳集評
茗柯文編	[清]張惠言著　黄立新校點
瓶水齋詩集	[清]舒位著　曹光甫點校
龔自珍全集	[清]龔自珍著　王佩諍校點

白蘇齋類集	[明]袁宗道著　錢伯城校點
袁宏道集箋校	[明]袁宏道著　錢伯城箋校
珂雪齋集	[明]袁中道著　錢伯城點校
喻世明言會校本	[明]馮夢龍編著　李金泉點校
警世通言會校本	[明]馮夢龍編著　李金泉點校
醒世恒言會校本	[明]馮夢龍編著　李金泉點校
隱秀軒集	[明]鍾惺著　李先耕、崔重慶標校
譚元春集	[明]譚元春著　陳杏珍標校
張岱詩文集(增訂本)	[明]張岱著　夏咸淳輯校
陳子龍詩集	[明]陳子龍著 施蟄存、馬祖熙標校
夏完淳集箋校(修訂本)	[明]夏完淳著　白堅箋校
牧齋初學集	[清]錢謙益著　[清]錢曾箋注 錢仲聯標校
牧齋有學集	[清]錢謙益著　[清]錢曾箋注 錢仲聯標校
牧齋雜著	[清]錢謙益著　[清]錢曾箋注 錢仲聯標校
牧齋初學集詩注彙校	[清]錢謙益著　[清]錢曾箋注 卿朝暉輯校
李玉戲曲集	[清]李玉著 陳古虞、陳多、馬聖貴點校
吴梅村全集	[清]吴偉業著　李學穎集評標校
歸莊集	[清]歸莊著
顧亭林詩集彙注	[清]顧炎武著　王蘧常輯注 吴丕績標校
安雅堂全集	[清]宋琬著　馬祖熙標校

放翁詞編年箋注(增訂本)　[宋]陸游著　夏承燾、吴熊和箋注
陶然訂補
渭南文集箋校　[宋]陸游著　朱迎平箋校
范石湖集　[宋]范成大撰　富壽蓀標校
范成大集校箋　[宋]范成大撰　吴企明校箋
于湖居士文集　[宋]張孝祥著　徐鵬校點
稼軒詞編年箋注(定本)　[宋]辛棄疾撰　鄧廣銘箋注
辛棄疾詞校箋　[宋]辛棄疾著　吴企明校箋
姜白石詞編年箋校　[宋]姜夔著　夏承燾箋校
後村詞箋注　[宋]劉克莊著　錢仲聯箋注
劉辰翁詞校注　[宋]劉辰翁著　吴企明校注
瀛奎律髓彙評　[元]方回選評　李慶甲集評校點
雁門集　[元]薩都拉著
殷孟倫、朱廣祁校點
揭傒斯全集　[元]揭傒斯著　李夢生標校
高青丘集　[明]高啓著　[清]金檀注
徐澄宇、沈北宗校點
唐寅集　[明]唐寅著　周道振、張月尊輯校
文徵明集(增訂本)　[明]文徵明著　周道振輯校
震川先生集　[明]歸有光著　周本淳校點
海浮山堂詞稿　[明]馮惟敏著
凌景埏、謝伯陽標校
滄溟先生集　[明]李攀龍著　包敬第標校
梁辰魚集　[明]梁辰魚著　吴書蔭編集校點
沈璟集　[明]沈璟著　徐朔方輯校
湯顯祖詩文集　[明]湯顯祖著　徐朔方箋校
湯顯祖戲曲集　[明]湯顯祖著　錢南揚校點

歐陽修詞校注	[宋]歐陽修著　胡可先、徐邁校注
蘇舜欽集	[宋]蘇舜欽著　沈文倬校點
嘉祐集箋注	[宋]蘇洵著　曾棗莊、金成禮箋注
王荆文公詩箋注(修訂版)	[宋]王安石著　[宋]李壁箋注　高克勤點校
王令集	[宋]王令著　沈文倬校點
蘇軾詩集合注	[宋]蘇軾著　[清]馮應榴注　黄任軻、朱懷春校點
東坡樂府箋	[宋]蘇軾著　[清]朱孝臧編年　龍榆生校箋
東坡詞傅幹注校證	[宋]蘇軾著　[宋]傅幹注　劉尚榮校證
欒城集	[宋]蘇轍著　曾棗莊、馬德富校點
山谷詩集注	[宋]黄庭堅著　[宋]任淵、史容、史季温注　黄寶華點校
山谷詩注續補	[宋]黄庭堅著　陳永正、何澤棠注
山谷詞校注	[宋]黄庭堅著　馬興榮、祝振玉校注
淮海集箋注(修訂本)	[宋]秦觀撰　徐培均箋注
淮海居士長短句箋注	[宋]秦觀著　徐培均箋注
清真集箋注	[宋]周邦彦著　羅忼烈箋注
石門文字禪校注	[宋]釋惠洪撰　周裕鍇校注
石林詞箋注	[宋]葉夢得著　蔣哲倫箋注
樵歌校注	[宋]朱敦儒著　鄧子勉校注
李清照集箋注(修訂本)	[宋]李清照著　徐培均箋注
吕本中詩集箋注	[宋]吕本中著　祝尚書箋注
陳與義集校箋	[宋]陳與義著　白敦仁校箋
蘆川詞箋注	[宋]張元幹著　曹濟平箋注
劍南詩稿校注	[宋]陸游著　錢仲聯校注

韓昌黎文集校注	［唐］韓愈著　馬其昶校注 馬茂元整理
劉禹錫集箋證	［唐］劉禹錫著　瞿蜕園箋證
白居易集箋校	［唐］白居易著　朱金城箋校
柳宗元詩箋釋	［唐］柳宗元著　王國安箋釋
柳河東集	［唐］柳宗元著　［宋］廖瑩中輯注
元稹集校注	［唐］元稹著　周相録校注
長江集新校	［唐］賈島著　李嘉言新校
張祜詩集校注	［唐］張祜著　尹占華校注
三家評注李長吉歌詩	［唐］李賀著　［清］王琦等評注 蔣凡校點
樊川文集	［唐］杜牧著　陳允吉校點
樊川詩集注	［唐］杜牧著　［清］馮集梧注
温飛卿詩集箋注	［唐］温庭筠著　［清］曾益等箋注
玉谿生詩集箋注	［唐］李商隱著　［清］馮浩箋注 蔣凡校點
樊南文集	［唐］李商隱著　［清］馮浩詳注 錢振倫、錢振常箋注
皮子文藪	［唐］皮日休著　蕭滌非、鄭慶篤整理
鄭谷詩集箋注	［唐］鄭谷著 嚴壽澂、黄明、趙昌平箋注
韋莊集箋注	［五代］韋莊著　聶安福箋注
李璟李煜詞校注	［南唐］李璟、李煜著　詹安泰校注
張先集編年校注	［宋］張先著　吴熊和、沈松勤校注
二晏詞箋注	［宋］晏殊、晏幾道著　張草紉箋注
樂章集校箋	［宋］柳永著　陶然、姚逸超校箋
梅堯臣集編年校注	［宋］梅堯臣著　朱東潤編年校注
歐陽修詩文集校箋	［宋］歐陽修著　洪本健校箋

蕭繹集校注	［南朝梁］蕭繹著　陳志平、熊清元校注
玉臺新咏彙校	吴冠文、談蓓芳、章培恒彙校
王績集會校	［唐］王績著　韓理洲校點
王梵志詩校注（增訂本）	［唐］王梵志著　項楚校注
盧照鄰集箋注	［唐］盧照鄰著　祝尚書箋注
駱臨海集箋注	［唐］駱賓王著　［清］陳熙晉箋注
王子安集注	［唐］王勃著　［清］蔣清翊注
陳子昂集（修訂本）	［唐］陳子昂撰　徐鵬校點
孟浩然詩集箋注（增訂本）	［唐］孟浩然著　佟培基箋注
王右丞集箋注	［唐］王維著　［清］趙殿成箋注
李白集校注	［唐］李白著　瞿蜕園、朱金城校注
高適集校注（修訂本）	［唐］高適著　孫欽善校注
杜詩趙次公先後解輯校	［唐］杜甫著　［宋］趙次公注　林繼中輯校
新刊校定集注杜詩	［唐］杜甫著　［宋］郭知達輯注　聶巧平點校
新定杜工部草堂詩箋斠證	［唐］杜甫著　［宋］魯訔編　［宋］蔡夢弼會箋　曾祥波新定斠證
杜詩鏡銓	［唐］杜甫著　［清］楊倫箋注
錢注杜詩	［唐］杜甫著　［清］錢謙益箋注
杜甫集校注	［唐］杜甫著　謝思煒校注
岑參集校注	［唐］岑參著　陳鐵民、侯忠義校注
戴叔倫詩集校注	［唐］戴叔倫著　蔣寅校注
韋應物集校注（增訂本）	［唐］韋應物著　陶敏、王友勝校注
權德輿詩文集	［唐］權德輿撰　郭廣偉校點
王建詩集校注	［唐］王建著　尹占華校注
韓昌黎詩繫年集釋	［唐］韓愈著　錢仲聯集釋